거꾸로 사는 재미

거꾸로 사는 재미

지은이 이오덕
펴낸이 윤양미
펴낸곳 도서출판 산처럼

등 록 2002년 1월 10일 제1-2979호
주 소 서울시 종로구 내수동 72번지 경희궁의 아침 3단지 오피스텔 412호
전 화 725-7414
팩 스 725-7404
E-mail   sanbooks@paran.com

제1판 제1쇄 2005년 2월 20일
제1판 제3쇄 2010년 11월 10일

값 10,000원

ISBN 89-90062-13-6 03810
* 잘못된 책은 서점에서 바꾸어 드립니다.

거꾸로 사는 재미

이오덕 지음

산처럼

머리말

지난 10몇 년 동안에 여기저기 발표했던 글들을 모아 놓고 보니 마음에 드는 게 별로 없다. 이걸 모조리 활활 불태워 없애 버렸으면 시원하겠다는 느낌이 든다. 그러나 한편 못난 자식에 대해 가지는 가엾은 생각 같은 것도 있어서 에라 모르겠다 하는 심정으로 이렇게 모두 묶어내기로 했다.

또 하나 핑계가 있기는 하다. 청탁으로 쓴 원고가 활자로 되어 나왔을 때 왜 그 모양으로 흔히 병신이 되어 나오는가? 이곳저곳 함부로 첨삭이 되고, 때로는 내 생각과 전혀 상반되게 변조되어 나와, 남들이 그걸 보면 얼마나 욕할까 싶어 얼굴을 들고 다닐 수 없을 만큼 봉변을 당한 일도 몇 번 있었으니 말이다. 이제 책을 내게 되면 잘못 발표된 글들을 바로잡아 보일 수 있겠다는 생각이 들었던 것이다.

1부는 자연을 소재로 하여 쓴 것이고, 2부는 삶에 대한 성찰이라고 하면 될는지, 3부는 대부분 시론(時論)이 되겠고, 4부는 교육 수상이라 할 글들이다. 이렇게 나눠 놓고 보니 지금까지 내 관심이 어떤 방향으로 기울어지고 있었던가를 새삼 깨닫게 되고 확인하게 된다. 아무리 잡동사니 같은 글들이라도 모두 나 자신의 숨김없는 모습을 드러낸 것임에는 틀림없다.

지금까지 나는 아름다운 자연보다 괴로운 인간의 얘기를 더 많이 쓴 것이 사실이다. 그것은 어쩔 수 없는 일이다. 내가 쓰고 싶었던 것은 사실은 노을의 얘기며 감나무나 새들의 얘기였는지 모르지만, 내 양심은 그런 것보다도 눈앞에 전개되는 삶의 아픈 얘기들을 쓰지 않을 수 없게 했다. 자연을 말하더라도 괴로운 자연의 진실을 얘기하도록 했다.

그래 이제야 수필이 무엇인가를 스스로 물어보게 된다. 내게 수필은 삶의 인식이요, 삶의 탐구였던 것 같다. 나는 내가 교실에서 아이들에게 가장 쓰고 싶은 것을, 쓸 가치가 있는 것을 정직하게 쓰라고 늘 힘들여 말했듯이, 나도 그런 마음으로 수필을 써왔고 앞으로도 쓸 것임을 다짐한다.

그러나저러나 아무래도 부끄러운 노릇이다. 피와 땀과 고뇌로 살아가는 사람들 앞에 이런 글들이 한갓 팔자 좋은 사람의 기분 방출 이상 무슨 뜻이 있겠는가. 다만 독자 여러분의 질책을 기다릴 뿐이다.

1983년 3월

이오덕

거꾸로 사는 재미 ◗ 차례

일러두기

이 책은 1983년 펴낸 《거꾸로 사는 재미》를 그대로 다시 펴낸 것입니다.

제1부

하늘과 비둘기

포플러

포플러는 미국에서 왔다고 미루나무, 혹은 양버들이라고 많이 부르지만 어떤 지방에서는 백양(白楊)이라고도 한다. '백양'을 사전에서 찾아보니, "① 버들과의 낙엽교목. 나무껍질이 암회색인데, 처음에는 번드럽다가 오래 되면 열목이 생김. 목재로 널리 쓰임. ② 사시나무. ③ 은백양. 황철나무와 같다"라고 씌어 있다. '포플러'를 찾으니, "영 poplar—은백양" 이렇게 나오고, 다시 '사시나무'를 찾아보니 "버들과의 낙엽교목. 백양의 일종으로 잎은 안쪽이 푸르며, 잎의 모양은 둥글고, 물결 형상의 톱니가 있음. 나무는 성냥개비를 만드는 데 씀"이라고 해 놓았다. 이러고 보면 우리 나라 남부지방에 흔한 이 포플러는 옛날부터 북부지방에 많이 야생해 있는 백양이란 나무 이름을 좀 바꿔서 은백양이라 부르게 된 거 같고, 진짜 백양은 남부지방에서 보기 힘드니 자연 백양, 은백양이란 이름들과 혼동되어 불린 것 같다.

포플러가 어느 나라에서 들어온 것이든 이제는 우리 나라 어느 산골짝 어느 냇가에서도 흔히 볼 수 있는 우리 강산의 풍물이 되고 우리 민족의 정서에 스며 밴 우리 나라의 나무가 되었다.

내가 포플러를 좋아하는 것은, 그 가지를 아무데나 꺾어 꽂아두어도 물기만 있으면 뿌리를 내려 잘 자라나고, 너무 키가 커서 어쩌다가 불어오는 폭풍에 쓰러지더라도 그런 것을 두려워하지 않고 오직 하늘로만 뻗어오르는 그 싱싱한 모습 때문만이 아니다. 혹은 한 줄기 잿빛 신작로 가에 끝없이 가로수로 묶여 서서 해마다 알뜰히도 가지가 잘리어지지만 봄이 오면 기어코 다시 돋아나는 그 모진 목숨 때문만도 아니다.

내 어린 시절과 고향은 언제나 마을 앞 냇물을 따라 끝없이 줄지어선 포플러 숲과 함께 기억 속에 살아난다.

희미하게 기억되는 어린 시절부터 나는 고향집 앞 냇가에서 포플러를 쳐다보며 자라났다. 봄이면 동무들과 그 가지를 꺾어서 피리를 만들었고, 여름이면 그 푸른 숲속에서 온갖 새들의 노래를 들으면서 쇠먹이 풀을 베었다. 포플러의 가느다란 가지들을 잘라서 발을 엮기도 했다.

그 발은 고기를 잡기 위한 것이었다. 여울물을 막아 한 곳으로 흐르게 하여 거기 조그만 폭포를 만드는 것인데, 폭포수는 그 밑에 받쳐 놓은 발에 떨어지도록 되어 있다. 비가 와서 큰물이 지고 다시 그 물이 빠지기 시작할 때 이 발을 치는 작업을 해 놓으면 흙탕물을 따라 올라갔던 물고기들이 내려오다가 모조리 그 발에 걸려드는 것이다.

쇠먹이 풀을 한 차례 베어 놓고 낫치기, 꼰뜨기, 모리집짓기들을 하다가 이따금 달려가 발을 덮어 놓은 포플러 가지들을 걷어내면 발 속에 걸린 고기들이 퍼덕퍼덕 마구 날뛰고 있다. 미끌미끌하게 살이 찐 버들붕치, 배때기가 불그레한 피리, 무지개같이 고운 기우리, 배는 노을같이 발갛고 입 언저리가 새까만 먹지, 통통하게 살이 오른 붕어, 지느러미가 칼날 같은 꺽지, 발에 걸려도 꿈쩍도 않고 가만히 엎드려 있는 입이 커다란 미기(메기)……. 이런 고기들을 두 손으로 잡아 다래끼에 넣는 기쁨! 그 기쁨은 지금도 내 손가락 끝에, 그리고 가슴속에 그대로 살아 있다.

통발이란 것도 만들었다. 이것은 그해에 새로 돋아난 연하고 곧은 포플러 가지를 잘라 발을 만드는데, 부채 모양이 되도록 엮어 그 끝쪽을 서로 잡아맨다. 그러면 넓게 엮은 쪽은 벌어져 있고, 좁게 엮은 쪽은 막히어 원뿔 모양의 통이 되는데, 그 안에다 포플러 가지를 휘어잡아 바퀴를 만들어 끼운다. 다음에는 따로 나뭇가지를 모두 한 뼘 남짓한 길이가 되도록 자르고, 그 끝을 뾰족하게 침으로 만든 것을 역시 같은 모양의 발로 엮어 둥글게 매는데, 이번에는 바늘 끝쪽이 아주 막히지 않고 지름 3, 4센티미터 정도의 구멍이 나도록 한다.

이것을 아까 만들어 놓은 원뿔 모양의 큰 통 안에 갖다 붙여 꿰매면 다 되는 것이다. 고기들은 먹이 냄새를 따라 그 조그만 구멍으로 들어가지만 바늘 끝이 뾰족하게 통 속으로 모여진 그 구멍을 되돌아 나올 수는 없게 된다.

통발은 그 속에 깻묵 같은 것을 넣어 깊은 물속에 던져두는데, 주로 붕어들이 많이 잡혔다. 서너 시간마다 꺼내어보면 한 사발씩은 좋이 나왔다. 통발을 물속에서 끌어올릴 때의 촤르르르…… 하는 붕어들이 날뛰는 그 소리가 지금도 내 귀에 들리는 듯하다.

푸른 그림자 드리운 냇가에서 새고 지던 여름이 가면, 파란 원색의 하늘 아래 눈부신 노란색으로 단풍이 드는 가을이 온다. 그러면 나는 염소들을 몰고 가서 포플러 숲에 풀어 놓는다. 염소는 한 가지 풀잎이나 나뭇잎을 계속 많이 먹기를 싫어하지만, 단풍 든 포플러 잎만은 아무리 주워 먹어도 싫증이 나지 않는 것 같다. 아사삭 아사삭 주워 먹는 어미 염소의 곁에서 기름이 쪼르르 흐르는 새끼 염소들도 주워 먹는 시늉을 한다.

염소들을 그대로 두고 나는 양지쪽 잔디밭에 누워서 가지고 온 책을 편다. 《15소년 표류기》며 《암굴왕》 같은 것을 나는 그때 그 잔디 둑 비스듬히 기운 햇빛 속에서 읽었다. 《암굴왕》은 《몽테크리스트 백작》을 일본어로 옮긴 것으로, 새까만 표지에 금박으로 씌어 있는 번안한 사람의 이름 '흑암누향(黑岩漏香)'의 넉 자가 그 위에 떨어진 포플러 낙엽과 함께 눈에 선하다. 나는 책에 취해서 해가 지는 줄도 모르고 으스스 저녁 바람이 불어 포플러 잎이 책장에 날아오고, 매애……염소들이 곁에 와서 집에 가자고 재촉하는 것도 모르고, 어둑어둑하여 글자가 아주 보이지 않을 때까지 그 포플러 늘어선 잔디 둑에 엎드려 가슴을 죄며 책장을 넘기던 일이 지금도 바로 어제 일같이 느껴진다.

포플러 잎줄기를 서로 걸어 잎 싸움을 하던 일, 염소들의 겨울 먹이를 위해 날마다 단풍잎을 긁어모으던 일, 수숫대 끝에 못을 받아 화살을 만들어 포플러 꼭대기를 쳐다보고 쏘아 올리던 일……포플러 꼭대기 가물가물한 그 푸른 하늘로 날아오르던 화살!

이윽고 겨울이 와서 냇물이 얼어붙으면 앙상한 가지들이 바람에 우는 소리를 들으면서 우리는 또 눈부신 얼음 위를 썰매로 달렸던 것이다.

포플러는 한여름 뙤약볕에 그 무성하게 짙푸른 하늘빛 가까운 진초록색 잎들을 달고 높이 하늘을 비질할 때도 좋지만 (그 싱싱하고 푸른

나무는 얼마나 더위를 잊게 하는가?) 역시 5월의 새잎과 가을의 단풍
철이 제일이다.

　5월 초순, 진달래도 벚꽃도 다 지고 온갖 나뭇가지에서 잎들이 피어
나 삶의 즐거움을 노래할 무렵이면, 긴 겨울을 벌판에서 마른 가지만
서로 부딪치고 있던 키다리 포플러도 그제서야 찬란한 생명을 잎 피운
다. 그러니 못자리판을 만들기 위해 봇도랑을 치고 할 때다. 봇꾼들은
일을 하다가 술을 나눠 마시고, 마을 아이들에게 엿을 나눠주면서, 갓
피어오르는 눈부신 포플러 잎들을 쳐다본다. 그 야들야들한 잎들이 윤
기가 뚝뚝 떨어질 듯 푸른 하늘 아래 연둣빛으로 눈부시게 피어나는
모습을 가만히 보고 있으면, 언제나 답답하고 슬프고 외롭기만 하던
가슴에도 알 수 없는 즐거움이 솟아나는 것이다.

> 포플러 잎사귀 연둣빛이 곱구나.
> 통통한 잎줄기 손톱으로 잘라보면
> 냄새 쌉쌀한 보드라운 잎사귀는
> 햇빛이 배인 듯 찬란도 하구나.
>
> 　　　　　　　　• 이원수, 〈포플러 잎새〉에서

　내가 좋아하는 시의 첫 구절이다. 새잎이라면 비단 포플러뿐 아니라
참나무, 버들, 감나무, 은행나무……어느 나무도 다 그 빛이 아름답고
보는 이의 가슴을 기쁨으로 채워주지만 유달리 포플러가 내 마음을 사
로잡는 것은 어째서인가? 그것은 울타리 안에서 사람들의 보호를 받
거나 고고(孤高)한 자리에 서 있는 나무가 아니라 짓밟히고 버림받은
개울가에서 항상 우리들과 함께 있는 나무가 되어서 그런지 모른다.

하여튼 나는 포플러의 그 찬란한 새잎을 한 번 더 보기 위해 회색의 긴 계절을 잘 참고 견디는 것 같다.

다시 가을— 벌써 뜬구름같이 몇십 년을 봇짐을 싸고 돌아다니는 몸이지만, 어느 산골, 어느 강변에서도 해마다 가을이면 나는 거의 매일같이 하루의 일을 마치고 가까운 냇가로 나가는 것이 버릇이 되었다. 마치 영영 잃어버린 고향을 찾듯이.

거기에는 언제나 초록빛 저고리와 노랑 치마를 입은(포플러는 언제나 아래쪽에 있는 잎부터 차례로 노랗게 물들어간다) 포플러가 그 옛날의 그리운 고향 동무같이 소박한 모습으로 서서 나를 기다리는 것이다. 나는 포플러나무 밑에 낙엽을 깔고 앉아 노을이 꿈같이 물들고 다시 스러지는 하늘을 바라보고, 풀벌레 소리를 듣고, 먼 윤회의 길을 떠나는 낙엽을 쳐다보면서, 인생과 영원을 생각하고 나 자신을 찾아보는 것이다. 어쩌면 만물은 그 생명이 처음으로 찬란하게 피어날 때와 다시 이 세상에서의 임무를 다하고 떠날 때 가장 아름답고 엄숙한 모습으로 나타나는 것 같기도 하다.

나는 지금도 창 밖의 흐릿한 겨울 하늘에 가지를 뻗고 있는 포플러의 대열을 바라보고 있다. 사욕에 구부러짐이 없이 저렇게 자유로운 선을 그으며 하늘을 날아오르는 나무의 성스럽도록 아름다운 벌거벗은 모습! 온 하늘의 바람을 다 맞고 서 있는 그것은 어쩌면 순교자의 모습 같기도 하다. 태초에 하느님은 한 그루 포플러를 만드셨다— 왜 성서의 기록자는 이렇게 써두지 않았을까?

저 가느다란 가지마다 돌멩이같이 야무진 눈들이 매달려 있겠지. 어떠한 모진 형벌에도 굽히지 않고 기어이 뻗어나고야마는 그 모진 생명들이 찬란히 피어오를 그날을 꿈꾸며 안으로 안으로 속눈을 틔우고 있겠지. 냇가에서 논밭을 지켜 홍수를 막고, 가로수가 되고, 성냥개비와 성냥갑이 되고, 봇도랑의 물을 건네주는 홈이 되고, 말뚝이 되고, 아이들의 입술에 물려 피리가 되고, 서커스단의 천막 기둥이 되는 포플러는 이 땅의 가난한 백성들의 눈물과 한숨으로 자라나면서 그 희망과 의지와 줄기찬 생명을 보여주는 나무다. 이제 눈보라치는 긴 겨울이 가면 기어이 봄은 오겠지. 포플러여, 우리 휘파람이나 불며 살아가 보자. 눈부시게 피어날 그날을 위해 이 모진 계절을 노래나 부르며 살아가자!

• 1971. 1

흙

해군에 있는 ㅎ군이 언젠가 찾아와서 들려준 얘기인데, 배를 타고 몇 달이나 하늘과 물만 바라보면서 바다에 떠 있으면 뭍이 보고 싶어 견딜 수 없다는 것이다. 그래서 그 먼 항해를 끝내고 고국에 돌아오게 될 때 멀리 수평선에 가물가물 뭍 그림자가 보이고 차츰 그것이 뚜렷한 산 모양으로 나타나면 모두 환호성을 올리고, 이윽고 육지에 올라왔을 때는 마구 땅바닥에 엎드려 흙을 움켜쥐고 입맞춤을 한다는 것이다.

나는 이 얘기를 듣고 인간이란 뭍에서 사는 동물임을 새삼스레 느끼면서 어릴 때 부른 노래의 한 구절이 생각났다.

물나라로 물나라로 다닌 수부
꽃이 피고 새가 우는 그리운 땅
내 고향에 가는 뱃길 알려주는

샛별 등대 저 먼데서 빛납니다.

흙에서 태어나 흙에서 자란 풀과 열매를 먹고 흙을 밟고 살다가 죽어서 흙으로 돌아가는 것이 어찌 인간만의 운명이랴? 모든 동물과 곤충과 하늘을 날아다니는 새들까지 흙을 떠나서는 살 수 없는 것이다. 흙은 생명의 근원이요, 고향이다.

배를 타고 다니는 것이 직업으로 되어 있는 사람들뿐 아니라 비행기를 타고 다니는 사람들도 마찬가지다. 하늘에 계속 떠 있는 시간이 바다에 떠 있는 시간에 비교가 안 될 만큼 짧다고 하더라도 땅 위에 내려와 흙을 밟고서야 비로소 사람이 살 수 있는 곳에 돌아왔다는 안도의 느낌을 가질 것이다.

얼마 전에 남쪽 바다에서 배가 침몰하여 백 수십 명의 젊은이들이 수장을 당한 끔찍한 일이 있었다. 또 그 무렵 프랑스의 파리 근처에서 비행기가 추락해서 수백 명이 몰살했다는 보도가 있었다. 어제는 내가 늘 나가서 버스를 타는 신작로 그 자리에서 차가 서로 들이받아 세 사람이 즉사했는데, 그중의 한 사람이 바로 이웃 동네 젊은이라고 한다.

인간은 아무래도 두 발로 걸어다녀야 하는 동물이다. 날아다니는 새의 흉내를 내고, 물에서 사는 고기의 흉내를 내려니 탈이다.

오늘날 인간사회의 모든 비극은 인간이 제 본 모습을 깨닫지 못하고, 제 본분을 지키지 않고 엉뚱한 짓을 하고 있는 데서 오는 것이 아닐까? 흙을 떠나 만들어지고 있는 기계문명은 이제 막다른 골목에 다다라 꼼짝도 못하게 되었다.

자연과학은 자연을 사랑하고 키워가는 것이 아니라 자연을 정복하고 파괴하고 있으며, 그 자연 속에서 살고 있는 생명을 살생하는 방향으로만 달리고 있다. 상업과 공업으로 팽창하는 도시에 발을 붙이고 있는 정치는 눈먼 과학과 기술을 이용하여 흙에서 싹터난 사상, 인간성의 자연을 짓밟고 있다. 겉치레 상품으로 타락한 교육, 황금의 시녀가 되어 버린 문학과 예술, 그것은 모두 허공에 뜨고 물 위에 나부끼는 나뭇잎같이 불안한 인간의 모습을 보여준다.

땅을 파서 곡식을 가꾸는 농사꾼들의 얼굴은 흙빛이다. 그러나 그들도 요즘은 흙을 배반하고 흙을 약탈하기만 한다. 풀을 베어 두엄을 만들어줌으로써 흙에서 얻은 것의 일부를 돌려줄 줄을 모르고 화학비료만 쓴다. 흙에서 나는 생명을 가꾼다는 정신은 간 곳 없고, 주판질로써 그때그때의 이익을 위해 상품을 생산하고 있다. 옛날에는 농사꾼들이 새벽마다 일어나 골목과 들길을 다니면서 강아지똥 쇠똥을 알뜰히 주워 모았는데 요즘은 변소의 분뇨를 공짜로 퍼가라고 해도 아무도 퍼가는 사람이 없다. 흙에서 바로 얻은 볏짚으로 덮인 지붕은 깨끗이 걷어치우고 슬레이트를 덮어 울긋불긋한 페인트칠을 해 놓고, 흙으로 쌓은 담장이나 나무 울타리도 보기 싫다고 헐어내어 시멘트 담장을 둘러쳐서 그 위에다 유리 조각을 꽂아 세워 놓고는 문명인이 되었다는 표정을 짓고 있다.

우리 앞집 영감님은 라디오를 골목이 떠나가도록 시끄럽게 틀어 놓으면서 자기 집 마당, 나무에 찾아오는 참새 떼는 기를 쓰고 장대로 쫓고 있다. 앞집 영감님뿐 아니다. 요즘 젊은 농사꾼들은 라디오를 지게에 지고 들에 나가는 것이 유행이다. 뻐꾸기나 꾀꼬리 소리보다 라디오의 유행가를 더 좋아하는 농사꾼들, 그들의 정신은 흙에서 멀리 떨어진 도시의 콘크리트 건물 위를 방황하고 있는 것이다.

조금 전에 나는 어느 잡지 표지에 나온 시멘트 회사의 광고를 읽었는데 그 광고문은 이러했다.

우주 가운데 시멘트로 만들어진 지구만큼 아름다운 유성이 또 어디에 있을까요?

이것은 참 훌륭한 시멘트의 광고문이 될는지 모른다. 그러나 나는 여기서 시멘트로 밀봉이 되어 풀 한 포기 나지 않는 지구를 상상하고 소름이 끼쳤다. 인간의 역사와 정신은 벌써 이 무서운 시멘트 문명으로 다 덮여 있는 것이 아닌가?

흙이 그립다. 흙의 따스함과 흙의 향기가 그립다. 평화와 순박과 사랑이 충만한 흙의 정신이 아쉽다. 이 추악한 냄새와 현기증 나는 빛깔과 요란스런 풍경과 숨막히는 공기 속에서 금방이라도 폭발해 버릴 것 같은 불안한 지구 위에서 따스한 인간 정신이여, 이른봄 돋아나는 한 포기 풀같이 흙에서, 흙 속에서 살아나라!

내 언제 조밥꽃 이밥꽃 봄마다 흐드러지게 피는 고향 산기슭에 돌아가 흙으로 집을 짓고 풀잎으로 지붕을 이어, 상추를 가꾸고 옥수수를 까먹으며 한 포기 풀같이 한 그루 나무같이 살아갈 것인가!

• 1975. 봄

산

인간이 생겨난 곳은 산이라 한다. 물을 마시고 사는 물고기가 아닌 이상 당연한 일이다. 인간은 산에서 나무 열매를 따먹고 살다가 농사를 짓게 됨에 따라 들로 내려온 것이다. 우리가 높은 산을 쳐다볼 때 그 산의 모습에 감탄하고, 본능적으로 그곳에 오르고 싶어하고, 그리고 사실 죽음을 무릅쓰고 산에 기어오르기도 하는 것이 모두 인간 본연의 생명의 발동인 것 같다.

산—그것은 자연이 낳은 예술품 중에서 가장 자연다운 것, 그리하여 가장 위대한 걸작이어야 한다. 바위를 이고 기이하게 하늘 높이 우뚝 솟은 산, 파도 같은 곡선을 겹겹이 그려 놓은 산, 먼 들판 저편 하늘 끝에 점점이 그리운 마음처럼 이어간 산, 주욱죽 뻗어내린 골짜기가 마치 질주하는 운동선수의 건강한 육체같이 아름다운 산, 안개가 지나간 하늘에 홀연히 눈앞에 나타나 사람을 놀라게 하는 산, 하늘 위로 날아가 버렸는가 자취도 없이 사라졌다가 무지개를 타고 내려온 비 개인

하늘의 산, 저무는 들판 저쪽에서 성자(聖者) 같은 모습으로 다가오는 보랏빛 산, 온통 붉은 꽃으로 물들인 봄의 산, 신록에 덮여 하늘과 땅을 찬미하는 5월의 산, 단풍 든 잡목들이 그 마지막 생명을 장식하는 가을의 산, 백두(白頭), 묘향(妙香), 속리(俗離), 설악(雪嶽), 일월(日月), 태백(太白), 한라(漢拏)……어쩌면 이름도 그처럼 아름다운가!

만고(萬古)의 적설(積雪)에 덮여 눈부시게 솟아 있는 몇천 미터의 높은 산에서부터, 아이들이 즐겨 뛰어오르는 나지막한 언덕 산에 이르기까지 산은 항상 우리들의 마음을 사로잡는다. 바다가 아무리 하늘을 닮아 그 색이 시시각각으로 변한다고 해도, 그 모양이 아무리 구름을 흉내내어 끊임없이 움직인다 해도 온갖 초목들이 사철 옷을 갈아입는 산에 비기면 너무나 단조롭다. 물고기가 아니어서 두 다리만으로 뛰어들어가 살 수 없는 바다는 우리 인간에게 여전히 거리가 먼 세계다. 배를 타고 여행을 한다는 것도 아무나 즐길 바가 못 된다. 그런데 산에는 온갖 풀과 나무가 꽃을 피우고 향기를 풍기며 자라고, 새들은 다투어 그 목청을 자랑하고 있는 것이다. 어른도 어린이도 안전한 땅을 밟고, 산나물과 열매를 먹고, 샘물을 마시고, 해와 달과 별들을 조용한 마음으로 쳐다보고, 산새 소리 물 소리에 귀를 기울이며 살아간다. 인간은 역시 산에서 생겨난 동물이었다.

그뿐인가, 살벌한 생존경쟁의 아우성과 썩어가는 쓰레기와 분뇨의 냄새, 사치와 이기로 눈이 뒤집혀서 독기를 뿜고 있는 인간들의 무리를 산은 멀리하여 준다. 마치 냇물이 모든 더러운 것을 깨끗이 씻어주듯이.

산에는 풀과 나무, 산에는 꽃과 새,

착한 짐승, 착한 사람 모여 산다네.

정말 산에는 착한 짐승들뿐만 아니라 착한 사람들이 모여 산다. 그것은 생존경쟁에 패배한(이 세상에서 착한 사람은 언제나 패배한다) 사람들이 쫓겨와 맨몸으로 땅을 파고 열매를 따먹고 살아가는 곳이다. 그래서 산을 좋아한 어느 시인은,

기린같이 목을 길게 빼고 바라보는
山 山 山

하고 노래하였던 것이다. 정말 "산이 날 에워싸고 씨나 뿌리며 살아라 한다"는 시심으로 산에서 살아갈 수 있다면 얼마나 행복하겠는가?

산에는 꽃피네.
꽃이 피네.
갈 봄 여름 없이
꽃이 피네…….

인간이 일에 시달릴수록 산은 멀리서 더욱 그리운 모습을 하고서 우리들을 부른다. 무릇 자연은 그 품에서 멀리 떨어져 있을 때 비로소 그 아름다움을 느끼게 되는 것이다. 마치 어머니의 품에서 멀리 떠나야 어머니의 사랑을 느끼게 되는 것과 같다.

우리를 낳은 어머니, 우리를 업어 키워주고 지금도 우리를 말없이 지켜보고 있는 위대한 어머니인 산.

그런데 이 위대한 자연의 예술품이요, 우리들 생명의 고향인 산이, 한 폭의 동양화가 아니라 벽으로 느껴지는 것은 어찌 된 셈인가?

상상으로 미화시킴이 없이 보다 현실적인 눈으로 산을 바라볼 때, 산은 또 많은 사람들에게 즐거움보다 더 고통을 안겨주는 것 같다.

산이 그리움의 대상이 되고 마음의 고향이 된다는 것은 소비생활을 위주로 하는 도시인이나 기계문명에 지친 지식인들에게 대체로 해당되는 것이다. 생산노동에 시달리는 산촌 사람들에게 산은 닫혀진 문이나 벽으로 의식되고, 그곳에서 아무리 벗어나려 몸부림치지만 그러나 어쩔 수 없이 거기 매여 있어야 하는 한스러운 운명으로 존재한다.

보라, 문명에 버림받은 찌그러진 흙담집들을 둘러싸고 있는 험한 산들을! 허리에서 등으로, 어깨 머리에까지 기어오른 판잣집들에 덮인 도시의 산을! 나무 한 그루 서 있지 않은 벌거벗은 우리의 산! 그것은 참 송구스럽게도 볼품없이 헐벗은 모양을 하고서 통곡하고 있는 우리들의 어머니요, 조국이 아니고 무엇인가? 그것은 산이 아니라 바로 무덤이다. 숨통이 꽉 막히는 우리의 역사다.

그래서 어쩌다가 나무가 좀 우거진 산이 있다 해도 그것은 철조망 안에 갇혀 있거나 특수한 지대에서 보호를 받고 있는 것이고, 그래서 또 어쩌다가 소나무가 좀 서 있는 산을 바라보아도 백치 같은 색채로 도말되어 변할 줄 모르는 역사같이 답답하게 느껴지기도 한다.

어쩌자고 답답한 산은 이토록 많은가? 어디를 가도 산이다. 서울은 남산과 북악으로 허리가 잘려 있다. 대구도 대전도 산으로 둘러싸여 있다. 부산도 목포도 산비탈에 붙어 있다. 지긋지긋한 산이다. 산이 없는 곳에 살고 싶다. 넓은 벌판 그 한가운데서 아침마다 지평선에 떠오르는 태양을 바라보고, 저녁마다 지평선에 떨어지는 새빨간 태양을 바라보고 싶다. 그런 곳에서는 얼마나 하늘이 넓으랴? 그 넓은 하늘에 새빨간 노을이 깔려 있는 것을 저녁마다 바라볼 수 있다면!

호남선을 가본 것은 오래 되어 기억이 희미하고, 경부선 평택 부근을 지나며 차창으로 내다보던 생각이 난다. 아, 이런 곳에서 살면 얼마나 가슴이 시원하겠는가? 온종일 하늘 속에서 살아가는 새가 된 기분이지. 이런 들판에서 농사라도 지으면서 살아간다면 얼마나 충만한 생명의 나날을 누릴 수 있을까.

'이런 곳에서 살다가 죽으면 내 몸 묻힐 산이 없어 어쩌나?'

문득 이런 생각이 들기도 했다.

답답하다. 벌거벗은 산을 쳐다보고 살아간다는 것은 감옥 속에 갇혀 있는 것처럼 괴롭다. 언제 이 산을 벗어나나?

산새도 오리나무
위에서 운다.
산새는 왜 우노
시메산골
영 넘어가려고
그래서 울지.

정말 산골 사람들은 모두 산을 벗어나려고 한다. 농사짓는 사람이나 장사하는 이나 교원이나 그 아무도 산골에 그대로 살고 싶어하는 사람이 없다. 평생 소원이 도시에 나가는 것이요, 자기 대에서 그 소원이 이뤄지지 않으면 다음 대에서라도 그 꿈이 실현되도록, 자라나는 아이들에게 희망을 걸고 있다. 아이들도 어른 따라 모두 그런 마음으로 살아간다.

나는 서울 갔으면 좋겠다.
서울 가면 기술도 배우고
돈도 번다.
그런 데 가면 사람도 약아질 게다.

• 국민학교 2년, 남

우리는 촌에서 마로 사노? (뭐하러 사노)
도시에 가서 살지.
라디오에서 노래하는 것 들으면
참 슬프다.
그런 사람들은 도시에 가서
돈도 많이 벌일 게다.
우리는 이런 데 마로 사노?

• 국민학교 2년, 남

이들은 자연 속에서 살다보니 그 자연의 아름다움을 느끼지 못한다기보다 그런 것을 느낄 만한 마음의 여유가 없다. 그리고 무엇보다도 도시의 피상적 문화에 정신이 팔리고 있는 것이다. 이번에도 내가 있는 마을에서 새마을 사업을 한다고 마을의 비탈진 골목길을 엄청나게 넓히고, 돌담을 헐어 시멘트 블록으로 담을 쌓은 것은 좋았는데, 그 담 위에 이건 또 무슨 짓인가, 큰 도시에서나 볼 수 있는 유리 조각들을 아무 필요도 없이 총총 박아 세워 놓았다. 날마다 라디오를 듣고 유행

잡지나 캘린더의 벌거벗은 여자의 그림이나 쳐다보고 살아가는 산골 사람들은 그 정신이 완전히 도시의 노예가 되어 있는 것이다.

이것은 사치스러운 도시의 일부 사람들이 산에 오르는 것을 무슨 귀족적인 취미나 자랑으로 알고, 혹은 산을 안일한 공상의 대상으로 즐기는 것과 마찬가지로 메스꺼운 일이다. 그것은 곧 우리들 마음속에 솟아 있는 또 하나의 숨막히는 붉은 산이다.

산이 아름답다고 함부로 지껄이지 말라!

하늘과 길과 역사를 가로막아 우리들 앞에 서 있는 산.

운명이요, 무덤인 산.

그 산을 떠나지 못하고, 그 산을 안고, 거기 눈물을 뿌리며 한 포기 진달래를 가꾸는 마음으로 살아가야 하는 나는 이제 노래도 없이 그 속에 묻힐 날을 기다려야 하는가?

제발 저 하늘 한 모퉁이만이라도 바라볼 수 있게 틔워다오, 산이여!

하늘

1

책상에 엎드려 무엇을 하다가 문득 바깥을 바라보고 놀란다.

아, 하늘!

저렇게 아름다운 하늘!

내가 세상에 태어나 몇천 번, 몇만 번을 쳐다보았을 하늘이건만, 그리고 오늘도 아침부터 길을 걷고 쳐다보며 일을 한 하늘이건만, 그 하늘은 나의 눈앞에 새로운 빛과 새로운 즐거움으로 펼쳐져 있는 것이다.

내가 장님이 아니라는 것은 얼마나 행복한 일이냐? 뼈에 저리도록 삶이 슬퍼도 좋다. 절망, 절망의 연속이라도 좋다. 하늘을 쳐다보는 자유가 있는 한, 우리의 심장은 영원히 싱싱하게 뛰고 있으리라.

생각하면 얼마나 많은 화가들이 저 하늘의 아름다움을 그려보려 하였던가? 얼마나 많은 시인들이 저 하늘에 공상의 나래를 펼쳤던가? 얼마나 많은 과학자들이 하늘을 쳐다보고 우주의 비밀을 캐어내려 하였던가?

그러나 밀레가 그린 저녁놀도, 코로의 안개에 싸인 아침 하늘도, 고흐의 대낮과 밤의 하늘도, 그밖에 그 어느 화가가 그린 하늘도 저 머리 위에 둥그렇게 펼쳐져 있는 살아 있는 하늘만큼 감동을 안겨주지 못한다. 밀턴의 우주도, 타고르의 하늘도 지금 내 가슴에 싱그러운 호흡을 안겨주는 저 하늘은 아니다.

갈릴레오가 지동설을 주장한 이후에도 수많은 과학자들이 망원경으로 쳐다보고, 날아가는 새의 흉내를 내고 하였지만, 저 하늘은 여전히 우리의 머리 위에 신비의 푸른 포장을 치고 있다. 인공위성이니 우주선이니 하는 것은 얼마나 보잘것없는 장난감들인가? 그것은 넓은 바다를 향해 던지는 조그마한 한 개의 조약돌이다. 그 수를 헤아릴 길이 없는 밤하늘의 별들의 정체는 다 그만두고라도, 도대체 태양의 빛은 어찌하여 생겨난 것일까? 지구에서 살고 있는 모든 생명의 근원인 그 빛의 정체는 무엇인가? 비 개인 하늘에 걸려 있는 찬란한 무지개의 색깔은 어디서 어떻게 오는 것인가? 저녁놀의 아름다운 빛깔과 그 빛깔의 미묘한 변화는?

태양과 달과 별들이 그 품에 안겨 뜨고 지고, 천만 가지의 모양으로 변하는 구름이 거기에 흐르고, 온갖 새들이 날고, 바람과 비와 눈과 번개와 천둥과 무지개들이 나타났다가 사라지는 하늘. 새벽부터 낮까지, 다시 밤까지, 봄 여름 가을 겨울을 끝없이 변하면서도 변하지 않고, 언제나 그 모습이면서도 시시각각으로 변하고 움직이는 하늘은 우리에게 무한한 기쁨과 위안과 그리고 계시를 준다.

이른 새벽 괭이를 어깨에 메고 이슬 내린 풀밭 길을 걸어가면서 쳐다보는 맑은 샘물같이 피어나는 동녘 하늘. 그 하늘에 떠 있는 능금빛 구름.

어미 닭의 고함 소리가 울려 퍼지는, 솔개가 둥 떠 있는 대낮의 하늘.

애드벌룬이 헤엄치는 빌딩 위의 하늘.

순식간에 온 세상을 꿈의 빛깔로 덮어 놓고, 마지막 사라지는 빛을 향해 물 위를 뛰어오르는 피라미들의 무지갯빛 비늘을 환히 비추는 저녁놀에 물든 하늘.

신비스러운 별들이 깜박거리고, 별들이 흘러가는 밤하늘, 비스듬히 기울어지는 은하.

올 듯 올 듯하면서 아직 오지 않는 봄을 기다리며 나뭇가지에 앉아 울고 있는 조그만 새의 부리 끝에 묻어 있는 연파랑 하늘.

장마가 개인 아침, 만져질 듯 가까이 다가앉은 산언덕에 눈부시게 반짝이는 새잎들을 내려다보는, 푸른 물감이 뚝뚝 떨어질 듯한 하늘.

감나무 그늘에서 쳐다보는 푸른 잎 푸른 열매 사이, 파란 손수건 같은 하늘.

이따금 밤알이 떨어져 낙엽 속에 묻히는 골짜기 조그만 못물 속에 비친─한 송이 새털구름을 띄워 바다같이 고운 가을 하늘…….

아, 이런 서투른 묘사는 그만두자. 우리는 그저 하늘을 쳐다보는 것이다. 쳐다보지 않고서는 살아갈 수 없어 쳐다보는 것이다. 한 송이 구름이 되어 한없이 즐거움에 젖어 흘러가는 것이다.

길을 가면서.

일하던 손을 잠깐 쉬고 앉은 밭고랑에서.

차를 타고서.

책을 보다가 피로한 머리를 들고.

담배 연기를 혹 뿜으면서.

그리하여 때로는 한숨을 쉬고, 때로는 알 수 없는 그리움에 젖고, 때로는 눈물을 뿌리고, 때로는 끝없는 공상의 나래를 펼치고, 때로는 새로운 그 무엇을 찾아낸 기쁨에 가슴을 두근거리며, 때로는 하하 웃음을 터뜨리면서…….

오, 하늘!

우리의 영혼은 당신을 닮아 하루에도 몇 번씩 그 빛이 변하는 호수의 물이올시다.

우리의 영혼은 당신을 향해 발돋움하며 목마른 입술을 축이는 산봉우리입니다.

우리의 영혼은 햇빛에 충만한 당신의 품을 향해 피어나는 풀싹이올시다. 뻗어오르는 나뭇가지입니다.

오, 하늘 — 영원의 얼굴이여!

우리는 당신에게서 아름다움이 무엇인가를 배웠습니다. 생명이 무엇인가를, 그 즐거움을 깨달았습니다.

우리는 당신에게서 무한한 관용을, 그리고 선(善)을 배웠습니다.

우리가 쳐다보아야 할 곳이 어디인가를, 우리가 향해 가야 할 곳이 어디인가를 배웠습니다.

커다란 허무와 절망을 안은 우리는 그 허무와 절망이 곧 희망이라는 것을 배웠습니다.

우리는 당신에게서 자유와 평화를 배웠습니다.

우리가 휘날려야 할 깃발의 색깔을, 우리가 활활 불태워야 할 젊음을 깨달았습니다.

인간의 한숨과 눈물과 웃음과 원망과 아우성과 환희로 가득 찬 하늘, 그 하늘은 지금도 내 머리 위에서 다만 높고 깊고 넓고 무한한 뜻을 지니면서 그저 아름답기만 하다.

그 옛날 그리스 사람들은 밤하늘의 찬란한 별들을 바라보고 아름다운 신화를 창조하여 그 속에서 살았다. 우리의 선조들도 첨성대를 쌓아서 하늘을 쳐다보며 살았다. 그런데 오늘날의 사람들은 하늘을 쳐다볼 줄 모르고, 하늘이 없이 살아가고 있다. 도시에서는 이미 별과 달이 떠 있는 낭만의 밤하늘은 전설이 되어 버렸다.

어지러운 전등불빛이 낭만의 하늘을 말살해 버린 것이다. 낮이면 하늘이 머리 위에 있는데도 쳐다볼 여유가 없이 살아가야 한다. 먹고 살기에 바쁘고 혹은 제정신을 잃고서 무엇에 쫓기면서 하루 종일 머리를 쥐어짜고 허덕이며 돌아다닌다. 꿈을 잃은 사람들은 물질과 기계의 노예가 되어가고 있다.

더욱 비참한 것은 쳐다볼 하늘이 없는 사람들이다. 시끄러운 기계 소리 속에서 온종일 긴장하면서 손발을 움직이고 있어야 겨우 세끼의 밥을 먹을 수 있는 공장의 직공들이 그렇다.

밤일을 하는 사람들은 태양이 하늘에 떠 있는 온 낮을 휴식하기 위해 잠을 자야 한다. 그들에게는 밤이 낮이고, 낮이 밤이다. 아니 밤의 연속이다. 별도 없는 밤의 연속—이 얼마나 슬픈 삶인가?

그리고 깊은 땅 속 몇십 리를 들어가 광석을 캐는 갱부들이 있다. 며칠 전에는 이곳에서 젊은이 하나가 화약 사고로 갱 속에서 죽었다. 모두가 칭찬하던, 행실이 너무나 착하고 어진 젊은이였다.

신문에 보니 어디서 갱부들이 일곱 사람이나 생매장을 당했단다. 하늘도 없이 살다가 죽어가는 사람들! 여러 해 전에 이웃 나라에서 수백 명의 갱부들이 생매장을 당한 일이 있었다. 그때 그 불행한 사람들을 위해 인사 한마디 없던 세계 각국의 정부에서, 같은 때 어느 큰 나라의 대통령이 죽으니 국왕과 대통령과 수상들이 모두 특별 비행기 편으로 찾아가 장례식에 참석했다. 부잣집 주인이 죽으면 세상이 떠들썩하고, 가난한 사람이 죽으면 개도 찾아주지 않는 세상, 이런 추잡한 인간사회가 저 푸른 하늘 아래 냄새를 풍기고 있다.

그러나 암흑 속에서 살아가는 그 많은 사람들, 그들은 훗날 눈부신 태양 아래 그 누구보다도 즐겁게 노래하며 살아갈 권리가 있어야 한다.

하늘을 언제나 쳐다보며 살아가는, 차라리 하늘에 안겨 살아가는 행복한 직업이 있다. 농사를 짓는 사람들이다. 그런데, 우리 농민들의 가슴은 너무나 메말라 버려서 하늘의 아름다움이 비쳐들 정서의 물방울조차 남아 있지 않은 것 같다. 너무나 오랜 세월을 심한 궁핍과 노동에 시달리다보니 그리되었다. 자나 새나 가뭄과 장마를 걱정하면서 원망스러운 눈으로 하늘을 쳐다보게 되니 그렇다. 이것은 마치 고아원의 보모들이 고아들을 귀찮아하고, 병원의 간호원들이 기계적으로 환자를 대하고, 자동차의 안내 아가씨들이 목쉰 소리로 손님들을 호령하고, 콩나물 시루 안에서 들볶이는 교원들이 아이들을 멀리하려고 하는 경우와 같다고 할 것이다.

하지만 농민의 어린이들은 그 가슴속에 얼마나 아름다운 하늘을 지니고 있는가.

하늘은 높다.
하늘은
저리 높단하다고
지가 대통령이다고

생각하였습니다.

• 정상문, 7세

하늘은
온 세상보다 크다.
마구 새파랗다.
크레용을 암만 칠해도
하늘같이 안 된다.
하늘은 옛날부터 글타(그렇다).

• 이화자, 7세

하늘이 파랗다. 교실 학교 어울려서 가을 동산과 같이 어울려
서 집마다 파랗게 만들고 산도 파랗게 만든다.

• 홍성희, 7세

이러한 하늘을 도시의 아이들은 알지 못한다. 농촌의 아이들도 커감
에 따라 하늘을 잃어버린다. 주판질만 하면서 살아가게 되고, 혹은 쳐
다볼 하늘도 없는 구렁 속으로 떨어지고 마는 것이다.

하늘은 잃지 말아야 하는 것. 빼앗기지 말아야 하는 것.

하늘은 어느 한 사람의 것이 아니다.

열 사람, 스무 사람의 것도 아니다.

모든 사람이 함께 가져야 하는 재산이다.

하늘을 더럽히는 인간들 —— 독한 가스로, 시끄러운 소리로 더럽히는
인간들의 둘레에서 이제 점점 하늘이 아니 되어가고 있는 하늘.

하늘을 쳐다보지 못하게 가로막는 자들 — 이건 내 하늘이다, 하고
버티는 자들에 의해 빛을 잃어가고 있는 하늘.

저 하늘에 죽음의 재를 뿌리는 자 누구냐? 날카로운 기계 소리를 울
리는 자 누구냐? 녹슨 종 소리를 울리는 자 누구냐? 다이아몬드보다 더
아름다운 빛을 그리며 무지개를 그리며 쳐다보는 티 없이 맑은 눈망울
들에 시커먼 먹구름장을 덮어놓는 자 누구냐? 꽃밭을 나는 나비같이
꿈의 동산을 노니는 어린 가슴들을 깜짝깜짝 놀라게 하는 자 누구냐?

오, 하늘을 우리 모두의 하늘이 되게 하라. 비둘기와 참새와 제비들
마음 놓고 나는 하늘이 되게 하라. 무한히 즐거운 우리들 영혼의 집이
되게 하라.

내게도 하늘을 쳐다보지 못하는 날이 너무나 많다. 시험 점수를 매
기고, 혹은 겉치레 환경정리나 하고 잡무를 처리하기에 정신이 없다가
해가 지는 날은, 교문을 나서면서 비로소 살았구나, 하는 의식을 회복
하게 된다. 불그레한 노을을 쳐다보면서.

하늘을 바라보지 못하고 자라나는 아이들이 얼마나 많은가? 웅크리
고 땅 보며 살고 있는 아이들, 시험 공부로, 숙제로, 회비와 잡부금으
로 그늘 속에서 시들어가는 아이들은 얼마나 될까?

아침마다 교무실을 나와 출석부를 들고 터덜터덜 슬리퍼를 끌고 교
실로 들어가는 교사들이여! 복도에서 잠깐이라도 좋으니 창문을 열고
하늘을 바라보라. 심호흡을 하라. 그리하여 방금 교무실에서 마신 괴
로운 잔, 뼛속까지 스머든 그것을 해독(解毒)하라. 그러면 교실로 들어
서는 발걸음이 나비같이 가볍고, 교단에서 바라보는 아이들의 얼굴이
햇빛 속에 빛나는 과일처럼 아름다워 보이리라.

콩나물 시루 안에서 지친 교사들이여! 사흘에 한 번씩이라도 좋으니

아이들을 데리고 교문 밖을 나가보라. 우선 아이들이 얼마나 좋아서 이리 뛰고 저리 뛰고 할 것인가? 그러면 가까운 풀밭이나 언덕이나 어디든지 좋다. 하늘이 있고 바람이 있고 먼 산이 바라보이는 곳이라면 언제나 자연의 교과서는 천연색 삽화를 곁들여 무한한 흥미를 일으킬 것이다. 거기서 풀과 나무, 혹은 벌레들을 살펴봄도 좋고, 노래를 불러도 즐겁고, 그림을 그리든지 글을 쓰든지 씨름이라면 더욱 재미날 터이고, 냇물이 있어 그 속에 뛰어든다면 말할 것도 없겠다. 그 자연 속에서 아이들의 마음은 마치 푸른 하늘 아래 익어가는 과일처럼 싱싱한 빛깔로 물들어갈 것이다.

이렇게 푸른 하늘 아래 즐거운 시간을 보낸 날은, 충실한 하루를 살아간 기쁨에 마음이 흐뭇한 밤을 맞이할 것이 아닌가.

하늘 ― 그것은 모든 인간의 고향이다. 모든 생명을 안아주는 어머니다. 기댈 곳 없고 설 땅이 없는 사람들에게 남겨진 영토다. 조국이다.

우주의 창. 신의 거소(居所). 우리들 영혼의 빛깔.

오늘도 저녁이 오면 나는 서녘 하늘을 바라보고 그 아름다운 빛깔을 찬탄하면서 하루를 살아온 보람으로 하리라.

2

고향이 그리울 때 우리는 하늘을 바라본다. 저 산 너머 아득한 푸른 하늘 아래 그리운 집, 그리운 사람들, 그리운 산과 내가 있겠지, 하고. 그러나 이 땅 위에 어찌 고향이 있겠는가. 집도 논밭도 산천까지 변하는 것. 인간은 더구나 아침저녁으로 서글프게 변하는 것. 다만 우리는 하늘만 바라보며 마음속에 간직한 고향을 생각할 따름이다.

> 푸른 산 저 너머로 멀리 보이는
> 새파란 고향 하늘 그리운 하늘
> 언제나 고향집이 그리울 때면
> 저 산 너머 하늘만 바라봅니다.

어린 시절에 부르던 이 노래는 우리들의 영원한 망향의 노래가 되어 있는 것이다.

못 견디게 보고 싶은 이가 있을 때 우리는 또 하늘을 바라본다. 영원의 모습을 하고 있는 하늘 그 어디에 행여 그리운 얼굴이 나타나주었으면, 하는 것이 애절한 우리들의 바람인 것이다.

생활이 온몸을 짓눌러 괴로울 때도 우리는 창 밖의 하늘을 바라본다. 그리하여 깊은 숨을 들이쉬면서 가슴을 편다. 마음을 크게 가져야지, 하늘을 마음속에 지닌다면 이런 괴로움쯤이야 그저 웃어넘기고 말 것을, 하고 마음가짐을 다시 다짐해 보는 것이다.

그러나 그 괴로움이 극도에 이르러 참을 수 없을 때, 드디어 우리는 땅을 치며 통곡한다. 우리를 돌보지 않는 하늘을 슬퍼하고 원망하는 것이다.

가끔 죽음이란 것을 생각하면서 하늘을 바라볼 때가 있다. 언젠가 한번은 다가올 엄숙한 그 순간. 그러나 죽음은 비극이 아니고 영원한 평화와 안식의 출발일 것이다. 하늘을 가만히 바라보고 있으면 내가 하늘이 된 것 같고, 죽음이란 것이 두렵게 생각되지 않는다.

한 마리 작은 새의 울음이 하늘에 울려 퍼지듯이, 한 방울의 물이 떨어져 땅에서 다시 하늘을 돌듯이, 내가 죽으면 우주 속에 돌아갈 것이다. 그것은 분명 즐거운 귀향이다. 그렇다면 하늘과 땅은 다름 아닌 나 자신의 모습이요, 입김이요, 표정이 아니고 무엇이겠는가.

보라, 저 하늘에 떠가는 구름을! 그것은 얼마나 우리를 닮았는가? 모습이 천태만상이요, 한 곳에 가만히 있는 듯하지만 잠시도 머무르지 않고 항시 움직여 흘러가고 정처 없이 어디로 사라지고 있다. 구름이야말로 우리 인생의 모습인 것이다.

자유를 목마르게 바랄 때 우리는 또 하늘을 쳐다보게 된다. 끝없이 넓고 푸른 세계를 마음대로 날아다니는 제비는 얼마나 부러운 존재인가. 하늘은 자유의 표상, 제비는 자유의 화신. 우리는 목숨을 가진 표적으로 오늘도 저 하늘을 쳐다본다.

만일 우리가 하늘을 바라볼 수 없다면——그것은 곧 노예의 삶이요, 죽음을 뜻하는 것이다.

이제 내가 살아갈 조그만 집은 하늘을 가로막는 빌딩은 물론이고 담장도 없는 들판 한가운데 세워야 한다. 거기서 나는 온종일 하늘을 마시고 살아야지. 지평선에서 떠오르는 한아름의 붉은 해와, 다시 지평선으로 넘어가는 금빛 해를 황홀한 노을과 함께 바라보며 살고 싶다. 그러기 위해 내가 잠자고 깨어나고 앉아 있는 방은 동에도 서에도 남에도 창이 있어야 하지만 북쪽에도 조그만 창을 내어야 한다. 그것은 피로하지 않은 눈길로 언제까지나 먼 하늘을 바라보는 즐거움을 누리기 위해서다.

아, 낙엽이 지는 그 어느 가을날 창 밖의 하늘을 바라보면서 한 잎의 낙엽처럼 고이 이승을 떠날 수 있다면 나는 진정 행복할 것이다.

• 1973

꽃

올해 들어 내가 맨 처음 보게 된 꽃이 할미꽃이다. 그것도 잔디밭 햇빛 속에 피어 있는 것이 아니라 아이들의 손에 쥐어뜯겨 버려진 것.

지난달 어느 날, 이젠 아주 봄이구나 하고 바쁘게 산길을 걸어가고 있는데, 그 얄보드레한 자줏빛 마음 서너 송이를 길바닥에서 하마터면 밟을 뻔한 것이다.

"아, 할미꽃이다. 가엾어라. 또 어느 아이들의 장난인가."

어둡던 땅 속에서 눈도 채 녹지 않은 차가운 세상에 맨 먼저 기쁨에 넘쳐 터져 나온 목숨이 이렇게 끔찍하게 길바닥에 짓밟히고 마는 운명을 슬퍼하지 않을 수 없었다.

긴 겨울 동안 험하고 추운 산길을 다니던 학교 아이들은 할미꽃을 보고 비로소 봄이 왔다고 좋아한다. 좋아한다는 것이 그것을 꺾고, 버리고, 짓밟고 하는 비뚤어진 행동으로 나타나고 있다.

나는 이 꽃을 왜 하필 할미꽃이라 하는가를 생각해 본다. 그렇다. 붉다못해 검은빛을 띤 자줏빛 꽃잎은 온 땅덩이를 안아주는 해님의 마음이요, 터져 나오는 봄의 입김이다. 그것은 세상의 괴로움을 다 감당하면서 아들딸들을 낳아 길러 이 땅을 위해 바치고 가버린 할머니, 우리 모두의 어머니의 모습이 아닌가. 헐벗은 조국을 잊지 못하고 그 황토속에서 다시 피보다 진한 사랑의 빛깔과 부드러운 손길로 해마다 봄이면 맨 먼저 살아나는 그 인자하고 거룩한 모습.

보라, 할머니의 사랑이 피어난 뒤를 이어 온 산을 붉게 물들이며 기쁜 아우성을 치는 진달래꽃을!

진달래꽃은 그것을 보러 일부러 산에 올라가게 되는 일이 내게는 거의 없는 세월이지만, 그러나 찾아가지 않더라도 산길을 걷거나 버스를 타고 골짜기를 지나는 일이 없을 수 없어 올해에도 벌써 몇 번이나 그찬탄하지 않고는 바라볼 수 없는 꽃구경을 한 셈이다. 건너편 언덕이나 산등을 온통 벌겋게 꽃이라기보다 온 산이 불로 타오른다고 해야 할 광경을 바라보고 있으면 가슴이 꽉 메어 눈물까지 나오는 수가 있다.

푸른 소나무들 사이사이 진달래꽃이 붉게 타오르는 산. 그것은 분명내가 태어났고 내가 묻혀야 할 조국의 산이다.

진달래꽃을 이곳 영남에서는 참꽃이라고 한다. 누구나 보고 즐길 수 있고, 꺾어 가질 수 있고, 따먹고 기뻐하는, 그래서 그 꽃과 함께 고향과 조국을 생각하게 되는 것이기에 진정 꽃 중의 꽃, '참'꽃인 것이다.

그런데 이 참꽃을 '거짓'꽃으로 만들어 놓고는 그것을 보고 좋아하는 참 이상야릇한 취미를 가진 사람들이 요즘 있다.

지난 정월 초하룻날이다. 아동문협 사무실에 들렀더니 꽃병에 꽂혀 있는 하얀 분을 바른 철사 끝에 진달래꽃 송이가 하나 붙어 있는데, 그

것이 플라스틱으로 만든 꽃이기엔 좀 생기가 있다 싶어 자세히 들여다보니, 매우 가냘픈 모양과 빛깔이긴 하지만 분명 살아 숨쉬는 꽃송이였다. 이상하다, 철사줄에서 꽃이 피다니 하고 다시 잘 살피니 그것은 철사가 아니라 진짜 진달래 가지였고, 진달래 가지에다 무슨 고약한 것을 발라 놓은 것이었다.

가지를 그대로 두지 않고 왜 이렇게 하얗게 만들어 놓았을까? 아하, 눈이 온 것을 나타낸 게로구나. 나는 한참만에야 알게 되었다.

"요즘 이런 것이 유행이 되어 아주 잘 팔린답니다."

말없이 꽃을 바라보고 있는데, 설날에 꽃이 피었다고 좋아하면서 ㅈ씨가 하는 말이었다. 그러고 보니 거리의 가게에 이런 것들이 많이 꽂혀 있었던 것 같다.

눈을 하얗게 맞은 진달래가 어찌 꽃을 피울 수 있겠는가. 가지를 희게 칠해 놓고 눈 속에 진달래가 피었다고 좋아하는 도시 사람들의 병든 취미와 자연을 모르고 참된 아름다움을 느낄 줄 모르는 그 비뚤어진 감각에도 놀라겠거니와, 숨쉬는 나뭇가지에다 이렇게 콘크리트를 입혀 놓고 기분 좋게 바라보고 있는 그 잔인함에는 입이 딱 벌어지지 않을 수 없었다.

장사꾼들의 손에 꺾여지고, 온몸에 횟가루 같은 것이 발라져 숨도 못 쉴 지경이 되어 희끄무레한, 병든 꽃을 곡예를 부리듯 피우고 있는 그 가엾은 꽃가지가 바로 지금 이 땅에 태어난 수많은 어린이들의 모습 그대로가 아닌가 하고 나는 생각해 보았다.

화분의 꽃이나 꽃밭의 꽃들이 아무리 화려하여 사람의 눈길을 끈다고 하더라도, 그런 것은 그 꽃잎의 빛깔이나 모양이 둘레 환경과 어울려 어떤 느낌을 일으키고, 그리하여 집이나 거리를 치레하는 물건이 될 수 있을 뿐이지, 진정 목숨을 가진 꽃으로서 감동을 안겨주지는 못한다. 남들은 몰라도 나로서는 그렇다.

나는 할미꽃이나 진달래꽃뿐 아니라, 산과 들에 비바람을 맞고 피어나는 모든 꽃들을 좋아한다. 그저께는 아침 길을 가다가 산기슭 양지 쪽의 살구꽃을 보았다. 이제 막 터져 나오려고 하는 발간 꽃봉오리들이 아침 햇빛 속에 눈부시게 쳐다보였다. 한참 앉아 바라보다가 그만 그 살구나무 밑에 집을 짓고 살고 싶어졌다. 며칠 전에는 ㄱ시 근처를 버스로 지나다가 온통 분홍빛 꽃 천지가 된 복숭아 꽃밭들에 정신이 팔렸다. 오늘은 교실 옆 기둥 밑에 조그만 오랑캐꽃 한 송이가 아이들의 눈을 피해 고이 피어나 있는 것을 보았다. 조금 있으면 철쭉꽃이 핀다. 5월이면 송아지가 풀을 뜯는 냇가에 찔레꽃이 향기를 풍기고, 뻐꾸기 우는 언덕마다 뻐꾹채꽃이 새잎 속에 피어나리라. 앵두꽃에 이어 좀처럼 사람들의 눈에 띄지 않는 별같이 자그마한 연둣빛 대추꽃들을 허물어진 흙담 위로 쳐다보는 것도 나 혼자만의 기쁨이다. 패랭이꽃은 여름부터 가을까지 웬만한 산에서는 다 볼 수 있고, 미꾸라지들 숨어 있는 도랑 가에 피어나는 달개비의 그 실비단 하늘빛 꽃잎을 들여다보면서 삶의 즐거움을 맛보고 싶다. 그때는 풀벌레 소리도 들을 수 있겠지.

이렇게 아름다운 꽃들이 이 세상 산과 들에 언제나 피고 지고 하는 것은 얼마나 즐거운 일인가. 산과 들은 내가 소유하고 있는 꽃밭이요, 정원이다.

• 1973. 7

개구리 소리 벌레 소리

달력을 쳐다보면 봄이 올 때가 지났는데도 차가운 바람의 기세가 조금도 꺾이지 않아 이제는 계절도 제대로 바뀌지 않으려나 보다 하고 실망이 계속되는 어느 날, 갑자기 봄이 한꺼번에 와 버린 듯 포근한 날씨로 변한다. 그러면 사람들은 역시 봄은 속임 없이 찾아오는구나, 봄이 벌써부터 와서 짚가리 속 같은 데 숨어 있다가 이제 갑자기 얼굴을 나타내어서 우리가 속아 넘어갔구나 하고 생각하는 것인데, 이런 날 저녁때쯤 들길을 걸어가노라면 길 옆 논바닥에서 무슨 소리를 들을 수 있다. 아차, 개구리가 아닌가? 하고 귀를 기울이면 과연 틀림없는 그 소리다. 계절이 바뀐 것을 재빨리 알아차리고 맨 먼저 뛰어나온 몇 마리가 들려주는 정다운 소리인 것이다.

봄이 되어 땅 속에서 터져 나오는 최초의 산것의 소리, 그것을 듣고 사람들은 비로소 겨울의 발악이 이제 다시 없을 것이라 마음을 놓고

들일을 시작하게 된다.

그러니까 할미꽃과 진달래꽃이 필 때 울기 시작하여 못자리를 만들 때부터 모내기를 할 때까지가 개구리 소리의 절정이 되는 것이다. 하루를 두고 말하면 산그늘이 내릴 때 울기 시작하여 별이 하나둘 나타날 때부터 밤 11시쯤까지 가장 많이 울고, 자정이 지나면 아주 소리가 약해져 가지만 그래도 새벽 두세 시까지 여기저기 드물게 외마디 소리를 내다가 날이 새면 거의 들을 수 없게 된다.

봄날 저녁 무렵의 들길을 걸어본 사람은 누구나 개구리들의 그 사무치는 노래를 알고 있을 것이다. 맨 처음 그것은 한 마리의 선창으로 시작된다. 그 뒤를 이어 대여섯 마리의 소리가 들린다 싶으면 이내 온 들판에서 한꺼번에 터져 나오는 것인데, 이리하여 겨우 몇 초 사이에 온 땅이 개구리들의 아우성 같은 노래로 덮이고 만다. 한 마리, 한 마리의 소리를 따로 들으면 "개굴 개굴" 아니면 "객객" "왝왝" 하는 극히 단조로운 소리에 지나지 않지만, 수천 수만의 소리가 한꺼번에 울리는 것이고 보면 그 소리들은 온통 한 덩어리로 엉기고 뭉쳐져서 장엄한 울림이 되어 온 땅을 덮고 하늘로 넘쳐 먼 별나라에까지 사무쳐 오르는 것이다. 대체 이 지구 위에서 이토록 장엄한 합창이나 합주가 또 어디 있었던가! 길을 가는 사람은 그 소리에 정신을 빼앗기고, 그 울림에 휩싸여 둥둥 하늘로 올라가 시간도 공간도 초월한 그 어느 자리에서 꿈을 꾸는 심정이 된다. 까치도 뻐꾸기도 부엉이도 꾀꼬리도 두견도 맥을 못 추고 그 소리에 잠기게 되고 온갖 곤충과 초목들이 개구리의 합창 속에 녹아들게 되는 것이다.

대체 이것들이 어쩌자고 이토록 애타게 울어대는 것일까? 초보적인 생물학의 지식은 그것이 암컷을 부르는 수컷의 울음주머니에서 나는 소리라 하지만 그런 것이야 어떻든 좋다. 우리는 그 소리가 아무래도 어릴 때부터 느껴온 것같이 봄이 와서 온 땅의 새싹들이 터져 나오고 피어날 때 소리칠 것 같은 그 숱한 초목들의 환성으로 듣는 것이다. 아니면 땅을 기어다니면서 짓밟히고 쫓기는 것들이 미친 듯 억울한 어떤 하소연을 하늘 향해 하고 있는 것이나 아닐까?

하루의 들일을 마치고 쇠먹이 풀짐을 지고 어둑어둑한 논두렁길을 돌아오는 아버지의 지친 발길에 밟히는 그 소리, 재를 넘어 십리 길 읍내 장에 고사리를 팔고 돌아오는 저녁 으스름 산모롱이 길에서 어머니의 광주리 속에 담겨오는 그 소리, 내일의 학교 일을 걱정하면서 저녁을 먹고 앉아 별을 쳐다보는 소년의 가슴을 울리는 그 소리……농촌에서의 어린 시절을 생각해 보면 우리들은 모두 그 정다운 소리 속에서 자라났다. 우리들 영혼 가장 깊은 그 밑바닥에서 어떤 소리가 터져 나올 수 있다면 그것은 꾀꼬리 소리도 부엉이 소리도 아니고, 앵무새나 카나리아는 더구나 아니고, 아무래도 저 개구리 소리 같은 것일 거라고 생각해 본다. 단조롭고 순박하면서도 한데 모이면 커다란 울림으로 온 우주에 퍼지는 노래가 되는…….

개구리 소리가 좀 수그러질 때부터 들리기 시작하는 또 하나 다른 자연의 음악, 대지의 노래가 풀벌레 소리다.

벌레들은 봄에도 울기는 하지만 아무래도 무더위가 한풀 지나간 8월 중순부터라야 제 세상 만난 듯 운다. 그러니까 9월부터 10월까지가 그 울음이 가장 성한 때다.

이 무렵이 한 해 중에서 노을이 제일 아름다울 때인데, 벌레의 울음과 노을과 무슨 관계가 있는지 모른다. 아름다운 노을을 쳐다보고 우는 벌레 소리가 그렇게 아름다울 수밖에 없는 것일까?

숱하게 많은 벌레들, 그들이 모두 어떤 이름을 가지고 있을까? 어떤
것은 찌이—하고 길게 빼며 울다가 잠시 쉬고는 다시 또 그렇게 운다.
어떤 것은 수잇 수잇……하고, 어떤 것은 찌르르……한다. 또르르르
똘똘 하는 것도 있다. 호르르르 하고 은방울 흔들 듯 소리내는 것도 있
다. 쪽, 쪽, 쪽, 하는 소리를 일정한 사이를 두고 규칙적으로 내는 것은
꼭 손목시계 소리 같다. 그러나 도저히 그 소리들은 사람의 목청이나
글로 흉내낼 수 없다. 가만히 들어보면 은으로 만든 쟁반 위를 옥이 굴
러간대도 결코 이렇게 고운 소리는 나지 않겠다 싶고, 아침 햇빛에 영
롱한 이슬 방울들이 풀잎에서 굴러떨어질 때 날 것 같은 그런 소리도
있다. 이 땅 위에서 벌레 소리만큼 아름다운 소리가 또 있겠는가.

이런 맑고 고운 온갖 벌레들의 소리가 한꺼번에 울려오는 것이니 그
정경이란 이루 비할 데 없다. 노을이 쳐다보이는 저녁이나 별들이 총
총한 밤에 풀밭에 앉아 있으면 온통 벌레 소리의 강물 속에 내가 잠겨
있는 듯한 기분이 된다. 하늘나라의 음악을 듣고 싶거든 가을 밤 풀밭
에 가 앉아보라고 하고 싶다.

벌레들은 어이하여 저토록 아름다운 소리를 낼 수 있는가? 땅바닥
에서 짓밟히고 쫓기고 숨어사는 그들이기에 그처럼 아름다운 소리를
낼 수 있는가? 그것은 아무래도 이 세상의 것이 아닌 별나라에서 오는
소리다. 밤마다 별나라의 전파를 타고 온 이슬을 마신 그들만이 소리
낼 수 있는 별들의 음악이다.

인간이 만들어낸 어떤 악기 소리와도, 인간의 목청이 다듬어내는
어떤 소리의 기교와도 바꾸고 싶지 않은 것이 가을밤에 듣는 벌레 소
리다.

개구리 소리가 풀과 나무들이 싹트고 피어나는 성장의 즐거움을 노

래하는 것이라고 한다면, 풀벌레 소리는 그 풀과 나무들의 결실의 기쁨과 이별의 슬픔을 노래하는 것이라 할 수 있다. 또한 개구리 소리가 땅에서 올라오는 부르짖음의 시(詩)라면, 풀벌레 소리는 생명의 아름다움을 노래하는 음악이라 할 것이다.

땅을 기어다니며 땅의 슬픔과 기쁨을 노래하는 시인인 개구리와 벌레들, 저녁놀과 별들과 풀잎들의 다정한 동무인 그들은 인간들에게 가장 값지고 귀한 노래를 들려주면서 다른 새들과 짐승들과 함께 인간들에게 박해를 당하고 있다. 이제는 개구리의 장엄한 합창도 벌레들의 노래의 강물도 옛얘기가 되어가고 있다. 그들은 한 마리, 두 마리씩 떨어져 외로이 울 뿐이다. 언젠가 그들이 아주 멸종되어 버린다고 할 때 인간은 그때 과연 어떤 상태로 땅 위에 남아 있을 수 있겠는가 생각해 볼 일이다.

• 1973. 8

비둘기

어렸을 때 산에서 들려오는 "꾸구욱 꾸구욱" 하는 새의 울음 소리를 따라 동무들끼리,

기지입 죽고오 자시익 죽고오
내호온 자서어 어�째에 살꼬오

하고 장단을 맞춰 불렀던 것이 생각난다. 그때 흔히 듣는 그 소리가 새의 울음이란 것은 알았지만 나는 한 번도 그 새를 본 것 같지 않다. 다만 그 새는 몸집이 굉장히 크고 좀 험하게 생겼을 것이란 생각만은 했던 것 같다. 유년주일학교에서,

구룩 구룩 비둘기 숲에서 울면
방울방울 빗방울 걷히인대지……

하고 노래를 불렀을 때도 비둘기의 "구룩구룩" 소리가 바로 "기집 죽고……" 하는 소리란 것을 몰랐다.

내가 그 "꾸구욱" 소리를 산비둘기의 것으로 알게 된 것은 아주 최근의 일이다. 그것도 직접 본 것이 아니라 추측으로 얻은 결론이다. 이 날짐승은 사람 사는 마을 가까이 오지 않는다.

"꾸구욱 꾸구욱……" 단조롭고 둔탁한 그 소리는 경쾌한 산새들의 소리에 섞이면 도무지 새 소리 같지 않다. 장난스러운 꾀꼬리의 맑고 변화 많은 목청에 끼면 애당초 이질적인 것으로 느껴지지만, 뻐꾸기의 흥겨운 장단도 없고 애끊는 소쩍새의 슬픈 여운도 없다. 부엉이 소리에도 어딘가 동심 같은 것을 느끼게 되는데 이 산비둘기 소리는 전혀 멋이란 게 없다. 무슨 외로운 짐승이 대낮에 신세타령을 하면서 혼자 부끄러움도 없이 굴 속에 퍼지르고 앉아 울부짖고 있다는 느낌이다. 세상에도 청승맞은 이 소리의 주인공이 엉성궂은 짐승이 아니고 다시 없이 온유하고 평화로운 모습을 한 비둘기라니, 어쩌면 그 모양과 목소리가 이렇게도 어울리지 않는 새가 있는지, 아마 조물주가 좀 실수를 한 것 같다.

산비둘기는 그렇고 집비둘기 얘기를 좀 해보자. 내 옆방에 사는 ㅈ선생이 비둘기 한 쌍을 기르고 있는데 현관문 위 콘크리트 차양과 지붕 처마 사이에다 보금자리를 만들었다. 그 한 쌍 중 지난해 숫놈이 그만 없어졌다. 아마 밭의 콩을 주워 먹는다고 마을 사람이 약을 뿌렸음이 분명하다. 그런데 암놈이 그 무렵 알을 낳아 새끼 한 마리를 깠다. 이래서 또 암놈 한 마리가 생겨났는데 모녀 두 비둘기가 같이 살고 있어 어느 것이 어미인지 구별이 잘 안 된다. 비둘기 모녀는 아침마다 내가 문을 열기만 하면 바로 발밑에 날아 내린다. 내가 쌀을 일고 나서 돌을 버리면 거기 쌀알이 몇 개씩 섞여 나와서 그걸 주워 먹고 싶어하는 것이다. 하루는 걸어다니는 것을 보니 그중 한 마리가 다리를 몹시 절룩거린다. 가만히 살펴보니 한쪽 발가락들이 부어올랐고 거기에 실 오라기가 달려 있다. 분명 실로 졸라맨 것이 파고들어가 상처 난 것이 틀림없고 그래서 다리를 저는 것이다. ㅈ선생에게 물어보니 실을 풀어주려 해도 붙잡을 수가 없다는 것이다. 얼마나 아플까? 나는 그것을 본 아침 참을 수 없어 어떻게 해서라도 그 비둘기를 붙들어서 끈을 풀어주어야겠다고 다른 일을 제쳐두고 걱정했다.

궁리는 곧 떠올랐다. 방의 출입문을 열어 놓고 모이를 뿌려 비둘기를 방안으로 유도해서 가둬 버리면 될 것 같았다. 현관 앞 콘크리트 바닥에 콩을 드문드문 뿌리고 문지방 위로 마룻바닥으로는 아주 많이 뿌렸다. 그리고는 활짝 열린 문에 끈을 매달아 멀리서 기다렸다. 비둘기가 문지방을 넘기만 하면 끈을 당길 준비를 하고 있었다. 그런데 비둘기들은 콘크리트 바닥의 콩을 다 주워 먹고는 문지방 위의 것은 거들떠보지도 않고 그만 날아가 버리는 것이 아닌가!

첫 번째 계획이 실패하자 생각난 것이 어릴 때 삼태미로 참새를 덮쳐 잡던 일이다. 삼태미 대용품은 곧 발견되었다. 옆방 앞에 ㅈ선생이 늘 시장에 갈 때 오토바이 뒤에 얹어 다니는 상자가 있었다. 사과 상자 두 면의 판자를 떼어 버리고 거기 나일론 끈으로 토끼장같이 얽어 놓은 것이다. 그걸 가져다 땅바닥에 작대기로 비스듬히 떠 괴어 놓고 콩을 뿌렸다. 상자 둘레에는 조금 뿌리고 상자 바로 밑에는 아주 무더기로 뿌려두었다. 이래서 상자를 괴어 놓은 작대기에 끈을 매달아 그 한쪽을 멀리서 잡고 기다린 것이다. 이 두 번째 계획은 훌륭히 성공했다. 상자 둘레의 콩을 다 주워 먹은(이번에는 마침 그 다리를 저는 놈만 왔

다) 다음 잠시 주저하더니 드디어 상자 밑의 콩을 먹기 위해 머리를 들여놓고는 한 개를 먹고 이리저리 살피고, 또 한 개를 먹고 살피고, 이래서 몇 개를 먹어도 아무 탈이 없음을 확인하자 아주 상자 밑으로 들어가 무더기 콩을 마구 쪼아 먹었던 것이다.

이때다 하고 잡았던 끈을 당기자 상자는 놀라 퍼덕거리는 비둘기를 덮쳐 가두었다. 나는 곧 ㅈ선생을 불러 커다란 보자기를 그 위에 덮어씌워 비둘기를 붙잡았다.

다리와 발가락을 졸라맨 것은 나일론 끈이었다. 그 끈은 발가락마다 깊이 파고들어가 보이지 않았고, 발가락 한 개는 아주 떨어져 나가고, 하나는 발톱이 떨어지고, 나머지도 끈에 졸려선지 퉁퉁 부어 있었다. 우리는 위생상자의 가위며 핀셋을 동원해서 오랫동안 고심한 끝에 겨우 그 끈을 풀고 끊어 버릴 수 있었다. 이래서 날려 보낸 비둘기가 이틀 뒤 아침에 다시 문 앞에 날아왔을 때는 다리를 거의 절지 않고 날개를 파닥거리면서 모이를 주워 먹었다.

나는 아침마다 쌀알 몇 개를 주워 먹기 위해 문 앞에서 기다리는 비둘기들이 가엾어서 어느덧 쌀자루의 쌀을 한줌씩 뿌려주게 되었다. 콩도 한줌씩 주었다. 쌀과 콩을 함께 주면 언제나 콩을 먼저 먹었다.

내가 어쩌다가 아침에 늦게 일어나거나 늦게 문을 여는 날이면, 비둘기 두 마리가 현관 문 위쪽 영창 유리에 붙어서 날개를 탁탁 치는 것인데, 이것이 어서 나와 달라고 하는 그들의 말이었다. 그러면 나는 곧 일어나 모이부터 준다. 앞으로 그들과 더욱 친해지면 나는 그들의 울음이나 날갯짓이나 걸음걸이에서 보다 자세한 그들의 말을 해독할 수 있을 것 같다.

그저께는 비둘기가 살고 있는 집을 들여다보았더니 가느다란 나뭇가지들을 쬐끔 시멘트 바닥에 깔아 놓은 것뿐이었다. 그것은 날짐승의 집이라고 인정하기에는 매우 곤란한 것이었다. 제 집을 이렇게 허술하게 해놓고 살다니! 그러나 허술한 게 아니고 이게 바로 비둘기다운 모습이다. 새끼는 꼭 필요한 한두 마리밖에 기르지 않으니 야단스럽게 집을 얽어 짜고 꾸미고 할 필요가 없는 것이다. 비둘기의 우는 소리도 이해가 된다. 경박스런 장단은 뻐꾸기에 맡기고, 수다스런 교태는 꾀꼬리에 족하다. 소쩍새의 슬픈 가락을 새삼 흉내내어 무엇하랴. 뭇 새들의 유행과 기교와 사치를 거부하고 다만 소박하고 꾸밈없는 자신의 목소리만이 깨끗하게 살아가는 비둘기에게 필요했던 것이다.

이 비둘기의 주인은 ㅈ선생이지만 내가 옆에서 가로챘는지 모른다. 아니, 비둘기의 주인은 나도 ㅈ선생도 아니다. 그까짓 쌀알 몇 개를 뿌려주고 주인인가? 그들은 그런 것쯤 얻어먹지 않아도 살 수 있지만 사람은 그들—자연 없인 못 산다. 주인은 아무래도 비둘기 쪽이다. 주인이 아니라면 하늘과 땅 사이를 그렇게 욕심 없이 평화롭게 살 수 없다. 그들을 소유했다는 인간이 우습지 않은가. 더구나 못난 짓, 못된 짓만 하는 인간이야말로 자연 속의 하나의 오점(汚點)이다.

반포(反哺)의 저 까마귀 효도 지극코
삼지(三枝)의 저 비둘기 예절 있도다

비둘기는 예절 있는 새로 예로부터 알려져 왔다. 이 노래에 있는 대로 어미가 앉은 나뭇가지에서 세 가지 낮은 자리에 앉는다는 것은 확인하지 못했지만, 함께 살던 짝이 죽어도 다른 비둘기를 찾아가지 않고 홀로 사는 것을 보면 이것만으로도 인간은 도덕 면에서 비둘기를 멀리 따를 수 없다.

비둘기는 평화를 상징한다. 정말 너무나 온유하여 벌레 한 마리 잡지 못하고 떨어진 곡식 알이나 산속의 나무 열매만 먹고 싸움이란 것을 모른다. 인간이 본받아야 할 선(善)의 본보기다.

사람들이여, 비둘기를 보라. 권력에 혈안이 되고 부를 탐하여 넋을 잃은 이들이여, 온갖 사치와 허영에 취해 있는 신사 숙녀들이여, 소박한 진리를 덮어 감추고 혹은 왜곡하여 갖가지 거짓을 학문과 예술의 이름으로 만들어내는 이들이여, 약탈과 살육을 일삼는 무리들이여, 이 아침 흙담 위에 앉아 있는 저 비둘기의 정결한 모습을 보라!

• 1979. 6

고양이

고양이가 방에 들어온다. 아랫목에 앉는다. 혓바닥으로 발등과 발바닥을 핥는다. 배와 등과 다리……온몸을 핥는다. 앞발로 얼굴을 씻는다. 소위 세수라고 하는 이 몸다듬기 작업이 끝나자 앞다리를 접고 얌전히 앉는다. 가까이 가서 머리를 쓰다듬어주니 별로 반갑지 않다는 표정이다. 살짝 들어 안아준다. 못마땅한 눈치다. 그는 나를 거들떠보지도 않고 다리에 힘을 주어 뛰어내린다. 그리고는 아까와는 다른 자리를 찾아 앉는다.

이것이 개 같으면 마구 뛰어오르고 핥고 야단일 게다. 고양이는 애교가 없고 자기 중심이다. 그러나 아부 근성이 없고 자주성을 가졌다 할 만하다. 사람 쪽이 고양이에 아첨할 때가 많은 것 아닌가.

고양이가 어느 고기 반찬보다도 김을 구워 비벼서 밥에 뿌려주는 것을 잘 먹더라는 어느 분의 얘기를 듣고 세상에 괴짜 고양이도 있구나 싶었더니 최근 어느 동물학자의 수필에서도 그런 얘기를 읽었다. 그

학자는 김맛을 들인 고양이가 김밥이 아니면 먹지 않아서 할 수 없이 주인이 먹는 한 톳 80원짜리 김을 안 주고 60원짜리를 사다 놓고 주기로 했다. 그런데 60원짜리 김을 뿌려 놓은 밥은 냄새만 맡고는 앞발을 탈탈 털고 돌아서 버리고 결코 먹으려 하지 않더라는 것이다. 너희들 사람은 향기 좋고 맛있는 고급을 먹으면서 나한테는 그 따위를 주다니 어디 혼자 먹을 테면 먹어봐라! 하는 태도다. 옛날 이집트 사람들은 고양이 목에 보석 목걸이를 걸어주고, 죽으면 임금같이 미라로 안장했다고 하니 고양이족의 오만한 태도는 예나 지금이나 한결같다고 하겠다.

고양이 사촌뻘에 살쾡이가 있다. 동물원에 가면 굴 같은 우리 안에서 눈만 무섭게 반짝인다. 그토록 오랫동안 갇혀 있어도 바깥쪽에 나오려 하지 않고 항상 사람을 경계하는 태도가 결코 타협하지 않는 강인한 성질을 말해 준다. 또 호랑이가 고양이를 보면 제 모양을 닮았다고 물어 죽인다는 말이 있다. 사람은 제 모양을 닮은 것을 좋아하고 옷도 유행을 따라 입기를 자랑삼는데, 사람보다 한층 위에 있는 것이 괭이과 족속이라 할 것이다.

지금 고양이는 눈을 감고 있다. 실컷 먹고 배가 부르면 온몸의 부정(不淨)을 닦고 세상에 다시 없을 듯한 평화로운 얼굴로 이렇게 잠을 자는 것이다. 물론 조그만 소리에도 귀를 움직이고 눈을 뜨는 그런 잠이지만 이제는 잠밖에 일이 없다. 그까짓 사람을 졸졸 따라다니거나 안겨서 아양을 떨거나 하릴없이 시시한 몸짓을 해 보이는 따위는 일절 하지 않는다. 누가 그를 깨워 제멋대로의 행동을 강요할 것인가!

그러나 제아무리 눈을 감고 바위같이 움직이지 않으려는 고양이라도 그를 일으켜 세우는 것은 어려운 일이 아니다. 잠깐 손톱으로 그 무엇을 긁어서 쥐가 나무를 물어뜯는 소리를 내어주면 된다. 그리고 번

쩍 눈을 뜬 고양이 앞에 꼼지락 꼼지락 작은 물건을 움직여 보이면 된다. 고양이의 야성은 잠이고 뭐고 박차고 일어나 발을 버티고 한 곳을 노리면서 금방이라도 덤벼들 자세를 취하는 것이다. 그리고 공이나 끄나풀을 따라 달려가고 뛰어오르고 발놀림을 하는 그 자랑스런 유희는 결코 지칠 줄 모른다. 나는 언젠가 공을 가지고 노는 고양이의 모습을 보고 예술의 기원을 생각한 적이 있다. 예술의 발생에 노동설과 유희설의 두 가지가 있는 줄 아는데, 고양이가 공을 놀리고 있는 모습이야 말로 노동과 유희가 완전히 하나로 된 상태가 아닌가 싶다.

ㄹ선생의 집에는 나비라고 불리는 고양이를 벌써 여러 대로 기르고 있다. 이 나비는 먼저 대의 것은 제 이름을 부르면 "냐옹" 하고 대답하더니 지금 것은 목소리 대신 꼬리를 꿈틀 움직여 보인다. 두 번 세 번 자꾸 부르면 꼬리의 동작이 차츰 작아져서 나중에는 꼬리 끝만을 달싹거린다. 먹고 싶은 음식이 나와도 꼬리가 움직인다. 고양이의 꼬리는 목소리와 함께 온갖 욕구와 미묘한 감정을 표현하는 수단이 되고 있는 것이다.

아무데도 쓸모없어 보이는 꼬리가 이처럼 중요한 구실을 하듯, 입 언저리에 좌우로 쭉 뻗어 있는 수염도 다만 보기 좋으라고 돋아난 것이 아니다. 그것은 거리와 방향을 알아내는 구실을 하여, 고양이에게는 생명 보호에 없지 못할 긴요한 기관이 되고 있다는 것이 학자들에 의해 알려져 있다. 메기와 같은 물고기도 수염이 좌우로 한 개씩 뻗쳐 있는데, 고양이의 수염과 같은, 혹은 그보다 더 중요한 일을 맡고 있는 것이 아닐까. 그것은 수염이라기보다 곤충들의 촉각 같은 것일지도 모른다.

ㄹ선생의 나비 얘기를 계속해 본다. 보통 고양이가 새끼를 낳을 때

는 사람이나 다른 짐승들을 극히 경계하여 숨어서 낳는다. 그런데 나비는 이와 전혀 반대로 선생 가족들의 품에 안기지 않고는 새끼를 못 낳는다는 것이다. ㄹ선생의 집안 식구들은 나비의 산파역을 언제나 해 주고 있다고 한다(나는 고양이족의 명예를 위해서 나비의 이런 행위를 심히 유감스럽게 여긴다).

사람인 주인의 힘을 빌려서야 어미 뱃속에서 나올 수 있었던 고양이 새끼 다섯 마리가 자라나자 그중의 한 마리는 출가한 선생의 따님 집으로 가서 살게 되었다. 그 고양이가 다시 새끼 다섯 마리를 낳았는데, 겨우 걸어다니는 새끼들을 두고 어미는 어디서 약 먹은 쥐를 먹고 죽어 버렸다. 고아가 된 새끼 고양이들에게 우유를 먹일 수는 있지만 똥오줌을 뉘기까지는 할 수 없는 것이 인간이다. 어미가 밑을 핥아주어야 똥오줌을 누게 되지, 그렇지 않으면 배가 터져 버린다. 어찌할까 쩔쩔매다가 시험 삼아 새끼 없는 어미 개의 품에 안겨주었더니 뜻밖에도 개가 고양이 새끼들을 품에 안고 핥아주었다. 사람이 해내지 못한 고양이 어미 노릇을 개가 훌륭히 하게 된 것이란다. 고양이 새끼들이 자라나서도 어미 개를 진정 제 어미로 여기고 누워 있는 개의 등에 올라타고 혹은 목덜미를 자근자근 물어주고 다리를 핥아주고 있는 진풍경을 보였다니, 모름지기 사람된 자들은 들어 깨달을 만한 얘기다.

그런데 그 어미 개는 고양이의 양모 노릇을 훌륭히 하였지만, 역시 개였지 고양이일 수는 없어, 새끼들에게 고양이로서 가져야 할 습성을 가르쳐주지 못했다. 고양이는 털이나 발에 흙이 묻으면 그것을 깨끗이 털고 핥고 닦는 것인데, 그 세수하는 버릇을 배우지 못한 고양이들은 자라나서 개같이 노상 흙투성이로 돌아다녔다. 땅을 파서 똥오줌을 누고 덮어버리는 일도 물론 알지 못했다. 그리고 고양이로서는 생명같이 소중한, 쥐를 잡는 기술을 배울 수 없었다. 한 번은 주인이 생쥐들을 여러 마리 생포해서 고양이 새끼들이 모여 있는 곳에 갖다 놓았더니 생쥐도 달아나고 고양이들도 놀라 모두 달아나 버리더라는 것이다.

짐승들의 습성이란 주위의 환경과 그리고 어미로부터 받은 훈련에 의해 형성되는 것임을 새삼 알게 된다. 사람인들 어찌 다르랴. 환경과 교육에 따라 천사도 되고 악마도 되는 것이 인간이다.

옛날 이집트에서는 고양이들이 귀족 같은 대우를 받았다지만, 그 후로는 동서양을 막론하고 점점 학대를 받아온 것 같다. 우리 나라에서는 언제부턴가 고양이 고기를 신경통의 특효약으로 써왔다. 고양이를 잡아먹고 신경통이 나았다는 말을 듣지 못했으니 억울한 고양이만 미신의 희생이 된 것이다.

내가 어렸을 때 고양이를 한 마리 길렀다. 부모님 몰래 먹던 밥을 떠주며 기르던 그 고양이가 하루는 학교에 갔다오니 아랫방 천장에 목이 매달려 무서운 비명을 치고 발악을 하다가 죽었다. 외삼촌이 신경통 약으로 쓰기 위해 그랬던 것이다. 그때 그 고양이가 매달려 몸부림치던 광경을 나는 평생 잊을 수 없다.

그런 끔찍스러운 일이 이따금 일어나고 있었는데도 그래도 그 시절은 지금보다 고양이들에게 자유스러운 시대였다. 요즘은 고양이들이 살아갈 땅이 아주 없어졌다. 목숨을 이어갈 먹이인 쥐들을 함부로 먹다가는 즉각 오장이 타서 길길이 뛰고 뒹굴다가 죽는다. 도둑고양이는 이미 씨가 없어졌고, 집에서 기르는 것도 목에 나일론 줄을 달고 꼼짝 못하게 기둥에 매여 있어야 한다. 그들은 민첩한 몸을 유지하기 위한 운동을 할 자유를 빼앗기고, 먹어야 할 것을 못 먹고, 잠도 제대로 못 자고, 노상 추위에 떨면서 똥오줌을 시멘트 바닥에 싸야 하는 모진 형벌을 받고 있다. 도시의 쌀 가게나 식료품 가게에서는 물론이고 시골 농가에서도 다만 생존의 권리를 빼앗긴 그들의 고통스러운 울음 소리만이 그들의 살아 있는 표적으로 남아 있을 뿐이다.

지금 내 앞에 있는 고양이는 특수한 환경에서 보호를 받고 있는 극히 희귀한 자유를 누리고 있는 고양이다. 이런 고양이가 아닌 일반 고양이, 고양이 대중이라고 해야 할 그런 모든 고양이는 인간에 의해 수난을 당하고 있다. 그러나 사람들은 고양이를 학대할 수는 있어도 고양이를 이겨낼 수는 없을 것이다.

고양이의 수난시대는 인간 문명의 막다른 시대일지 모른다. 살아 있는 것을 이토록 학대하는 사람들이 땅 위의 주인으로 언제까지나 복받고 잘살기를 어찌 바라겠는가.

고양이를 가만히 바라보고 있으면 참으로 조물주의 뛰어난 걸작이란 느낌이 든다. 동물원의 호랑이를 봐도 그런 생각이 들고, 소도 염소도 새들도 모두 기막히게 잘생겼지만, 이 세상에서 가장 못생긴 것이 사람인 것 같다.

• 1977. 여름

개 이야기

개에 대하여 적어보라고 한다. 개도 오륜(五倫)이 있다고 한다. 어미가 새끼를 낳아서 핥아주고 귀여워하는 것은 부자유친(父子有親)의 윤리가 있는 까닭이요, 주인을 섬기고 도적을 지키는 것은 군신유의(君臣有義)라 할 것이요, 때가 되어야 교미를 하는 것은 부부유별(夫婦有別)인 까닭이요, 어린놈이 뼈다귀를 주워 먹다가도 큰 놈이 오면 반드시 양보하는 것은 장유유서(長幼有序)요, 어두운 밤 한 마리가 짖으면 온 마을 개들이 호응하는 것은 붕우유신(朋友有信)이라 하니 참 그럴듯한 말이다. 생각하면 인륜도덕이 극도로 타락한 오늘날의 인간사회에 비기면 차라리 개들의 세상이 얼마나 나으랴 싶기도 하다. 부모가 자식을 낳아 물에 던지고, 목을 졸라 죽이고, 자식은 부모를 섬기지 않고, 때로는 칼로써 대항하고, 친구를 배반하는 일, 남녀간의 난륜(亂倫) 등등. 어디 개들의 사회가 그러하랴 싶다. 개들은 아직도 오륜을 엄격하게 지키고 있는 것이다.

그럼에도 불구하고 사람들은 걸핏하면 '개 같은 놈' 하고 행동이 비열한 인간을 개에다 비유한다. 우스운 일이다. 대체 이 지구 위에서 어느 때부터 인간이 주인 노릇을 해왔기에 그처럼 자기만 높이 보는 망상증에 걸려 있는 것일까? 만물의 영장으로 자처하는 그들이 실은 개 등속의 짐승보다 아랫자리에 속해야 한다고 내가 주장하면, 모든 인간 족들이 나를 이단자 내지 반역자로 규정하고 이 지구에서 추방할까 싶어 적이 겁이 나기는 하나 사실이 그러함에 어찌하랴? 로켓이 날고 인공위성이 떠돌지 않느냐고 항변할 것이지만, 그것으로 만물의 영장 노릇을 한단 말인가? 개나 그밖의 짐승들은 저희들끼리 서로 죽이기 위한 잔인하고 위험한 무기는 아예 만들 생각조차 하지 않을 만큼 선천적으로 현명하다.

국민학교 교과서에 보면 1학년의 것부터 개와 함께 생활하는 어린이들이 나온다. 사람과 개와 서로 사귄 역사는 꽤 오래여서 개들은 그들의 주인을 섬겨 도적을 지키고 때로는 사람의 역할을 해내기도 한다. 더구나 예로부터 동양이나 서양이나 개에 대한 많은 이야기가 전해 내려오고 있는데, 제 목숨을 희생해 가면서 주인을 구하고 이웃 사람을 구한 그런 개의 혼령 앞에, 오륜 중의 그 한 가지도 변변히 지키지 못하는 인간들이 어디 만물의 영장이라고 뻐길 것인가? 그러기에 양심이란 것을 아주 팽개쳐 버리지 못한 사람들은 개란 짐승을(존경할 만한 도량까진 없으되) 무척 사랑하는가 보다. 머리를 쓰다듬어주고, 집을 지어주고, 밥을 먹이고 한다.

우리들 가난한 농촌에서는 인간이 배설하는 오물을 청소하는 임무를 개들에게 맡기지만, 먹을 것이 모자라 사람의 구실을 온전히 하지 못하는 이런 사람들의 얘기는 말하자면 예외다(단 우리 사회는 이런 예외가 원칙보다 수적으로 절대다수란 기현상을 나타내고 있지만). 끼니를 굶을 걱정이 없는 집에서 길러지는 개들은 당당한 가족의 일원으로서 먹다가 남은 밥덩이나 눌은밥을 나눠 받게 된다. 더욱 행복한 운명을 타고난 극소수의 개들은 보통 사람들이 한 해를 두고 한 번도 마음 놓고 사 먹을 수 없는 값비싼 고기를 상식하는 형편이며, 이런 행복한 개들은 아이들이 배우는 교과서에까지 귀여운 바둑이의 모습으로 나타나고 있는 것이다.

그러나 이 어인 일인가? 그처럼 사람에게 충성을 다하던 목숨을, 귀여워 아침으로 저녁으로 머리를 쓰다듬어주고 안아주고 하던 것을 목을 졸라 죽여 그 가죽을 벗기고, 살을 구워 먹고 오장을 삶아 먹는 일은! 서양의 어떤 지방에서는 풍속이 좀 달라 개를 기르다가 필요 없으면 인적이 끊어진 산속이나 들판에 갖다 버린다고 한다. 그곳에서 개들은 나무에 묶여 주인을 부르는 슬픈 울음을 밤낮 울다가 며칠 뒤엔 기진해서 쓰러진다고 하니, 눈 가리고 아웅이지 목을 졸라 죽이는 것과 그 잔인성이 다를 바 없다.

나는 어릴 때, 여러 번 이웃 사람들이 개를 밥덩이로 꾀어 붙들어 목을 조르고 나무에 매달아 몽둥이로 난타하여 죽이는 것을 보았다. 그 단말마의 처절한 비명은 땅 위의 모든 금수곤충이 전율하고 인간의 잔인성을 규탄하여 일어설 것 같았는데, 아무 일도 없이 개의 가죽은 벗겨지고 사람들은 개장국을 맛있게 먹었다. 그처럼 알뜰히 주인을 섬긴 보수가 이것인가? 말 못하고 생각 없는 짐승이지만 그 시뻘겋게 된 눈은 얼마나 하늘과 땅의 주인공을 원망했으랴. 참으로 생각할수록 온몸이 떨릴 일이다. 잔인한 짓이다. 가장 잔인한 짓을 태연하게 해치우는 동물이 인간이다. 그러면서도 가장 신성한 척한다. 종교니 철학이니 하는 따위는 인간의 교묘한 자기 변호의 술책 이외의 아무것도 아닌 것같이 여겨진다. 기독교는 죄 없는 뱀을 맹목적인 감정만으로 저주했고, 무고한 짐승들을 잡아먹는 인간의 잔인성을 변호한 종교다.

그런데 개에게도 약점이 있다. 그것은 너무 주인에게 바치는 충성이 지나치다는 것이다. 사람들이 "개 같은 놈!" 하는 것도 개의 이런 약점을 두고 말하는 성싶다. 가령 '일제의 충견' 하듯이 어떤 권력이나 정당에 너무 비판 없이 덮어놓고 충성을 다하는 사람을 이렇게 말한다.

나의 관찰에 의하면 개란 놈은 너무 그 주인에게 충성이 지극한 나머지 그 성격까지도 주인을 닮아 버리는 것 같다. 아주 사나운 개는 반드시 그를 기르는 주인의 성격도 사납고, 아주 유순한 사람이 개를 기르면 낯선 사람이 집에 들어와도 잘 짖지를 않는다. 아무리 길러도 길들지 않는다는 산펭이나 호랑이족의 그 끝까지 지조를 굽히지 않는 강직한 성격에 비하면 좀 섭섭하다 할 것이다. 그러나 이것은 그들의 충성이 너무 극진한 결과 이루어진 습성으로 보아야 할 것이니 권모술수를 일삼는 인간들이 개들의 이런 약점을 겨우 하나 붙들고서 걸핏하면 "개자식!" 하여 사람을 욕하는 것이 아니라 개들을 욕하고, 그리고 한 식구로 쓰다듬고 안고 하다가도 필요하면 목을 졸라 잡아먹는 것은 그 야만하고 잔인함이 비할 데가 없는 것이다.

인간의 잔인성과 자기 높임의 망상증은 개들에게만 미치고 있는 것이 아니다. 그들은 자기들을 위해 짐을 나르고 밭을 갈고 하는 소를 잡아먹고, 산과 들에서 살고 있는 착한 짐승들을 잡아먹고, 그래도 모자라서 저희들끼리 서로 뜯어먹고 잡아먹기 위해 원자탄, 수소탄, 인공위성들을 만들고 있다. '개 같은 놈!' '소 같은 놈!' '짐승 같은 놈!' 하는 형용사가 우스울 뿐이다. 어서 인간사회의 모든 어려운 문제를 해결하여 자유롭고 평화스러운 사회가 이뤄지면 이 평화와 자유와 평등이 인간 상호간뿐만 아니라 금수곤충의 세계에까지 미쳐야 되겠다. 요원한 꿈같은 이야기일까? 그러나 어린 송아지의 머리에 무서운 도끼가 내리 찍히는 일이 있는 한, 이 지구는 영원히 아름다운 별일 수 없다.

• 1964. 9

쥐

천장에서 쥐들이 야단이다. 우루루 달려갔다가 달려왔다가 통탕통탕 뛰어보다가 찌익찌익 장난을 치고 쉴새없이 무엇을 이빨로 물어뜯는다.

밤마다 이러니 잠을 잘 수가 없다. 원료가 서독 제품이라는 쥐약을 구해다가 옆방 급식실에 뿌려 놓았더니 뿌리는 대로 다 주워 먹은 모양인데 한 놈도 죽은 것을 못 보았다.

책을 보다가도 일어나 천장을 주먹으로 두드려보지만 그때뿐이지, 앉자마자 또 우루루 쿵쿵 한다. 쥐한테 놀림감이 되고 있다고 생각하니 부아가 난다. 쥐를 잡으려고 몽둥이를 잡고 따라가다가 결국 쥐는 못 잡고 살림 그릇만 깨뜨려 놓는 만화 생각이 난다. 내가 만화의 주인공이 된 것 같다.

천장뿐 아니라 불을 끄고 누워 잘라치면 어디서 기어 나오는지 바로 머리맡에 와서 쫓아다닌다. 이러다간 놈들한테 코를 물어뜯길까 보다,

할 수 없이 등산할 때 짚고 가는 지팡이를 옆에 두고 자다가도 쥐 소리만 나면 방바닥을 치고 하지만 도무지 효과가 없다. 이놈들은 내 실력을 다 알고 있는 모양이다. 쥐들의 행패가 심한 며칠 밤을 나는 통 잠을 못 잤다.

학교 사무실에서 쥐 이야기가 나왔다. 쥐를 동정하는 사람은 한 사람도 없었다. 이 세상에서 쥐란 족속만은 모조리 섬멸해야 한다는 것이 만장의 의견이었다. 물론 나도 그렇게 생각했다. 그러나 그때 내가 한 말은 좀 달랐다.

"나는 쥐란 놈들에게 아주 손을 바짝 들었습니다. 이젠 이놈들을 없앨 수는 도저히 없고, 할 수 없이 오늘 밤부터는 쥐도 살고 나도 살고 평화공존하기로 했습니다."

정말 나는 이날부터 결심을 달리한 것이다. 그들을 적대시할 것이 아니라 그들과 함께 살고 그들의 벗이 되어보리라 마음먹은 것이다. 쥐들이 심심한 나를 위해 춤추고 뛰어다니는 것이라 여긴다면 밉기는커녕 차라리 고맙게 여겨야 할 것이 아닌가? 설령 쥐들이 잠자는 내 머리를 밟고 올라타더라도 이솝의 〈사자와 생쥐〉 이야기를 생각해서 그들을 용서해 주고 귀여워해 주리라.

이래서 "인간은 이 땅 위에서 모든 것을 사랑하기 위해 살아 있는 것"이라는 위고의 말도 생각해 보고, 감옥의 죄수들이 파리를 벗삼아 산다는 얘기도 생각해 내었다. 세상에서 더럽고 귀찮은 파리를 좋아할 사람이 어디 있겠는가? 그러나 이 세상에는 파리라도 있어야 그 무서운 고독을 견디어내는 사람이 있는 것이다.

"파리도 함께 기도를 드려주었어요."

이것은 어느 형무소에 수감된 사형수가 처형 직전에 적어 놓은 글이란다. 날마다 푸른 하늘을 쳐다보고 살아가는 내가 그까짓 쥐새끼를 미워하다니!

이래서 정말 내가 건전한 감정과 사고를 돌이킨 것인지, 패배를 합리화하여 스스로를 속인 것인지 모르지만, 어쨌든 공존공생하는 그 길밖에 없었던 것이다. 이렇게 마음을 달리 잡은 후로 나는 어느 정도 잠을 잘 수가 있었다. 나는 나의 의지가 감정을 다스리게 됨을 속으로 기뻐했다.

그런데 물론 어느 정도 잠을 잔 것이다. 수양 부족의 탓인지 아주 쥐들의 행패에 방심해 버리거나 즐겁게 여길 수는 도저히 없었다. 참 이 친구들은 너무했다. 너무 체면 없는 친구들이었다.

그 후 한번은 내가 며칠 어디에 갔다왔더니 방안이 엉망이다. 온통 종이를 물어뜯어 방안이 가득하다. 쥐똥이 흩어져 있고 비를 뜯어서 망쳐 놓았다. 이날 밤부터는 전보다 더 행패가 심했다. 가뜩이나 여행을 하고 신경이 피로하던 터라 이래 놓으니 견딜 수가 없다. 잠 못 이루는 밤이 또 시작되었다. 나는 또 머리맡에 등산 지팡이를 갖다 놓고 누워 자다가도 자꾸 깨어나 천장과 방바닥을 두드렸다. 이러한 어느 날 발견한 것이 요사노 아키코의 시였다.

나의 집 천장에 쥐가 사느니라.
빠작빠작 소리남은
끌 잡고 상을 새기는 사람
밤에도 자지 않음과 같으니라.
또 그의 아내와 춤을 추면서
빙 돌아가는 울림은 경마가 달리는 모습.

내 글 쓰는 종이 위에
천장 위 모래며 먼지들
펄펄 날려옴도
그들이 어찌 알 것인가?
그러나 나는 생각하느니
나는 쥐들과 함께 살고 있노라.
그들에게 먹을 것이 있으랴.
천장에 구멍이라도 뚫어서
때때로 나를 엿보라.

　나 같은 인간은 항복이란 말 대신에 평화공존이란 속임수로 자위했
지만, 어쩌면 이렇게도 만물을 사랑할 수 있을까? 시인이란 진정 이런
사람을 두고 부르는 명칭이어야 하리라. 나는 한없이 이 시인의 마음
이 부러웠다. 글을 쓰는 머리 위에서 소란을 피우는 쥐들을 이렇게 사
랑이 가득한 마음으로 대할 수 있는 그 마음이란 얼마나 넓을까 생각
했다. 그것은 참으로 위대한 사랑이라 여겨졌다. 나는 이 위대한 시인
의 시를 읽은 날 밤부터 작대기로 쥐를 쫓는 일을 며칠 중지할 수 있
었다.
　그러나 며칠이 못 갔다. 다시 작대기를 들지 않을 수 없었다. 그만큼
그들의 창궐이 날로 심해갔다.
　내가 세 번째로 작대기를 갈무려두고 쥐를 용서해 주기로 맹세한 것
은 바로 그저께 일요일이다.
　그날 아침을 먹고 책을 들여다보고 있는데 바로 무릎 옆에서 물어뜯
는 소리가 난다. 또 왔구나, 이놈 기어이 한 놈을 잡아 눕혀 놓아야 정

신을 차리겠구나 하고 살짝 작대기를 잡고 재빠르게 탁 쳤다. 찍! 하는 소리와 함께 발발 떨고 쓰러진 놈을 보니 어이가 없었다. 꼭 새끼손가락 끝만큼 한 놈이 아닌가! 요런 놈을 상대로 내가 지금까지 약이 올라 잠을 못 자고 하다니!

손가락으로 집으니 아무 무게도 없는 작은 동물, 폭신한 털의 따스함, 이놈에게도 체온이 있었구나 하고 놀란다. 똥그란 두 눈알이 놀라 반짝이는 모양이 사자 앞에서 비는 이솝의 생쥐보다 더 기막히게 가엾다. 오죽 배가 고팠으면 걸레 조각에 말라붙은 밥알을 뜯어먹으려고 한낮에 나왔을까? 불쌍한 놈이다. 피가 나지 않은 것을 보니 크게 상한 데가 없는 것 같아 아무쪼록 살아 달라고 문을 열어 바깥 섬돌 위에 내려놓았다. 그런 것을 상대로 잠을 못 자고 하다니 참 부끄러운 일이다. 다시는 작대기를 손에 안 잡는다고 한쪽에 치워 놓고 문 앞을 보니 섬돌 위의 쥐가 없다. 벌써 살아간 모양이다. 하마터면 그 작은 놈을 죽일 뻔했던 것이다.

그런데 오늘 저녁 나는 또 그 작대기를 끄집어냈다. 도저히 참을 수 없다. 이놈의 쥐들이 생발광이다. 한사코 나는 쥐에 걸린다. 쥐에 관한 한 결국 나에게는 동서고금의 어떤 명시 명구도 효과가 없고 어떤 경험도 교훈을 주지 못했다.

오는 일요일에는 방안을 깨끗이 하여 쥐들이 찾아와도 뜯어먹을 것이 없고 재미가 없는 곳으로 만들어보리라. 쥐들은 아마 내가 자취를 하는 줄 알고 있는 모양이다. 냄새가 나고 먹을 것이 있으니 찾아올 수밖에 없다.

그리고 참 나는 신경이 너무 지쳤다. 학교 아이들에게 시달리는 것뿐이 아니다. 온갖 구지레한 잡동사니 일들 — 아이들의 장난보다도 못한 온갖 거짓꾸미기 일들에 날마다 괴로움을 당하고 있다. 나는 이제 좀 휴식이 필요하다. 무슨 도리를 생각해야 한다. 이 허위에 찬 직업을 떠나지 못하면 우선 자리라도 옮겨서 조금이라도 신선한 공기를 마셔야 한다. 무호동중이작호(無虎洞中 狸作虎. 호랑이 없는 골짜기에 너구리가 호랑이 노릇한다―편집자 주)―정말 살쾡이보다도 못한 쥐새끼들만 날뛰는 세상이지만, 쥐새끼들 때문에 살아갈 수 없구나!

• 1967. 6

닭 기르기

산골에 살다보니 닭을 좀 치게 되었다. 무슨 짐승이든지 가까이해서 기르면 자연 애정이 들어서 버리기 어려운 것이 예사일 것 같은데 닭은 반드시 그렇지는 않은 것 같다. 적어도 내게는 그렇다.

이른봄부터 알을 안겨 병아리를 까게 하면 어미 닭이 서너 마리만 되어도 병아리가 30마리나 40마리가 된다. 이것들을 모두 한 우리 안에 넣어두면 한사코 물어뜯고 싸워 죽는 놈까지 생긴다. 바깥에 내어 놓아도 서로 가까이하면 싸운다. 물론 이런 현상은 다른 동물들도 어느 정도 그러하리라. 그런데 닭의 경우는 한 달이 아니라 단 며칠 앞서 깨난 놈도 뒤에 난 놈을 물어뜯는다. 보기에는 구별할 수 없는데 단 하루의 차가 있어도 물어뜯고 뜯기는 것을 보면 안다. 그리고 먼저 난 놈에게 한 번 물어뜯기기만 하면 그 뒤로는 체력이 능히 대항해서 이겨낼 만해도 결코 반항할 줄 모른다. 어미가 다른 놈들끼리도 그렇지만,

같은 배에서 깬난 놈들끼리도 그렇다. 간밤에 난 놈과 아침에 난 놈이 다르고, 낮에 난 놈이 다르다. 그리고 맨 나중에 난 놈이 제일 불쌍하고 죽을 지경인데, 노상 쫓기고 눈치 모이를 먹고 살아가자니 그 꼴이 참 비참하다.

지난해는 장닭이 없어 늦게 7월에야 겨우 한 배 안기게 되었다. 깬난 병아리 12마리 중에 마지막 난 놈은 본디 알도 작았지만 나올 때부터 둥우리 안에서 어미 닭과 다른 먼저 난 병아리들에게 짓눌리고 해서 그런지 그 몰골이 보기에도 딱했다. 그래도 죽지 않고 어찌어찌 커가는 것이 대견스럽다 했는데 노상 다른 놈들에게 쪼이고 물어뜯기고 쫓겨나고 숨어 뒤만 따르느라고 언제까지나 조그마한 그대로 클 것 같지 않았다. 결국 큰 닭이 되어도 하도 머리통을 쪼여서 정수리 털도 잘 안 나고 벼슬도 거의 없고 옆에서 걸어가는 꼴을 보면 가슴이 툭 불거져 나오고 모가지가 꾸부정하고 영 못난 닭이 되었다.

올 봄에 이 형제들은 모두 어미가 되어 알을 품으려 하는데 그 못난 닭은 낳기만 할 뿐 품으려 하지 않는다. 병아리가 자꾸 많아지는 것도 감당할 수 없는 형편이라(본디 산것을 잡기 싫어해서 닭 같은 것 잡을 줄 모르니) 알만 낳는 닭이 반갑기는 하지만 그래도 이놈은 아주 미운 짓을 해서 한사코 내게 걸린다. 다른 암탉들은 우리에 넣어두나 바깥에 놓아두나 병아리들을 그렇게 못살게 쪼지는 않는데(물론 제 곁에 가까이 와서 모이를 주워 먹으려 하면 쪼지만) 이놈은 자꾸 따라다니면서 쪼고 물어뜯는다. 다른 병아리들이 모이를 먹고 있으면 저는 괜히 먹지도 않으면서 달려가 쫓아 버린다. 제가 자랄 때 하도 짓눌리고 쫓겨서 이번에는 제 뒤를 따라 크는 것들을 그 갚음으로 이렇게 대하는 것이 분명하다. 나는 이것을 보고 닭이라는 짐승이 더욱 싫어졌다.

온종일 쉴새없이 모이만 찾는 그 탐욕은 어느 짐승이 그러랴 싶지만, 그래도 그것은 사람이 달걀을 착취하기 때문이라는 생각도 든다. 똑같은 밀알인데 제 우리에 넣어주는 것은 안 먹고 남의 우리에 들어가서 먹는다. 우리에 썰어 넣어준 채소는 안 먹고 바깥에 나와 채소밭을 망쳐 놓는다. 이런 것도 좋게 해석할 수 있다. 하늘을 날아다니는 자유를 좋아하는 날짐승이라고. 그러나 한 번 쫓겨 놓으면 그 후로는 결코 대항할 줄 모르고 굴복만 하는 그 답답한 성질이며, 더구나 강한 놈에게 많이 물어뜯긴 놈일수록 제보다 약한 놈에게는 한사코 혹독하게 대하는 이 더러운 근성은 견딜 수 없이 미워진다.

나는 날마다 이 못나고 밉살스러운 닭을 바라보고 우울한 마음으로 살아갈 수 없다. 다음 일요일에는 이놈의 목을 꼭 비틀어 죽여야겠다고 또 한번 벼르고 있다.

• 1970. 3

올챙이와 인간

모래를 파러 가는데 옆 도랑 바닥에 뭔가 시커먼 덩어리 같은 것이 군데군데 눈에 띈다. 그 덩어리가 꾸물거린다고 느끼는 순간 나는 곧 그것이 올챙이 떼란 것을 알았다. 새까만 두꺼비 올챙이들이 갑자기 물길이 끊겨 버려서 말라가는 도랑 바닥 조금 오목하게 패인 자리마다 모여들어 죽기만을 기다리고 있는 것이다. 몇백 마리씩이나 될까? 도랑 바닥은 달아 내리는 햇볕에 금방금방 말라가서 올챙이 떼들은 솥 안에 든 고기처럼 조려들고, 머리도 꼬리도 옴찔하지 못하도록 한 덩어리가 되었다. 아직은 분명 살아 있어 입들을 오물딱거리며 기적의 손길을 기다리는 목숨들. 이제 반 시간이 더 안 가서 이것들은 다시 어떤 모습으로 바뀔 것인가?

못 볼 것을 보았구나 싶어 눈길을 돌리니 둑 너머 저편은 물이 처렁처렁 넘치는 논이다. 그렇다. 나는 곧 가졌던 삽으로 가장 큰 검은 덩어리의 것을 조심조심 떠서 저편 논 가운데로 던져 넣었다. 철벙! 소리와 함께 물속을 꼬리치며 사방으로 흩어지는 것들. 아, 우리에게도 이런 구원이 있어지라!

그러나 신(神)을 대행한 내 기적의 삽질은 세 번까지 못 가서 지나가는 인족(人族)의 제지를 당했다.

"선생님, 거 왜 그럽니까?"

마을의 일을 지도하는 임무를 띤 사람이었다. 그는 무척 못마땅하다는 표정이다. 나는 올챙이가 죽어가는 것이 가엾어서 살려주고 싶다고 천진스레 말했다.

"안 됩니다, 안 돼요. 개구리 때문에 벼농사 망치는 걸 모릅니까? 안 돼요."

"안 됩니다"를 명령하듯이 연달아 내뱉고는 멸시의 눈길로 나를 내려다보는 그. 나는 곤충과 식물들이 서로 그 삶을 의지하고 있다는 생태학의 원리를, 가장 진화 발달한 동물——국민소득 얼마란 번영의 환상만을 그리고 있는 이 마을 지도자에게 설득시킬 자신이 없어 그냥 돌아서야 했다.

두어 시간 뒤에 그 길을 다시 지나오니 도랑 바닥의 올챙이 떼는 간데온데없고, 올챙이들이 모여 있던 자리에는 조그만 부스럼딱지 같은 것이 여기저기 보였다. 아주 떡으로 달라붙어 어처구니없는 모양이 된 것이다.

분명히 살아 움직이던 그 무수한 생명들은 어디로 가 버렸는가? 그 아무의 기억 속에도 슬픔 속에도 흔적조차 남김이 없이. 하늘 향해 구원을 청하는 소리 한 번 내어보지도 못하고 사라져 버린 목숨들. 생명이란 이토록 허무한 것인가? 올챙이와 인간과 어떻게 다를 수 있는가?

며칠 전에도 냇물에 조그만 고기들이 수없이 죽어 떠내려가는 것을 보았다. 냇가 외딴집 주인의 말을 들으면 전에는 무슨 약을 치더라도 친 자리만 죽었는데, 요즘엔 독한 농약을 치기 때문에 십리 위쪽에서 약을 풀어도 여기 있는 고기들이 다 죽는다는 것이다. 홍수가 질 때면 멀리 하류 어디쯤 그래도 살아남아 있던 고기들이 흙탕물을 거슬러 조금은 올라오지만, 물이 맑으면 거의 다 내려가 버리고 겨우 남아 돌 틈에 숨어 있는 것들도 이렇게 약을 풀어 알뜰히도 씨를 말린다는 것이다. 낙동강 상상류, 푸른 산그늘이 비쳐든 이 맑은 물속에 옛날에는 아이들이 뛰어들어가 퍼덕거리는 무지갯빛 피라미들을 반도(그물의 한 가지)로 건져 올리고, 큼직한 메기들을 손으로 잡아냈는데, 지금은 한 길이 되는 물속을 아무리 들여다보아야 고기라고는 안 보이고, 플라스틱 바가지 조각, 맥주병 같은 것만 가라앉아 있을 뿐이다. 겉으로 보기에 아직 맑아 보이는 이 물줄기를 따라 십리쯤 내려가면 강원도에서 흘러내려오는 물과 합수가 되는 지점이 있는데, 강원도에서 내려오는 물은 멀리서 보면 새까맣다. 가까이 가 손바닥으로 물을 떠보면 맑은데 냇바닥엔 까맣게 석탄 가루가 가라앉아 그렇게 보인다. 그 검은 물가에 학교 교실 두어 칸 크기의 건물 한 채가 있다. 축사로 지었던 것인데 지금은 버려진 채 텅 비어 있다. 거기서 많은 소를 기르던 사람이 하루아침에 여남은 마리가 죽게 되는 변을 당했단다. 무슨 광산에서 흘러내린 폐수 때문이었는데, 그 강물을 못 먹게 할 도리가 없어 그만 사업을 폐하고 말았다고 한다.

상류가 이러니 하류는 오죽할까? 산도 물도 농약과 플라스틱과 술병과 광독(鑛毒)으로 오염되어 산자수명(山紫水明)의 강산이 죽음의 땅이 되려 한다. 여기서 인간은 시멘트로 땅 거죽을 싸발라 도시란 것을 만들어 놓고는 오염된 물과 공기를 마시고 음식을 먹으면서 살아가고 있는 것이다.

머지않아 거의 모든 나라들이 다 가지게 될 핵무기, 공기와 물의 오염이 가져오는 기상의 이변, 인구의 폭증으로 인한 굶주림 상태, 빙하시대가 올 것이라는 경고……송충이 모양 번성하여 지구를 갉아먹고 독을 뿜고 있는 인족의 앞날을 경고하는 것은 점쟁이가 아닌 수많은 과학자들이다. 4백 년 전에 인간의 말로를 투시하여 그 멸망의 때를 예언하였다는 노스트라다무스를 비웃을 사람이 그 누군가?

어느 자리에서 노스트라다무스의 예언 얘기가 나왔더니, "허허, 별 걱정을 다 하네. 세상사람 죽으면 다같이 죽는 판에 걱정도 팔자라니……" 이렇게 말하는 사람이 있었다. 인간의 비극적 종말을 이렇게 태연히 받아넘기는 사람은 허세를 피우는 것일까? 진정으로 그러는 것일까?

"내일 지구의 종말이 와도 그 내일을 위해 한 그루 나무를 심겠다—이런 말도 있잖아요?"

이것은 허세가 아니면 분명히 기만이다. 그러나 허세든 기만이든 나도 많은 사람들과 같이 이런 마음으로 웃으며 살아갈 수 있었으면 좋겠다.

"1999년이라, 그때 내 나이 몇인가? 육십 다섯이구나. 허허, 됐어. 환갑이 지났으면 됐지 또 얼마나 살라구."

이런 말에 동감을 표하는 이들이 가장 많았다. 세상이 다 망해도 나만 살 때까지 살면 그만이라는 기막힌 인간의 에고이즘을 여기서도 보게 되어 혐오감이 치밀었다.

인간 종말에 대한 경고와 예언은 그것이 당장 발등에 떨어진 불똥이 아니기에 순간적으로 살아가기에 익숙해진 현대 사람들에게는 예고가 아무리 과학적인 타당성을 띠었다고 해도 법정에서의 사형선고로는 안 들리는 모양이다. 그리하여 사람들은 오늘도 한푼의 이익을 위해서 악착같이 싸우고, 혹은 먹고 마시고 노래하며 살아간다. 내일도 그러할 것이다.

"위기를 모두 느끼고 있으니 인간은 그것을 극복하려 할 것이고, 꼭 그 위기는 극복될 것입니다."

이 말은 위기를 어떻게 해서라도 극복해야 한다는 당위적 입장에서 하는 말이라면 이해할 수 있다. 그러나 이런 말이 현대의 위기를 만들어낸 과학문명을 그 근본부터 비판할 줄 모르고 오히려 그것의 앞날을 안이하게 믿고, 그래서 살인무기를 잡고 으르렁거리는 인간들을 맹목적으로 찬양하는 사람들이 흔히 하는 말이라면 용서될 수 없다.

"핵무기와 인공위성을 만들어낸 인간이 전쟁과 공해를 막을 능력이 없겠는가" 하고 무턱대고 믿는 것처럼 어리석은 일은 없다. 핵무기와 인공위성은 황금과 권력에 병든 지능과 저열한 투쟁심이 만들어내는 것이지만, 평화와 공해 없는 사회는 그런 것을 뛰어넘을 수 있는 건강한 인간의 사랑과 지혜와 선의에 넘치는 노력에 의해서만 달성될 수 있는 것이기 때문이다. 열악한 정신으로 만들어진 물질문명과는 전혀 반대편에서 나타나야 할 새로운 정신문명만이 인류를 위기에서 구원할 수 있을 것이다.

올챙이의 구원은 기적으로 될 수밖에 없지만 인간의 구원은 그 자신의 탈피에서만 가능하다. 올챙이의 비극은 타의에 의한 것이지만 인간의 멸망은 자살행위이기 때문이다.

• 1975. 2

자라를 잡는 사람들

산골짝 조그만 마을에는 밤마다 얘깃거리가 끊어질 날이 없다. 그저께는 마을의 옛집에 도둑이 들어 귀한 골동품들을 잃었다더니, 어제는 화전 정리로 온 식구가 아무 것도 가진 것 없이 도시로 떠난 아무개네 집 얘기가 퍼지고, 오늘은 어디서 자라잡이꾼들이 들어왔단다.

그 자라잡이들은 유리로 만든 수경으로 물밑을 들여다보고는 자라를 찾아내는데, 작살(창)로 용하게 찔러 잡더란다. 오늘 두 사람이 스물 다섯 마리나 잡았다는 것이다.

지난해 봄에는 어디서 푸른 제복을 입은 사람들이 이 골짝에 와서 회양목을 여러 트럭 캐어 실어갔다. 길가에 뿌리째 뽑힌 회양목이 여기저기 버려져 있는 것이 아까워 주워다 심기도 했다.

한 해 전만 해도 '자연보호'란 말을 이곳 주민들은 들어보지 못했고, 또 그 회양목이 나 있는 벼랑이 마을에서 좀 나가야 하는 곳이려니와,

위낙 두려운 사람들이 하는 일이라 설사 바로 눈앞에서 나무를 죄다 뽑아간다고 하더라도 그냥 보고 있을 수밖에 없었다.

그런데 오늘 자라잡이꾼들이 좀 혼이 났던 모양이다. 마을 사람들은 그들을 불러다놓고 고발을 하겠다고 했더니 태연하게도 고발을 할 테면 하라면서 아무개한테 물어보라고 높은 사람의 이름을 대더란다. 그러나 이런 공갈로 기어들어갈 마을 사람들이 아니었다.

도리어 격분한 사람들은 면 출장소 주사를 불러서 아주 조서를 꾸미기 시작했다. 그리고는 경찰서에 전화를 걸기 위해 사람을 보냈더니 그제야 그들은 당황하면서 부디 용서해 달라고 애원하더란다. 한 번만 용서해 달라고 비는 데야 다같이 먹고 살기에 고생하는 백성으로서 어찌하겠는가. 다시는 이곳에 오지 말라 해서 돌려보냈다 한다. 잡은 자라 스물 다섯 마리 중 어린 것 일곱 마리는 물에 놓아주고, 나머지는 가져가게 했다는 것이다.

그런데 자라를 뭐 하러 그렇게 잡느냐고 묻는 데 대한 자라잡이들의 대답이 기가 막힌다. 사월 초파일이 되면 서울과 그 인근의 수많은 절에서 자라를 모조리 사게 되는데, 그것은 중들이 자라를 한 마리씩 강물에 놓아주는 행사가 있기 때문이란다. 그때가 되면 자라 한 마리가 만 원도 훨씬 더 가게 되니 큰 돈벌이가 된다는 것이다.

참 어처구니없는 일이다. 불교든 기독교든 또 무슨 종교든 그것이 사회 속에서 어떤 영향을 미치는가 하는 것을 생각하지 않고 다만 자기만 착한 일을 하거나 회개해서 천당엘 가고 극락엘 갈 수 있다고 믿는다면 이 얼마나 어리석은 일인가. 그런 종교와 종교인이 얼마나 위선적이고 타락할 수 있는가를 이 자라잡이들은 잘 말해 주고 있다.

나도 도시에 가면 더러 곰탕을 먹고 보신탕도 먹는다. 짐승을 뚜드려 잡는 야만스러운 짓은 내가 하는 일이 아니다. 이미 죽은 것이니 먹어주는 게 죄 될 것 없다— 이런 변명을 속으로 하면서. 그러나 이것은 얼마나 거짓된 변명인가. 고기를 먹는 모든 인간은 생명을 학살하는 일에 가담하는 공범자다.

사월 초파일이라면 아직도 몇 달이 남았다. 그때가 되어 정말 자라 값이 그렇게 오른다면 지금부터 잡아 모으는 것이 굉장한 돈벌이가 될 것이 틀림없지만 지금 당장 시장에 갖다 팔아도 큰 돈이 될 것이다. 팔자 좋은 이들은 보신을 위해 살아 있는 자라의 목을 잘라 그 피를 마시기 좋아한다니 말이다.

자라 얘기를 하는 이웃집 농사꾼 ㄱ씨에게 "창으로 찔러 잡으면 죽어버리잖아요?" 했더니 창으로 찌르는 것쯤 예사란다. 자라란 놈은 지독해서 솥에 넣어 불을 때는데 물이 끓어올라 네 발이 발갛게 삶겨도 솥가를 빙빙 돌고 있다는 것이고, 그런 자라를 그대로 밖에 내 놓아도 일주간은 죽지 않고 기어다닌다는 것이다.

세상에서 사람보다 더 잔인한 동물이 어디 있으랴. 나는 마을 사람의 오늘 한 일을 칭찬하고, 다음 그런 사람들이 오면 자라를 한 마리도 잡아가게 해서는 안 된다고 말해 주었다.

• 1977. 4

창 밖을 보며

간밤에 못자리에서 개구리들이 그렇게 야단법석이더니, 오늘 아침엔 방천둑 포플러 가지 끝에서 휘파람새가 운다. 인간의 목소리나 글자로써는 형용할 수 없는 그 아름다운 새 소리! 보리는 무릎까지 자라나 골을 푹 덮고, 불어오는 바람에 초록빛 물결이 마구 일렁거린다. 건너편 산허리에 불그레한 것은 복숭아꽃이겠지. 철쭉꽃도 한창이겠다. 고사리, 다래나물도 돋아나는가?

가만히 보리밭을 바라보고 있으면 내 마음은 온통 초록빛이 되어 춤춘다. 복숭아꽃은 언제나 어렸을 때 읽은 〈두자춘(杜子春)〉의 맨 끝 장면을 생각하게 한다. 아쿠타가와도 복숭아꽃을 바라보며 그 동화를 썼을 것 같다. 연둣빛으로 피어나는 포플러 잎들의 즐거움이여! 내가 살아서 이렇게 아름다운 자연을 바라볼 수 있다는 것은 얼마나 다행한 일이냐? 저 피어나는 풀과 나무들, 산과 들과 하늘을 바라보기 위해 나는 살아가는 것이리라. 이제 몇 번을 더 보게 될 것인지, 내 삶의 표적, 나는 분명 죽어서 저 자연 속으로 들어갈 것이고, 그리하여 눈부신 5월이 오면 연둣빛 잎으로 피어날 것이다.

"허허, 이 사람아, 자넨 병 들었네. 그게 도피란 걸세!"

나는 정말 세상에 지쳤는가? 인간에 실망하였는가? 오늘일지 내일일지 모르는 소집 영장을 받고 가면, 10 중 9는 뼈도 못 찾게 되던 그 무서운 두 차례의 전쟁 때에도 버리지 않던 희망이란 걸 나는 어찌했단 말인가? 교육을, 이것만이 내 인생을 바칠 가치가 있는 직업이라고 믿었던 교육을 나는 버렸단 말인가?

얼마나 많은 아이들이 날마다 나를 쳐다보며 살아왔던가? 내 청춘을 바쳐 나는 그들에게 무엇을 가르쳤던가? 약한 것은 짓밟고 올라서라는 진리 속에, 입신이요 출세를 가르치지 못한 나는 부질없이 생활의 낙오자만을 기르지 않았던가? 나는 내 생애를 박해한 파시즘에 대해, 전쟁에 대해, 인간의 잔혹에 대해, 위선에 대해 얼마만큼 항거하여 왔단 말인가?

없다. 아무것도 없다. 내가 던진 돌은 망망한 바닷속에 흔적도 없이 사라졌다. 내가 한 것이 있다면 황금의 무게로 움직이는 거대한 기계의 한 부속품 노릇을 하고 있었다는 것뿐. 연약한 생명을 함부로 짓밟고 목표도 없이 돌진하고 있는 기계의 한 톱니바퀴!

차라리 나는 저 거리에서 먼지를 덮어쓰고 앉아 길 가는 사람들의 신발이나 꿰매어주는 일을 할 것이 아니었던가?

어지럽다. 널따란 길도, 달리는 차도, 높은 집도 도무지 현기증이 나서 어쩔 수 없구나. 벗이여! 진정 나는 지쳤는가 보다.

내겐 숨쉴 하늘이 필요하다.

보라, 저기 저 하늘에서 빛을 뿌리는 종달새의 파닥거리는 날개를!
한 그루 포플러의 넘치는 생명의 환희를! 복숭아꽃에 깃들인 평화를!
밋밋하게 솟아오른 산봉우리 위로 흘러가는 한 송이 구름이 어쩌면 내
모습과 그리도 흡사한가!

인간들이 타살한 지 오래인 진과 선과 미가 평범한 자연 속에 넘쳐
있는 것을 발견하고, 나는 지금 미친 듯 창 밖을 내다보고 있다.

• 1969. 6

나무와 교육

🍃 학교 운동장 구석에 있던 감나무가 사무실 앞으로 옮겨져 왔다. 그 감나무가 겨우 살아 붙을 만하니 이번에는 새 교장선생이 부임하여 다시 운동장 서쪽 둑으로 옮겨 심어지고, 그해 여름 잎이 조금 살아나는가 싶더니 결국 말라 죽어 버렸다. 교사 뒤편에 서 있던 정정한 플라타너스 몇 그루가 아깝게도 어느 해 겨울 죄다 베어졌다. 그 쓰러진 나무들은 필경 교장 숙사의 화목으로 다 처리됐을 게다. 학교의 집은 돈만 있으면 한두 달 만에도 지을 수 있지만 나무는 그럴 수 없다. 생각 있는 분들이 먼 날을 위해 정성들여 심어두고 오랜 세월을 다시 수많은 사람들이 아끼고 키워온 보람들이 어느 한 사람의 독단과 취미와 기분에 따라 무참한 결말이 되고 마는 것이 오늘날 슬픈 이 땅의 현실이다. 민주교육을 하는 학원에서 그럴 수가 있는가, 왜 많은 교사들이 교장의 처사를 그냥 내버려두느냐? 잘 보좌를 못한 것이라고 할 사람이 있다면, 그 사람은 오늘 교육계의 타

락된 풍습을 만들어낸 메커니즘을 모르고 있으니, 다음 얘기를 들어 보라.

교무실 벽에 걸려 있는 칠판에 아침마다 아동들의 출석 상황을 적어 넣게 되어 있는데, 하루는 교장선생님이 그 숫자를 모두 한자로 고쳐 놓았다. 칸이 위아래로 길어서 아라비아 숫자를 쓰기에 불편해서 그런 것도 아닌데 왜 그렇게 고쳤을까? 알 수 없었다. 그런데 그 이튿날 선생님들이 숫자를 써 넣는데 지금까지 써오던 아라비아 숫자를 버리고 모두 한자로 써 넣는 것이 아닌가. 나는 그중 젊은 선생님 한 분에게 물었다.

"왜, 쓰기도 불편한데 하필 한자로 써 넣어요?"

"교장선생님이 한자로 적었으니 따라 해야지요."

나는 그 대답을 듣자 전임지 학교에서 쓰던 말이 생각났다. 그 학교에서는 선생님들이나 아이들이 모두 '학생'이란 말은 쓸 줄 모르고 일제 때 쓰던 '생도'로만 쓰고 있었다. 청소보다 '소제'를 많이 쓰고, '유리창'이란 말도 들을 수 없고 어떤 경우에도 '창경'으로 쓰고 있었는데, 처음엔 좀 이상하다 싶었더니 나중에 알고 보니 교장 영감님의 용어가 꼭 그대로였던 것이다.

그 일거일동이 바로 수십 명의 교원을 통해 수천 명 어린이의 피와 살이 되는 학교 교육의 책임자가 자기 나라 말에 대하여 무지하고 무성의하다는 것은 단지 그것에 그치는 것이 아니라 커다란 죄악을 범하는 결과가 된다. 그들이 말뿐 아니라 행동으로도 극히 관료적이고 기계적이고 피상적인 교육관으로 말없이 서 있는 나무에서 뛰어다니는 어린 생명에게까지 제멋대로 비틀고 자르고 한다는 것은 무서운 일이다. 또 그리고 그 밑에 있는 수많은 젊은 교사들 역시 아첨이 아니면 비굴이요, 무기력이요, 맹종이요, 이기타산 요령주의로 제 몸만 지켜 살아가고 있다면 나라의 장래가 심히 우려된다.

대관절 학교라는 곳에 들어가면 그 안에 서 있는 나무들은 거의 모두가 부자연스럽고 비뚤어지면서 커가는 것 같은 것은 지나친 나의 기분일까? 울타리의 측백은 해마다 깨끗이 모가지와 허리가 잘라지고, 화단의 온갖 나무들이 어떤 것은 세모로, 어떤 것은 동그랗게, 또 어떤 것은 네모반듯하게 만들어진다. 포플러도 옆으로 좀 뻗어나라고 둥치가 중간에서 뭉텅 잘리는 수가 흔하다. 등나무는 몇십 바퀴나 뒤틀려 꼬여진 뒤라야 시렁에 올라가는 것을 용서한다. 수양버들도 인간들의 이발하는 풍습을 배워야 한다. 화분에 심어진 나무나 풀도 제대로 자연스럽게 커갈 수 없다. 만일 굳이 개성을 고집하는 것이 있으면 그런 것은 나무든지 풀이든지 학교라는 곳에서 추방되게 마련이다.

생명을 키워가고, 그것이 커가는 이치는 나무나 사람이나 마찬가지다. 포플러는 포플러같이 키워야 하고 소나무는 소나무로 키워야 한다. 어린 생명을 천성 그대로 죽죽 뻗어나게 하라. 개성이 살아나게 하라. 가위질도 하지 말고 제멋대로 호령하여 이리 옮겼다 저리 옮겼다 하지 말라. 한 사람의 명령만으로 인간을 기계화하지 말라.

오늘날 우리의 교육은 생명의 성장을 방해하는 교육, 생명을 말살해 버리는 교육이 된 것 아닌가. 선생님이라고, 어른이라고 답례도 안 하면서 어린이들에게는 인사를 하라, 예의를 지키라고 강요하고, 선생님들 자신은 아침마다 교실에서 하는 첫인사가 돈 가져오라는 말이다. 콩나물 시루 속에서 시험 준비로 들볶아 그 품성을 비뚤어지게 만들고, 허망한 학교 이름이나 내기 위해 각종 경기대회, 전시회, 백일장, 무슨무슨 대회 등 행사로 어린이들을 선전도구로 이용하고……. 그리하여 타오르는 생명의 싹을 짓밟아 버리고, 가위로 싹싹 잘라 버리는 그런 맹랑한 교육을 하고 있는 것이 아닌가?

생명을 생명으로 키우지 않고 스위치 하나로 이리 돌고 저리 돌아가는 기계로 만들고 있지는 않은가? 한 사람의 기분으로 좌우되는 그런 세상이 되어가고 있지는 않은가?

• 1965. 7

제2부

나의 집 나의 이웃

이발소

머리털이 길어져 귀를 덮을 지경이 되었으니 또 한 달이 지났는가 보다. 가기는 가야 하는데 싫다. 목욕탕이라면 그렇게 싫지 않은데 이발소는 왜 그럴까?

목욕이란 것은 내가 자발적으로 하게 되는 운동이지만 이발은 완전히 내 몸을 남에게 맡겨두어야 하기 때문에 그럴까? 틀림없이 그런 것 같다. 정말 이발을 할 때는 손이고 발이고 꼼짝못한다. 면도를 할 때는 숨도 조심스럽게 쉬어진다. 완전히 바보의 상태가 되는 것이다.

우선 이발소에 들어가 차례를 기다리는 일부터 생각해 보자. 내가 늘 가고 있는 마을의 이발소, 거기에는 흔히 술에 취한 놈팡이들이 하나둘 들락날락하고 있다.

다행히 오늘은 그런 것들을 만나지 않았다고 치고, 나는 딱딱한 나무 걸상에 앉아, 마치 버스를 탔을 때처럼 마구 떠들어대는 라디오의 유행가를 듣고 있지 않으면 안 된다. 그리고 사방 벽에 걸려 있는 그림이나 사진들을 싫어도 쳐다보아야 한다. 원색으로 된 캘린더의 벌거벗은 배우들의 사진이라거나 엉터리 모사(模寫)의 유화(油畵)— 가령 밀레가 지금 살아나서 보았을 것 같으면 통곡이라도 할 것 같은, 예쁜 옷의 세 여인들이 들판 저 멀리, 이건 또 놀랍게도 '근대화'가 된 집들이 보이는 풍경을 배경으로 하여 이삭을 줍는 그림 같은 것이다.

사유의 자유를 빼앗긴 내가 유행가와 저속한 그림 속에서 잘못하면 한 시간도 더 기다린다는 것이 어찌 유쾌할 수 있겠는가?

그러나 이런 불쾌함은 내 차례가 되어 의자에 앉으라는 독촉을 받을 때부터 또 다른 차원에서 더 한층 긴장한 상태로 계속된다. 이때부터 내 가장 소중한 머리며 얼굴은 완전히 이발사의 가위와 손가락과 칼과 기분에다 예치(豫置)해 두어야 하기 때문이다. 거기에 조금도 불평은 금물이다.

시퍼런 칼날을 잡고 있는 절대권자의 기분을 상하게 해서는 어떤 일이 일어날는지 예측을 못한다는 생각이다. 목욕탕에서는 물이 조금만 더 뜨겁다든지 덜 더워도 소리소리지르는 사람들이 이발 의자에 앉으면 그만 찍소리 못한다.

먼저 머리털을 가위로 자르는 일인데, 내 머리의 모양은 어떤 때는 식빵 조각같이 똑바로 위로 올라가며 깎여지다가, 어떤 때는 여자아이의 단발머리 비슷하게 거의 귀를 덮은 채 아래쪽만 잘려지기도 한다.

나는 자주 이발소에 오는 것이 싫고, 긴 머리털이 이마를 덮거나 더 풀더풀한 봉발(蓬髮)이 되는 것이 싫어서 길어진 윗머리를 아주 짧게 잘라 달라고 하지만, "그러면 보기 싫어요" 하고 곧이 안 듣는다. 아니면 "예, 그러지요" 하고는 여전히 그대로다. 그래 아주 되는 대로 내버려 두는 것이다.

이 조발이라는 것보다 한층 더 참기 거북한 것이 면도다. 목이고 이마고 눈썹까지 다듬어 깨끗이 밀기 시작해서, 콧수염과 턱수염 차례가 되면 나는 눈 딱 감고 수술을 받는 환자같이 마음이 조마조마하다. 워낙 나는 수염이 세고 많아서 이발사에게 미안스러운 생각도 있다.

그런데 한두 번 칼날이 지나가면 될 것을 왜 그토록 싹싹 자꾸 파는지 모른다. 손가락으로 더듬어보아 조금도 거칠거칠한 털끝이 안 느껴질 때까지 몇 번이고 면도칼로 싹싹 깎는 것을 '판다'고 하는데 이렇게 파다보면 대개는 몇 군데쯤 그만 피부가 다 깎여져서 피가 나게 마련이다. 그러는 것을 참고 있자니 견딜 수 없다.

온갖 사람들의 얼굴을 주무르던 손가락과 칼날이 내 피부를 피가 날 때까지 긁어대고 문지르고 있다고 생각하니, 그만 흉측한 세균들이 모세관을 통해 온몸에 침입하는 느낌이다. 그리고 우선 아파서도 견딜 수 없다.

"그만 대강 해둡시다."

"예, 예."

예, 예, 하면서 손과 칼날은 여전하다. 그래서 나는 이발할 때마다 미리 공손히 부탁한다.

"난 수염이 많고 세어서 집에서 하루 건너 면도를 합니다. 그러니 면도는 파지 마시고 한 번씩만 대강 밀어주시오."

이렇게 말하면, "암, 그렇지요. 그게 위생에도 좋습니다" 한다. 그러면서 하는 짓은 전과 다름없다. 손님을 위해서 면도하는 것이 아니라 이발소의 체면을 위해서 하는 것 같다. 가령 내가 수염을 알뜰히 파지 않고 좀 시퍼런 털빛이 보이는 대로 이발을 마쳤을 경우 거기 찾아온 손님들이 "여긴 면도를 할 줄 모르나 보다" 하고 이발사의 기술이나 성의를 의심할까 봐 염려하고 있는 것이다.

살갗을 파지 않아도 피가 나는 수가 흔하다. 잘못하여 살을 베는 경우다. 새빨간 피가 나면 남보다 흉하다고 아프거나 말거나 자꾸 손가락으로 거기를 문질러 피가 안 보이게 하려 한다. 가만히 눈감고 있어도 어디 살이 베었다, 피가 나고 있다, 그걸 손가락으로 자꾸 쓱쓱 문지르고 있다는 것을 환히 알 수 있다.

또 입술을 조금도 조심성 없이 제멋대로 이리저리 잡아당긴다든지, 코를 함부로 비틀면서 마치 도마 위에 놓인 고기 덩어리를 요리하듯이 하는 것도 불쾌하기 짝이 없다. 인간의 존엄한 얼굴이 이렇게 모욕당할 수가 있나 하는 생각이다.

교사·목사·이발사 …… '사'자 붙는 직업을 내가 싫어하는 감정이 연유가 없는 것이 아니구나 하고 깨달아진다.

후유! 이렇게 해서 면도가 끝나면 머리를 감는다. 감아주는 아이의 손가락이 근질근질한 곳에는 가지 않고 자꾸 이마와 귀 뒤쪽만 긁어댄다. 다음에 얼굴을 닦아야 할 차례인데, 말려 놓은 수건이란 것이 또 여간 꺼림칙한 게 아닌 데다가 수건을 손에 들기도 전에 마치 차장들이 손님을 차에서 밀어내듯이 의자에 앉으란 독촉을 받는다. 차에서 내릴 때 차장의 손이 등에 닿는 것이 싫어서 재빨리 내리려 하지만 차장의 손을 피할 수 없듯이, 한 번도 이발 의자에 앉으란 독촉을 안 받는 때가 없다.

얼굴에다 무슨 화장품을 발라준다고 손바닥으로 끈적끈적한 것을 문지르고 있는 것도 억지로 참는다.

사람들 입에 들어가는 것도 별것을 다 넣어 만들어 팔고, 주사약도 엉터리로 만들어내는 판에 이발소에서 쓰는 싸구려 화장품이 고양이

오줌인지, 쥐 눈곱인지 알 게 뭐냐 하는 생각이다. 그런 걸 다 벗겨 놓은 피부에다 마구 문질러 바르는 것이다. 그러나 귀를 후벼준다고 기다란 대꼬챙이를 잡는 것을 보자 나는 질겁을 하고 제발 그것만은 그만두라고 애원한다. 언젠가 한 번은 하는 대로 두었다가 귀가 아파 혼이 났다. 다음에는 무슨 이상한 집게를 달구어 머리털을 집어 비틀고 하는 것도 뭣 때문에 하는 것인지 나는 아직 모르고 있다.

다 마치고 나서 으레 나는 이발료를 묻는다.

"얼맙니까?"

저 사람이 정말 바본가, 올 때마다 묻고 있네, 이렇게 여길까 염려하면서도 할 수 없다. 정말 나는 왜 그런지 이발 요금을 기억하질 못한다.

"80원입니다."

여기서 나는 또 놀란다. 아무리 내가 고통을 당했기로 한 시간이 넘도록 여러 사람이 노동을 해서— 하루 종일 손가락만 움직이면서 서 있어야 하는 일이 예사 괴로움인가?—기껏 80원을 받는다는 것은 너무나 싼 노임이다. 이래서야 하루 종일 손님이 있다 쳐서 열 시간 노동을 한대도 겨우 8백 원이니, 언제나 손님이 있는 것도 아니고 어떻게 먹고 살아가겠는가? 하긴 온종일 뽕나무 밭에서 일을 하고 3백 원을 받는 마을 아낙네들의 품값에 비하면 그래도 괜찮다고 할까?

나는 돈을 내어주고 비로소 해방이 된 기분으로 이발소를 나오면서 또 한번 긴 한숨을 쉰다. 이제 한 달은 잊었다 하고.

• 1973. 2

집

하늘로 날아다니는 제비의 몸으로도 일정한 깃을 두고 돌아다니거늘, 어찌 섧지 않으랴, 집도 없는 몸이야! 하고 소월은 노래했다. 이 세상에서 집 한 칸 가지지 못했다는 것은 진정 서러운 일이다. 더구나 몇십 년을 남의 방에서 남의 집으로만 떠돌아다닌 나 같은 사람은 꿈에도 집을 가지는 것이 소원이다. 어디 차를 타고 가면서도 아담한 집들이 보이면 그것이 풍경으로만 보이지 않고 저런 집을 하나 가져야지, 하고 생각한다. 내가 여러 해 전 도시 둘레에 30여 평 되는 땅을 사서 조그만 집을 하나 마련한 것도 이렇듯 간절한 소원에서 이뤄진 것이었다.

그 집은 언덕 위에 있어서 백만의 인구가 사는 도시의 중심부를 한눈으로 바라볼 수 있었다. 여기서 나는 사람 생활의 애환을 내려다보고, 하늘의 구름과 별들을 쳐다보면서 살아가야지 했다.

그런데 집을 갖고 나서 나의 걱정은 태산이 되었다. 우선 대지가 판

사람의 이름으로 되어 있지 않았다. 나는 땅을 내 소유로 하기 위해 여러 달 동안 이곳저곳 사람들을 찾아다니면서 무슨 서류를 만든다고 고생했지만 해결을 할 수가 없었다. 집을 지어준다던 사람한테 속아넘어가서, 돈을 도로 찾아내려고 한 해가 넘게 고생했지만 이것도 뜻대로 안 되었다.

집이 대강 세워지고도 내가 들어가 살 수 없는 형편에서 남을 주게 되었는데, 전세로 들어온 사람이 또 나를 괴롭혔다. 나중에는 나가지도 않고 버티었다. 그래서 직장이 있는 시골에서 토요일마다 수백 리 길을 멀미나는 버스로 걱정을 안고 다니느라고 몇 해를 고생하고 보니 그놈의 집이 원수같이 여겨졌다. 결국은 싼값에 억지로 팔아 버렸다. 그러고 나니 마음이 하늘을 날 것 같았다. 후유! 다시는 집을 갖지 말아야지, 했던 것이다.

아무것도 가진 것이 없는 마음 편함을 나는 비로소 깨달았다. 그러나 집 없이 살아가는 서러움이 없어진 것은 아니었다. 어느덧 나는 또 집을 가져야지, 그래야 아이들 공부도 시킬 수 있지, 하고 생각하게 되었다. 그만큼 집 없이 살아가는 생활은 불편하고 괴로웠다.

엄마야, 움막이라도 좋으니
우리 집 한 칸 짓자!

윗방의 전축 소리 시끄러워
숙제 공부 못하겠다.

이것은 내가 쓴 동시의 한 구절이다. 집이 없으면 아이들도 멸시를 당한다. 그때는 경험이 없어서 그랬지만, 이번엔 정말 잘 살펴서 걱정거리가 안 되게 해야지. 그 많은 사람들이 집을 가지고 즐겁게 살고 있지 않은가.

돈을 조금씩 저금해 둔 것이 탈이었다. 나는 또다시 ㄷ시 한쪽에다 허름한 집 한 채를 샀다. 이번에는 대지가 겨우 20평이다. 그러나 퇴직이라도 하면 거기서 구멍가게라도 차릴 수 있는 자리라고 골랐던 것이다. 이만하면 내 경제 계획도 무던하려니 싶었다.

그런데 바로 옆집과의 경계에 무심했다. 집 수리를 하는데 옆집 영감님이 우리 집 기둥까지 제 땅이라고 아무 근거도 없이 우기면서 굴뚝을 새것으로 바꿔 세우지도 못하게 심술을 부렸다. 집을 사는데 이웃집 인심까지 알아보아야 할 줄 어떻게 짐작했으랴? 그리고 이 집도 전세로 내어주지 않을 수 없었는데, 그게 또 말썽이 되었다. 지난해부터는 27평이 못 되면 건축 허가가 나지 않게 되어서 허물어진 집을 개축도 못하게 되었다. 거기에다 앞길이 넓어져 가게의 절반이 뜯겨 들어간다고 한다. 집을 수리한다고 애쓰고, 빚을 내고 또 갚고, 전세 든 사람과 옥신각신하고……. 나는 또 일요일마다 방학 때마다 걱정을 안고 먼 길을 가고오고 하면서 스스로 목숨을 깎는 괴로움을 겪어야 했고, 그 집은 아직까지도 근심거리로 되어 있다.

집을 가진다는 것은 근심을 가진다는 것이다. 내가 가지고 싶어한 집은 나를 편하게 쉬게 할 집이었지만, 내가 가지게 된 현실의 집은 나를 쉬게 하기는커녕 끝없이 괴롭히기만 했다. 집은 그 속에 편안히 들어가 쉬는 곳이 아니라, 그것을 짊어지고 다니며 살아야 하는 짐이라는 사실을 나는 이제 뼈저리게 겪은 셈이다. 집은 짐이요, 근심이었다. 내가 갖고 싶어한 집은 실상 이 세상에는 없을 것이다. 있는 것은 걱정과 근심이요, 내 것이라고 믿었던 것은 남의 것이다.

　정말이지 우리 같은 사람은 엄두도 못 낼 많은 돈으로 호화스러운 집을 지어 이것이 내 집이다 하고 문패를 돌에 새기고 거기 버티어 산다고 하는 사람도 과연 얼마를 그 속에서 살아갈 것인가? 재산의 운이 있어 팔지 않고, 불에 타는 나쁜 운수도 없이 오래 소유한다고 하더라도, 사람의 목숨은 그 뜰에 심어 놓은 한 그루의 나무보다 결코 오래가지 않을 것이다. 이윽고 집 주인은 바뀌어, 내 것이라고 버티던 사람을 모른 척할 것이 분명하다.

　집이 없으면 이 세상이 다 내 집 아닌가? 흘러가는 구름은 머물러 쉴 집이 없다. 그러나 온 하늘과 우주가 구름의 집이다. 나는 나 자신을 조그만 집 속에 가두어 놓는 어리석음을 골라잡지 말아야 한다. 허망한 물질에 눌어붙는 어리석은 꿈에서 깨어나야 한다. 여인숙이든 토담집 셋방이든 내가 들어 있는 곳은 다 내 집이요, 내 조국이다. 나는 죽어서 비로소 영원히 쉬는 내 집으로 돌아가리라.

　집이 없다는 것은 서글픈 일이지만, 이 어설픈 땅덩이 그 어디에 뿌리를 내리고 살아간다는 것은 더 한층 괴롭고 서글픈 일이다. 나는 괴로운 생활보다 슬픈 자유를 골라잡아야 한다. 허망한 소유보다 자연의 한 조각으로, 우주의 한 분신으로 만족해야 한다.

• 1973

자취

어쩌다 보니 가족들과 같이 있을 형편이 못 되어 나는 지금 자취를 하고 있다. 지난 3월에 이곳으로 옮겨와서 처음엔 동료 직원들과 같이 학교 옆에 있는 농가에 하숙을 했다. 방 한 칸에 세 사람인데 군불도 안 때는 냉방에 자면서 먹는 것은 한 달 중 스무 날이 안 되어도 하숙비를 다 내어야 했다. 이 집밖에는 하숙을 받아주는 집이 없다. 한 달을 겨우 견디다가 진작부터 생각하고 있던 자취를 시작하게 된 것이다.

자취를 하는 것은 처음이 아니지만 역시 마음이 이렇게 편할 수가 없다. 밥을 먹고 싶으면 밥이요, 국수가 생각나면 국수다. 배부르면 그만 먹고 배고프면 먹는다. 먹는 일이 중요하다면 생활의 자유를 이런 모양으로 누리는 것이 즐겁지 않을 수 없다.

하숙을 하게 되면 돈 주고 먹는 밥인데도 늘 공짜로 얻어먹는 것같이 마음이 편치 못하다. 밥을 남기면 남기는 대로, 다 먹으면 다 먹는 대로 안주인이 빈정거릴 것 같고, 미안스럽다. 밥에 돌을 씹으면 뱉어 내어도 미안하고 그냥 삼킬 수도 없다. 세숫물도 머리 숙여 얻는 형편이고 보면 만사가 매여 사는 괴로움이다.

또 자취에 드는 비용은 하숙비의 반도 안 된다. 우리가 받는 월급이란 그렇게 아껴야 살아갈 수 있다.

아침에 일어나면 곧 양동이를 들고 운동장 건너편 산밑에 있는 펌프 샘으로 간다. 이것은 나로서 상쾌한 아침 운동이 되고 있다. 이 펌프 샘을 쓰는 집이 서너 집 있는데, 언제든지 내가 제일 먼저 일어나 물을 푼다. 양동이에 물을 가득 담아 운동장을 건너 사택 부엌 문턱까지 오는데 발걸음을 세면 꼭 백이다. 나는 백이란 수를 정확하게 세면서, 그러니까 더 빠르지도 느리지도 않은 언제나 걷는 걸음으로 물동이를 들고 온다. 빨래라도 하는 날이 아니면 보통 이렇게 하루 한 동이면 세수하고 세끼 밥짓기에 충분하다.

다음엔 어제 저녁에 씻어 담가둔 쌀을 일어 돌을 가려낸다. 이것은 2분까지 안 걸린다. 그리고 석유 곤로에 불을 붙여 냄비를 올려놓는다. 그러면 넉넉잡아 15분이면 밥이 다 되는 것이다.

10여 년 전에 어디서 자취를 할 때는 나무를 땠다. 나는 장작 패기를 좋아했다. 도끼로 잘 겨냥을 해서 정신을 집중시켜 내리치는 것인데, 그것은 재미있는 운동이었고, 뭔가 정신적인 일이기도 했다. 장작 패기라면 지금도 자신이 있다. 그리고 불을 피우는 일, 이것은 또 얼마나 사람의 마음을 정화하는 일인가? 빨갛게 피어오르는 불을 지켜보고 있으면 내 마음이 그 불과 함께 타오르고 다른 아무 생각이 없어진다. 어느 때까지나 불을 바라보고 싶어지고 정말 무심의 경지가 되는 것이다.

장작을 패고 땔나무를 피우던 낭만이 이제는 없어졌다. 산골에서도 연탄이 아니면 석유를 쓰게 되었다. 한 시간 가까이 걸리던 밥이 반 시간도 안 되어 다 되니 편리하기는 하지만, 한편 뭔가 생활의 윤기 같은 것, 살아가는 맛 같은 것이 적어지고, 인간이 기계화되어 가는 것을 이런 데서도 느끼게 한다. 그러나 어쨌든 제가 먹을 것을 제 손으로 지어낸다는 것은 즐거운 일이어야 한다.

곤로 위에 올려놓은 밥 냄비가 부글부글 끓고 김이 다 올라서 내려놓기까지, 그것은 잠깐 동안이지만 나는 그런 시간일수록 귀하게 여겨져서 책을 보기도 하고 써 놓은 원고를 들여다보기도 한다. 아니면 앞마당에 심어둔 배추나 시금치 같은 나물을 뜯어다 씻어서 밥 위에 찌거나 다른 냄비에 넣어 된장과 함께 찌개를 만든다. 지극히 간단한 작업이다. 내가 가진 그릇이라면 냄비가 둘, 스테인리스 그릇이 한 벌. 그러나 밥이고 국이고 냄비에 그대로 먹으니 다른 그릇은 별로 쓰이지 않는다.

마당 한쪽에 심는 채소는 배추, 시금치, 파, 상추들로서 모두 다섯 평이면 넉넉하다. 나는 간소한 채식을 좋아하지만 채소가 없으면 된장 한 가지로도 잘 먹는다.

"그러니까 영양실조가 되지요."

내 자취 얘기를 들은 아내의 걱정이다. 그러나 밥을 언제나 한 그릇씩 맛있게 먹는 이상 영양부족이란 있을 수 없다고 생각한다. 만일 영양부족 상태라면 그것은 더 많이 더 잘 먹지 못한 때문이 아니라 먹은 것도 잘 소화시키지 못한 소화기관의 탓이겠다. 고기 못 먹는 사람이 영양실조증에 걸린다면 보리밥에 된장을 주로 먹는 산골 사람들은 모두 영양 불량으로 일할 힘도 없게 되어 있어야 할 것이고, 고기 많이 먹는 도시 사람들은 모두 건강해야 하지 않겠는가? 그런데 실상은 영양이 모자란다고 온갖 영양제와 약을 먹는 것은 거의 도시 사람들이다.

물을 길러 가기부터 밥이 다 되기까지 아침식사 준비는 30분이면 다 되고, 점심과 저녁은 20분 안으로 끝난다. 자취를 한다고 해서 시간이 낭비되지는 않는다. 하숙할 경우 하숙집에 가서 기다리고, 밥상이 들어와도 함께 먹을 사람을 기다리고, 다 먹고 나서 이런 저런 얘기로 시간을 보낼 것을 생각하면 시간을 절약할 수 있다는 점에서도 자취가 얼마나 유리한지 모른다.

그러니 아무리 바쁠 때라도 시간에 쫓겨 밥을 못 지어 먹는 일은 없다. 점심밥까지 아침에 한꺼번에 지어두었다가 낮에 식은 것을 먹게 되는 일도 없다. 요즘같이 더울 때도 점심을 새로 짓는다. 아침에 쌀을 씻어 물에 불려 놓은 냄비를 곤로에 그냥 갖다 얹어두고 10분만 기다리면 먹게 되는 것이다.

그런데 나는 왜 아무 재미도 없고 자랑거리도 될 수 없는 내 일상을 이렇게 지루하게 늘어놓고 있는가? 그렇다, 사람들은 모두 제 손으로 밥 지어 먹기를 싫어하고 있다. 그것은 군색한 사람이 어쩔 수 없이 하게 되는 고생스럽고 부끄러운 일이라 알고 있다. 우선 나와 같이 하숙을 하던 동료 직원 네 사람은 아직도 그래도 하숙이다. 반찬이 어떻고 하숙비가 어떻고 잠자리가 어떻고 불평을 하면서, 그리고 견디다못해 한두 번씩 자취를 시작했다가도 다시 하숙으로 되돌아가 있다. 또 내가 가족과 떨어져 있는 형편을 아는 사람을 만나면 으레 하는 말이, "자네 거기 가서 식사를 어떻게 하는가?" "자취하지" "자취라? 허허, 고생 많겠네."

이렇다. "고생 많겠네"는 인사고, 속으로는 "어쩌다가 그 꼴이 되어 버렸나, 자네 팔자도 할 수 없군," 아니면 "하다못해 하숙이라도 할 것이지, 얼마나 오래 산다고 그 고생인가" 할 것이 뻔하다.

심지어 고향의 누님까지도 며칠 전에 만났더니, 남부끄러워서 동생의 자취 소식을 사람들에게 숨기고 있노라고 하였다. 교회에서 밤을 새워 나를 위해 기도를 올리신다는 누님이 이러하다. 오늘날의 예수 그리스도는 출세를 해서 자가용으로 서울의 거리를 돌아다니고 있는 것이 분명하다.

나는 그런 그리스도와는 아무 상관이 없는 사람이다. 나는 그저 생겨난 대로 자연스럽게 정직하게 살고 싶을 뿐이다. 그래서 자기가 먹을 것을 자기의 손발을 움직여 만든다는 것이 사람으로서 가장 기본되는 삶의 자세라는 것, 그리하여 먹는다는 것과 그 먹을 것을 만들어내는 일이 사람의 가장 소중한 일이 되어야 한다는 것을 생각하고 있다. 그런데도 이 가장 소중한 것을 외면하고 부끄러워하는 것은 생활을 기만하는 태도요, 오늘날 도시와 농촌의 온갖 허영에 들뜬 남녀노소의 뿌리 없는 생활이 이러한 인간의 근본 자세를 잊어버린 데서 연유하는 것이라는 지극히 간단한 생각을 가지고 있는 것이다.

내가 먹을 것을 내 손으로 만드는 것은 자랑거리도 부끄러움도 될 수 없다. 도적질이 아닌데 무엇이 부끄럽겠는가? 이게 또 무슨 고생이라 할 것인가? 나보다 백배나 고생하는 사람이 얼마든지 있다. 나는 차라리 너무 편안하게 살아가는 것이 죄스럽다. 다만 먹을 것을 건강한 내 손으로 지어 먹음으로써 살아가는 기쁨을 한층 더 느끼게 하여준 신에게 나는 감사를 드린다.

• 1974. 4

내가 사는 대곡

🍃　　내가 살고 있는 대곡은 아무것
도 자랑할 것이 없다. 빼어나게 높은 산이 있는 것도 아니고 언제나 냇
물이 철철 흐르는 것도 아니고 큰 들도 없고 큰 마을도 없고 광산도 못
도 교회도 없다. 겨우 지난해 조그만 절이 하나 생겼다. 과수원도 원두
막조차 보이지 않는다면 알아볼 것이다. 버스도 들어온 지가 겨우 5, 6
년밖에 안 된다. 도시의 친구들은 산천이 수려한 곳이려니 하고 더러
편지를 보내오지만 수려는커녕 이렇게 못생긴 산과 골짜기가 또 있을
것 같지 않다. 산들이 모두 어설프고 울퉁불퉁하다. 조물주가 이곳 대
곡이란 골짜기를 만들 때 술이라도 한 잔 드신 솜씨로 아무렇게나 주
물러 만든 것이 분명하다. 언젠가 3학년의 어느 아이가 쓴 〈산〉이란
제목의 시는 대곡의 땅 모양을 너무나 잘 그려 놓았다.

　　산은 어애서 등이 지고

옴파구리가 졌을까?

옛날 어떤 큰 사람 하나가 나타나서

물이 많은 데 무얼 잃어버려서

그걸 찾느라고 허버적허버적하다가

손가락 가지고 팠는 데는 옴파구니가 지고

안 팠는 데는 등이 졌을까?

산은 이상하게도 생겨 먹었다.

개울물도 여름날 장마 때면 마구 흙탕으로 넘쳐흐르다가 날이 들면 일주일이 안 가서 물줄이 끊긴다. 또 그 개울 바닥의 돌이란 것이 이곳의 산처럼 못생겼다. 고구마나 호박덩이 같은 것이 색깔도 우중충하다. 아무리 돌을 좋아하는 수석 애호가라도 여기 와서 냇바닥의 돌을 본다면 정나미가 떨어질 것이다.

어디 자연뿐인가? 사람들도 소위 잘난 사람이 없다. 모두 옛날부터 땅이나 파고 짐이나 지면서 살아온 사람들이다. 제일 많이 모여 사는 부락이 50호쯤 되고 그 다음이 40호, 30호이고 3·4호, 8·9호씩, 이 골짝 저 산등에 흩어져 있다. 10여 년 전에는 이 큰 골짜기에서 갈려 올라간 많은 골짜기들— 대곡 열두 골짜기라 한다— 골짜기마다 한두 집씩 살았는데 지금은 정부의 시책으로 그런 외딴집들이 다 없어졌다. 마을 이름도 샛마, 바드레, 금바드레, 복바드레, 한실, 가리점, 갈매골, 돌매기……. 이렇게 그저 못난 우리 조상들이 부르던 이름 그대로이다. (그러나 그 이름들이 얼마나 아름다운가!) 산에서 태어나서 그 산에 의지해서 살다가, 죽으면 산에 묻히는 사람들이다.

내가 이 산골에 산 지 5년째다. 3년은 10년 전에 살았고 이제 다시

와서 두 해가 된다. 한 학교에서 다섯 해를 근무한 곳은 35년의 교직생활에서 처음이다. 10여 년 전에 온 것도 우연이었지만 두 번째 온 것역시 나로서는 우연이다. 근 10년 동안 못 만났던 마을 사람들을 다시만나니 그럴 수 없이 반가웠다. 그래서 지난해 봄 오랜만에 마을 사람들을 대했을 때 나는 그들 앞에서 제법 무슨 큰일이라도 할 것 같이,
"하느님이 아마 제게 옛날 못 다한 일을 다 하라고 다시 이 산골에 보낸 것 같습니다."

이런 인사를 해 놓고는 지금도 후회하고 있다. 그동안 이곳저곳 돌아다닌 나도 어지간히 속임수를 익힌 것이다. 그 순박한 사람들 앞에서! 다만 그때 그들 앞에서 참회 비슷한 심정이 된 것만은 사실이다.

내가 그 옛날 이곳 분교장에서 가르친 아이들은 지금 모두 스무 살전후의 젊은이가 되어 거의 도시로 떠나가 버리고 없다. 지금 학교에다니는 아이들은 그때는 나지도 않았거나 어머니 등에 업혀 다녔을 것이니 나를 알 턱이 없다. 나도 그들을 모른다. 그런데 부임한 다음날어느 교실에 들어갔더니 나를 쳐다보는 아이들의 벙긋벙긋 웃는 얼굴들이 거의 모두 익은 얼굴이다. 나는 서슴없이, "너 ○○의 동생이지?" "네 형 이름이 ○○이지?" "넌 ○○에 있지? 아버지 어머니 잘 계시냐?" 했더니 모두 "예!" "예!" 했다. 모조리 그 형들을 닮은 것이다. 나는 그 순간 그 아이들이 실로 오랜만에 만난 내 아들딸같이 여겨지고와락 껴안아주고 싶었다. 마치 이 산골 개울 바닥에 굴러 있는 아무렇게나 생긴 돌멩이 같은 아이들! 산마다 지천으로 열리는 도토리 같은아이들!

이 아이들을 가만히 바라보고 있으면 권정생 선생의 시 〈감자떡〉 생각이 난다.

점순네 할아버지도
감자떡 먹고 늙으시고,
점순네 할머니도
감자떡 먹고 늙으시고.

대추나무 꽃이 피는
외딴집에
점득이도 점선이도
감자떡 먹고 자라고.

멍석 깔고 둘러앉아
모락모락 김나는
감자떡 한 양푼
앞마당 가득히 구수한 냄새.

점순네 아버지도
감자처럼 마음 착하고,
점순네 어머니도
감자처럼 마음 순하고.

아이들 모두가
감자처럼 둥글둥글
예뻐요.

그러고 보니 이 아이들은 감자를 많이 먹는다. 논농사가 적은 이곳 사람들의 주식은 옛날부터 보리와 조와 감자였다. 지금은 고추와 담배 농사를 위주로 하지만, 그래도 감자만은 주식의 일부로 늘 먹는다.

"아이들 모두가 감자처럼 둥글둥글 예뻐요."

이건 꼭 여기 대곡의 아이들을 두고 한 말 같다.

아침저녁 나는 산을 쳐다보며 살아간다. 그 못생긴 산들이 그럴 수 없이 아름답다. 내 운명처럼 생긴 산들의 아름다움!

못난 산이요, 못난 골짜기요, 못난 개울의 못난 바윗돌이요, 못난 사람들이 사는 곳이지만 그러나 나는 이 대곡을 사랑한다. 이 세상 그 어느 나라 그 어느 땅보다도 사랑한다. 못난 산천이요, 못난 사람이기에 사랑하는 것이다. 감자같이 마음 순한 사람들, 감자같이 둥글둥글 순박하게 생긴 아이들 속에서 나도 감자나 먹으면서 한 알의 감자처럼 살다가 저 산 언덕에 묻히고 싶다.

• 1980. 11

북술이

내가 남문동으로 이사를 한 것
은 집마다 감나무 잎들이 눈부시게 피어난 첫여름이었다. 이사라 하지
만 이불 보퉁이와 책 보퉁이가 하나씩, 그리고 책상과 냄비와 그릇 몇
개들을 이웃집에서 빌린 손수레에 실어 끌고 간 것이지만―. 서성동
에 있던 집에서 하도 그 유선방송 스피커가 밤낮을 왕왕 떠들어대는
바람에 책도 볼 수 없고 나중에는 며칠을 두고 잠까지도 제대로 잘 수
가 없는 형편에서 전세도 돌려받지 못한 채 옮긴 것이다.

손수레가 지나갈 만한 골목길에 판자로 만든 나지막한 대문이 서 있
는 ㄱ장로님의 집은 들어서자마자 지붕이고 처마고 가려져서 안 보일
만큼, 좁은 마당을 가로지른 빨랫줄에 구호물자 옥수수 포대들이 몇
줄이나 널려 있었다. 나지막한 키에 야무진 네모 얼굴을 하고, 이상한
웃음이 조그만 두 눈과 입가에 느껴지는 장로님이 어쩐지 내게는 마음
이 안 놓였지만, 그래도 내가 빌린 방 앞에 펌프 샘이 있어 자취하기에

편리하고, 무엇보다도 그 스피커란 것이 없어서 좋았다.

이사를 한 이튿날 아침 출근을 하는 골목길에서 나는 한 거지 여자가 학교 가는 아이들의 놀림감이 되고 있는 것을 보았다. 시커먼 누더기 코트를 걸친 그 거지는 길바닥에 웅크리고 무엇을 하다가 일어나 아이들에게 쫓겨났다. 한 손에 조그만 냄비를 들고 천천히 걸어가고 있는 그 거지의 키는 좀 큰 편이었으나 아이들이 던지는 돌멩이가 등에 맞았을 때 한번 뒤를 돌아보던 그 으슥으슥 부은 것 같은 검정 묻은 얼굴로서는 나이를 짐작할 수 없었다. 계집애 하나가 바로 뒤에 따라가서 꼬챙이로 찢어진 누더기를 집적거렸지만 그는 다시 뒤를 돌아보지 않고 걸어갔다.

"이놈들 왜 이래!"

내가 큰소리를 지르자 그때사 아이들은 내 눈치를 보면서 이쯤 해두자는 듯 물러가 버렸다.

그 다음날 아침 나오는 길에 나는 또 이 거지가 골목길에서 냄비에 떠온 물로 손과 낯을 씻고 있는 것을 보았다. 골목이 좁아서 나는 그 거지가 저쪽을 향해 웅크리고 있는 곳을 지나기 위해 몸을 바싹 흙담에 붙이고 가까스로 지나려는데 그 거지는 황급히 일어나 도랑으로 뛰어들어갔다. 또 그 다음날 아침에는 어느 집에서 쫓겨 나오는 것을 보고……. 이래서 아침마다 그 거지를 만나지 않은 때가 별로 없었다.

여러 날 뒤에야 나는 사람들로부터 얘기를 듣고 또 직접 몇 번이나 보고 해서 이 거지가 아침마다 치르게 되는 일이 무엇인가를 알았다. 언제나 이 동네 안에서만 돌아다니는 그는 아침에 어디서 자고 일어나면 단 하나의 재산인 뚜껑 없는 냄비를 들고 나온다. 그 냄비로 아무 집에나 들어가서 물을 얻는다. 남문동에는 집집마다 펌프 샘이 있었지만 어느 집이든지 이 거지가 물을 퍼가도록 내버려두지 않는다. 집마다 쫓겨나는 것이다. 어쩌다가 주인 몰래 물 한 그릇을 퍼내면 그 물로 우선 손을 씻고 낯을 씻는다. 이래서 세수가 끝나면 다음은 밥을 얻는 일인데, 물도 안 주는 사람들이라 밥 얻기가 쉬울까마는, 그래도 어찌어찌해서 식은 밥덩이나 김치 조각을 얻게 되면 그것을 그냥 먹지 않고 반드시 물에 깨끗이 빨아서 먹는다. 그래 밥과 반찬을 빨기 위해서 또 물을 얻어야 하는 이 세 번째의 어려운 일을 해 넘겨야 아침 일과가 끝나는 셈이다.

　내가 아침마다 골목에서 만나게 되는 이 거지는 물을 얻으러 어느 집에 들어갔다가 쫓겨 나오는 경우가 제일 많았다. 왜 사람들은 그 흔한 물조차 주지 않으려고 하는가? 나 말고 또 ㄱ장로님 집에서 맨 저쪽 갓방에 세 들어 있는 콩나물 장수 아주머니의 얘기를 들어보면 북술이―이것이 그 거지의 이름이었다―는 결코 남의 집에 들어가서 콩 한 알이라도 훔쳐내는 일이 없다고 한다. 그런데도 사람들은 왜 한 방울의 물을 아껴 집에도 못 들어오게 하는가? 그의 옷에서 날지도 모르는 고약한 냄새 때문일까? 그런지도 모른다. 언제부터 입기 시작하였는지 모르지만 한번 걸친 뒤로는 결코 벗어본 일이 없는 듯한 그 누더기 코트는 한여름에도 숨이 막히도록 싸매고 걸치고 다닌다니까.

　북술이―사람들이 이렇게 그를 부르는 것은 본 이름이 아니라 그의 얼굴이 영양 부족으로 으슥으슥 부은 데다가 겹겹이 두른 누더기로 온몸이 뚱뚱한 짚동같이 보여서 어느새 모두 그렇게 부르게 되었으리라고 나는 혼자 짐작을 해보았다. 그러나 북술이, 그것은 아무래도 사람의 이름 같지 않다. 사람들에게 버림을 받고 쫓겨다니는 순한 짐승의 이름이다.

어느 날 저녁때, 인심 좋은 콩나물 장수 아주머니가 콩나물 시루를 마루에서 안아 내려놓고는 물 얻으러 온 북술이한테 말했다.

"북술아, 내 옷 한 벌 줄게. 제발 보기 싫은 것 좀 벗어 버려라."

그리고는 방에 뛰어들어가더니 여름철에 입는 치마저고리를 가지고 나왔다. 그러나 북술이는 본체만체, 냄비에 퍼 담은 물을 가지고 나가 버렸다. 이것을 본 콩나물 장수 아주머니는 북술이가 아무래도 다른 사람들 말대로 돌았는가 보다 했다.

"글쎄, 오늘 아침에도 내가 밥을 주고는 이 밥은 금방 솥에서 푼 거니 그냥 먹어라 해도 기어코 물에다 빨고 있잖아요."

그가 밤사이에 어디서 지내는가 궁금해서 물어봤더니, "바로 이 집이래요" 하면서 아주머니는 뒷담을 가리켰다.

"그런 집에서 어째 재워주는가요? 참 인심이 좋은데요?"

"그 집에서 농사를 굉장히 많이 짓고 있어요. 낮에 일을 해주는 대신에 밤에는 외양간 옆에 있는 헛간에 자도록 내버려둔답니다. 밥은 절대로 안 먹이지요."

그러면 그렇지, 하고 나는 그 집의 커다란 대문간을 드나드는 주인 뚱보 영감님의 벌건 코 생각이 났다.

어느 일요일이었다. 나는 방에서 책을 보고 있었다. 그날은 장로님도 아주머니도 아이들도 모두 교회에 가 버려서 북술이가 몇 번이나 와서 내 방 앞에 있는 펌프를 잣아 냄비까지 씻고 했다. 콩나물 장수 아주머니는 펌프를 잣아주기까지 했다(이렇게 마음 착한 사람을 나는 처음 보았다). 그런데 오후에 또 북술이의 어린애 같은 말소리가 나서 문틈으로 내다보았더니, "이거 잡셔요" 하고 마당에서 빨래를 만지고 서 있는 콩나물 장수 아주머니에게 무엇을 내민다. 북술이의 손에는 시루떡 한 조각이 쥐어져 있다. 다른 한쪽 손에 쥐어진 냄비 안에는 떡, 과일 조각 같은 것이 담겨져 있다. 아주머니가 너나 먹어라, 안 먹는다 하니, 이번에는 사과 한쪽을 내민다. 그런 것 우리 많이 먹었다, 하니 "참 맛있는 건데⋯⋯" 하면서 같이 안 먹어주는 것이 이상하다는 표정이더니 주인집에서 쓰고 있는 부엌간을 들여다보는 눈치다. 주인 아주머니나 아이들에게 주고 싶은 모양이다.

나는 하도 이상해서 북술이가 나간 뒤에 방문을 열었다.

"거 참 이상한데요? 어디서 그런 걸 얻었을까요? 그걸 또 저 혼자 안 먹고 남을 주다니요?"

"아이구 선생님, 그게 그래 봬도 맘은 참 좋습니대이. 어디 잔칫집에라도 가서 떡이나 과실 같은 거 얻으면 절대로 혼자 먹는 일이 없어요. 누구든지 붙잡고 같이 먹자고 한답니다."

나는 문을 닫고 다시 책을 폈지만 안 되었다. 내 머릿속에는 그 거지에 대한 일로 꽉 차 있었던 것이다.

"안 되겠다. 의문을 끝까지 풀어야지."

나는 책을 덮어 놓고 책상 위에 턱을 고이고 벽을 향해 앉아 남들이 모두 돌았다고 하는 이 거지의 정신 상태에 대해 한참 동안 생각하게 된 것이다.

첫째, 그가 한여름에도 벗지 않는다는 누더기 코트 문제다. 내 결론은 이렇다. 겨울의 그 무서운 추위를 이겨내려면 무엇보다도 두꺼운 옷이 있어야 한다. 사람들이 그 흔한 물조차 주지 않으려는데 누가 겨울에 따스한 옷을 입혀주겠는가? 길바닥에서 얼어 죽는 것을 보고 손뼉을 치면서 좋아할 인심들이 아닌가? 어쩌다가 여름 옷 한 벌쯤 주려고 하는 이가 있어도 그것은 진정이 아닐 게다. 혹은 마음 내키면 제

기분이나 풀어보는 사람들의 짓일 게다── 이렇게 그는 생각하고 있다 는 것이다.

다음, 남한테서 얻은 음식은 무엇이나 다 물에 빨아야만 먹는 것은 이렇게 보여진다. 사람들이 그대로 곧 먹을 만한 음식은 주지 않는다. 먹다 남아 파리가 빨던 것이나 쉬어빠진 것밖에 주지 않는다. 그 흔하 게 내어 버리는 물조차 주기를 꺼리는데 저들의 입에 들어갈 것을 어 찌 나눠주겠는가? 이런 생각이 굳어져서 어떤 것이나 물에다 빨아서 야 먹게 된 것이다.

이렇게 생각하지 않고서야 그의 모든 행동을 도저히 이해할 수 없고 결국은 '돌았다'고밖에 해석할 수 없는 것이다. 얼굴이라든지 옷이라 든지 하는 사람의 겉모양이 얼마나 그 속마음을 알아내는 데 방해가 되는가 하는 것을 새삼 나는 깨달은 셈이다.

이튿날 아침.

ㄱ장로님은 세수를 마친 나를 보고 마루에서 그 이상한 웃음을 얼굴 에 띠면서, "어제 북술이가 여러 번 들어왔지요?" 한다. 그리고는 그런 거지가 자꾸 찾아오면 집 가치가 떨어지니 다음부터는 크게 야단을 쳐 달라고 타이르는 것이었다. 그런데 장로님의 온 식구가 아침 식사를 하러 들어간 사이에 북술이가 밥이 담긴 냄비를 들고 들어오자마자 펌 프를 잣기 시작했다. 나는 방바닥에 흩어진 종이랑 책들을 주워 챙기 면서 들키지 않았으면 하고 마음이 조마조마해 있는데 바로 그때 미닫 이 열리는 소리와 함께 식사를 하다가 번개같이 뛰어나온 장로님은 마 루 밑에서 장작개비를 들고 맨발로 달려가더니 북술이의 등을 사정없 이 후려갈겼다. 북술이가 비명을 지르고 어쩔 줄 모르고 있는데 이번 에는 부엌에서 뛰어나온 국민학교 3학년인 딸아이가 펌프 옆 감나무

밑에 실어다 둔 모래를 한줌 그러쥐더니 바로 북술이의 냄비 안에다 마구 뿌려 넣었다…….

내가 출근을 하려고 대문을 나섰을 때, 골목으로 쫓겨난 북술이는 넋 빠진 사람처럼 멍하니 땅바닥에 주저앉아 있었다. 물론 그의 발 앞에는 모래와 물과 보리밥알들이 범벅이 된 냄비가 놓여 있었다.

벌써 읍내를 떠나온 지도 두 해가 되었다. 그 후 얼마 아니 되어 나는 이 산골 학교로 전근이 된 것이다. 지금 아침 교실에 앉아 눈부신 연둣빛으로 피어나고 있는 운동장의 감나무 가지를 바라보고 있으면 집마다 감나무들이 서 있는 남문동의 그 골목이 눈앞에 나타난다. 두 번의 모진 겨울을 북술이는 무사히 넘겼을까? 무사히 넘겼다면 이 아침에도 감나무 그늘 휜한 그 골목을 집마다 물을 얻으러 밥을 먹으러 다니고 쫓겨나고 있을 게다. 그 무거운 누더기 코트를 온몸에 감고…….

나는 북술이야말로 교회당 문 앞에도 가보지 않았지만 죽어서 천당에 갈 것이라고 꼭 믿고 있다.

• 1975. 5

변소 이야기

변소란 일본인들이 쓰던 말이다. 본디는 뒷간이었다. 사전에도 뒷간으로 나온다. 해방 직후, 일본어를 사용하던 학교에서 갑자기 우리 말을 쓰자니 아이들도 선생님들도 모두 서툴렀다. 내가 있던 학교에서 ㅈ교장선생의 안(案)으로 학교 건물에도 표찰을 붙여 우리 말을 익히도록 하였는데, 변소 기둥에다 '뒷간'이라고 써 붙였던 기억이 새롭다.

그런 우리 말에 대한 자각은 어디로 가 버렸는가? 일제가 남기고 간 말을 아무 비판도 없이 이제는 모든 국민이 쓰게 되었다. 요즘 도시에서는 화장실이란 말까지 쓰고 있는데, 이러다간 변소란 말도 차츰 쫓겨나게 되고 화장실이 판을 치게 될지 모른다. 뒷간이라 하니 어쩐지 흙담에 짚으로 지붕을 덮은 허술한 시골의 그것 같고, 변소라 하면 판자문이라도 제대로 달린 것으로 여겨지고, 화장실이라면 꽤 고급의 것으로 생각된다. 그리고 뒷간이란 말은 가난하고 무식한 사람이 쓰고,

변소란 말은 그래도 무식을 면한 사람이 쓰고, 화장실은 유한계급이 쓰는 말 같다. 이래서 사람들은 다투어 유식하고 고상하게 들리는 말을 쓰게 되는 것이라 생각된다.

서민적이고 토착적인 말이 중간층을 대표하는 말에 쫓겨나고, 그것은 다시 도시의 상업자본층을 중심으로 한 말로 바꾸어지는 것이다. 이런 비뚤어진 말의 변천은 우리의 고유 문화가 일제의 식민지 문화로 전락하고, 다시 천박한 또 다른 외래의 껍데기 문화로 탈바꿈하는 것을 말해 주는 것이기도 하다.

악화(惡貨)가 양화(良貨)를 쫓아내는 현상은 황금이 지배하는 사회에서 말의 대체 변천 현상으로도 나타나고 있다.

머리말이 너무 길어졌다. 어쨌든 변소가 널리 쓰는 말로 되어 있는 지금은 이 말을 쓰는 수밖에 없다.

음식을 먹는 일이 즐겁다면 먹은 것을 소화시켜 배설하는 행위도 즐거워야 하지 않을까? 그러나 이 즐거워야 할 행위가 매우 고통스러운 경우가 많으니, 원인은 대개 배설의 장소가 완전히 갖춰 있지 못한 데서 온다.

도시의 거리를 다니다가 뒤가 마려우면 난처할 때가 많다. 변소가 없기 때문이다. 공공시설의 돈 받는 변소나 찻값을 치르고야 체면이 서는 다방의 변소라도 찾는 수밖에 없는데, 악취가 나서 숨이 막힐 듯하지 않으면 수세식이라도 너무 좁아서 몸이 옆에 닿거나 머리를 앞벽으로 들이받아야 할 경우가 흔하다. 아무리 땅을 아긴다지만 한 뼘만 더 넓히면 될 것을 왜 이렇게 소견 없이 지었는지 답답하다.

흙담에 이엉을 덮어 놓은 시골의 변소는 널찍해서 좋다. 그런데 허술한 판자문이라도 만들어 놓은 집은 드물고 대개 가마니로 앞을 가려

놓거나 그것도 없이 그냥 드나들게 되어 있다. 하루에도 몇 번씩 들어가게 되는 곳을 이렇게 허술하게 해 놓고 조금도 개의치 않으니 참 섭섭하다.

나는 시골에서 자라나 지금도 시골에서 살고 있다. 그래서 어릴 때는 허술하게 만들어 놓은 뒷간이란 데를 참으로 부끄럽게 생각했고, 일본인들이나 그들 가까이 붙어 지내는 사람들의 생활에 비해서 보리밥을 먹고 고무신도 겨우 신으면서 지게를 지고 일을 해야 하는 스스로의 뒷간적인 생활을 열등시하여, 하루빨리 이런 생활에서 벗어나야 되겠다고 생각하면서 기를 펴지 못하는 마음으로 자라나 어른이 되었다. 참으로 부끄럽고 분한 일이다. 그것은 나도 몰래 길들여진 노예의 근성이었던 것이다.

비록 볼모양 없이 마당 한쪽에 지어 놓았지만 흙내 나는 시골의 변소를 나는 좋아한다.

무엇보다도 시골의 변소는 나쁜 냄새가 거의 나지 않는다. 흙 냄새가 아니면 맑은 바람에 묻어오는 풀 향기가 있을 뿐이다. 그리고 앉아 있어도 생각을 할 수 있는 공간이 있어 좋다.

어제 저녁에는 거기 앉아 담 너머 콩밭에서 들려오는 온갖 벌레들의 합주를 들으면서 시골에 사는 행복을 생각해 보았다. 조용히 나 자신으로 돌아가 듣는 그 자연의 음악이 인간이 창조한 어떤 음악보다도 아름다운 것으로 느껴졌다.

오늘 오후에는 변소에 들어가다가 발 밑에 새빨간 나뭇잎이 떨어진 것을 보고 놀랐다. 감나무 잎이었다. 단풍인가 싶어 머리 위를 쳐다보았지만 시퍼런 잎들뿐이었다. 이상하다, 어디서 날아왔을까? 나는 그 잎을 주워 변소에 들어가 가만히 들여다보면서 고향과 어린 시절의 가을을 생각하였다.

나는 또 거기 갈 때마다 거미줄을 보게 되고 거미에 대한 생각을 한다. 참 끈질기게 참고 기다리는 놈이다. 나는 이 거미를 철학 선생으로 모시고 있는 중이다.

이런 철학 선생이나 음악 합주단이나 나뭇잎의 미술품이 아니라도 좋다. 내게는 조그만 공간이 있으면 된다. 나는 거기서 아침이면 그날의 일을 설계하기도 하지만, 초조하게 무엇을 기다리거나 중대한 결단을 내리지 못해 마음이 불안할 때 그곳에 잠시 앉았으면 침착하고 냉정한 자신으로 돌아오게 되고 그리하여 참 뜻밖에도 지혜로운 생각에 이르는 수가 더러 있다.

그런데 밤이 되면 전등불도 없는 변소를 찾아가는 것은 누구나 싫어할 것 같다. 캄캄한 변소에 갈 때 나는 꼭 조그만 성냥갑을 가지고 간다. 드나들 때 실수를 안 하기 위해서도 필요하지만 변소에 앉아서 흙담 너머로 반짝이는 별을 찾는 것보다는 성냥불을 자주 켜보고 싶어진다.

화르르 하고 일어난 불꽃은 겨우 숨을 두어 번 쉬는 사이에 성냥개비를 태워 손가락 가까이 불길이 와 닿는다. 나는 입김으로 훅 끈다. 그러면 발갛게 단 성냥개비가 살아 있는 벌레같이 한쪽으로 몸을 구부리면서 이윽고 황이 묻었던 까만 머리 부분이 유성 같은 꼬리를 달고 떨어져 나가고 남은 부분도 순간을 멈추지 않고 소모되어 간다. 한줄기 가느다란 열기를 토하면서 거미줄 같은 재를 남기면서 애타게 소멸되어 가는 그 빨간 불똥의 아름다움, 그것은 분명 사라져가고 변화해 가는 생명의 모습이다. 손가락 마디 길이만 하던 것이 이내 여위고 사위어 불개미 같은 점이 되고는 이제 곧 꺼진다 싶어 마음을 죄면서 바라보아도 때로는 좀처럼 꺼지지 않고 오래오래 사는 사람과도 같이 그 목숨을 아끼며 태워가다가 드디어 폭, 꺼져 버린다. 어둠만이 가득한 세계. 나는 또다시 이글거리는 생명의 모습이 보고 싶어 성냥개비를 꺼내는 것이다.

"이 선생, 거 변소에 웬 성냥개비 탄 것이 그리 많아요?"

언젠가는 나만 쓰고 있는 변소를 들여다본 어떤 친구가, 담배도 안 피우는 사람이 성냥을 그렇게 켤 리가 없다면서 이상해서 한 말이었다.

이렇게 성냥개비를 태우면서 내 흩어진 마음을 모으고 있는 동안 어느새 용변은 끝나고 가벼운 마음으로 나와 하늘의 별을 쳐다보게 된다.

흙담의 시골 변소는 내게 불필요한 몸 안의 폐물을 배설하기 위해 할 수 없이 가게 되는 고통스런 곳이 아니라 차라리 언제나 잃어버리기 예사인 나 자신과 조용히 대면하는 즐겁고 귀중한 면회의 장소라고 생각해 본다.

• 1972. 12

버스 이야기

직행, 급행, 완행 같은 시외의 버스들은 달리는 것이고, 고속도로의 버스는 날아가는 것이지만, 내가 사는 깊은 산골에서는 엉금엉금 기어가는 버스다. 길이 좁고, 이리 구불 저리 구불 돌아가는 데다가 길바닥이 돌과 자갈, 바위로 어찌나 어설픈지 정말 버스가 엉금엉금 기지 않고는 갈 수 없다.

게다가 날마다 타는 사람이 초만원이어서 여간 운수 좋은 날이 아니고는 좌석을 얻을 수 없다. 콩나물 시루같이 꼼짝못하고 서서 손잡이 하나 쥐는 것도 옆 사람과 서로 다투면서 이리 밀리고 저리 쓰러지며 한두 시간을 견디어야 겨우 신작로 같은 신작로에 나가게 되는 것이다.

더더구나 장날이라도 되는 날이면 그야말로 교통지옥이다. 시골에서 사는 설움을 가장 뼈저리게 느끼게 되는 것이 버스를 탈 때다.

이런 시골길에는 버스의 수효가 지금의 배로 되어도 손님이 차마다 가득한 터인데 왜 조금도 불어나지 않는가? 듣는 바로는 지방 사람들이 진정을 해도 버스 회사에서 안 들어준단다. 온갖 수단을 써서 다른 회사의 차가 들어오지 못하게 한다는 것이다.

버스란 것도 고물상에 가기가 늦은 것이 보통이다. 한번은 의자라는 것에 털썩 앉았다가 엉덩이가 따끔해서 일어나니 바지 뒤쪽이 찍 하고 무엇에 걸려 찢어지는데, 의자 바닥을 눌러 보니 용수철의 뾰족한 철사 끝이 갈퀴 모양으로 되어 튀어나오는 것이 아닌가. 또 한번은 차에서 내리다가 앞자리 뒤쪽 손잡이가 붙어 있던 곳에 그대로 박혀 있는 못에 옷이 걸려 찢어진 일도 있었고, 비가 오는 날 차 안에서 우산을 받쳐들고 있어야 했던 일도 있었다.

차체가 흔들릴 때마다 삐걱거리는 소리가 나는 것은 금방 납작 찌그러질까 염려가 되고, 가다가 어디가 고장이 나서 30분이나 한 시간쯤 기다리는 수도 드물지 않다. 숨을 헐떡거리듯 하며 그래도 재를 올라가는 것이 신통할 정도지만, 벼랑길을 지날 때는 정말 조마조마하여 손에 땀이 나고, 만일의 경우 내가 어디를 잡고 어떻게 동작을 해야지, 하고 신경을 곤두세우게 된다.

이런 걸 왜 폐차를 시키지 못하는가? 결국 사고가 나야 끝장을 맺는다는 말인가?

버스의 꼴이 이러니 안내원들의 서비스가 제대로 될 턱이 없다. 어쩌다가 통로에 서 있는 사람이 별로 많지 못하면 오늘은 헛잡았다는 시무룩한 표정을 그들의 얼굴에서 읽을 수 있다. 언제나 더 들어설 수 없이 꽉 차야 손님을 제대로 태웠다는 태도다. 그래서 아무리 문간까지 꽉 차도 탈 사람이 있으면 차를 세운다. 그리고 짐짝을 쳐넣듯이 사람들을 안으로 밀어 넣는다. 나중에는 문을 열 수도 닫을 수도 없이 되어도 그래도 태운다. 도저히 들어갈 수 없는데도 자꾸 사람이 들어가니 참 이상하다. 이래서 땅바닥을 기어다니는 시골 버스는 또 고무풍선 버스란 이름이 붙는 것이다. 이럴 때 시골 사람들은 참 너그럽다. 죽을 지경인데 왜 또 태우느냐고 항의하는 일이 거의 없다. 물론 그것은 장사꾼을 위해 그런 것이 아니다. 어쩔 수 없이 차를 타고 볼일을 봐야 하는 형편은 서로 같은데, 안 태워주면 어쩌는가 하는 심정들이다.

몸이 꼼짝못하도록 끼여 있는데, 그래도 차장은 찻삯을 받으러 다닌다. 여기 발을 딛어요, 저쪽으로 몸을 돌리면 되겠는데, 하면서 용하게도 미꾸라지 빠져 나가듯 하는 것은 정말 놀랄 일이다. 그런데 시골 할머니들 중에는 찻삯을 에누리하려고 드는 이가 이따금 나온다. 돈이 더 없으니 그만 받으라는 경우엔 그럴 수 없다느니 그리하라느니 입씨름이 붙지만, 처음부터 돈을 더 못 내겠다고 이치도 안 닿는 말로 고함을 쳐대는 배짱꾼도 더러 나온다. 손님들을 마구 밀어내고, 5원짜리 거스름돈쯤 안 내어주기를 예사로 아는 차장들이 밉다가도 이런 경우를 보면 동정이 된다. 참 얼마나 많은 사람들에게 시달리는가. 저러니 때로 신경질이 안 날 수 없겠다. 아이스케이크 한 개 값도 안 되는 거스름돈쯤 정직하게 돌려주고픈 마음이 안 되게도 되어 있구나, 사람들에게 들볶여 지긋지긋한 생각이 나고 그래서 차가 멈춰서면 필요 없는 짐짝을 하나씩 팽개치듯이 문 밖으로 손님들을 밀어내게 되는구나, 밀어내기 위해 어깨와 등에 함부로 손을 대는 버릇이 생기는 것이구나, 하는 생각이 들기도 한다.

차가 와서 선다. 기다렸던 사람들이 문 앞으로 와르르 밀어닥친다. 먼저 들어가려고 있는 힘, 있는 수단을 다 쓴다. 잘만 하면 몇 시간을 편하게 앉아갈 수 있지만, 어름어름하다가는 같은 찻삯을 내고 죽을 고생을 치러야 하는 판이라, 치열한 생존경쟁이 벌어진다. 문을 열자마자, 나오는 사람이 내리기도 전에 재빨리 올라가 버리는 사람도 있다.

이럴 때 나는 내리기도 전에 앞질러 타려는 사람도 밉지만 그보다도 빨리 내리려 하지 않고 천천히—이제 내가 다툴 것은 없다, 올 곳에다 왔으니 유유히 거동해야지, 이제부터 탈 사람들의 일이야 내가 걱정할 게 뭐냐, 저들의 요량이지, 하는 태도로 느릿느릿 거북스럽게 승강 계단에 발을 내려놓는 사람이 한층 더 밉다. 무지한 인간들의 가증스러운 자기 중심의 행동을 여기서도 보게 되는 것이다.

어찌어찌 해서 차에 오르기는 했는데 앉을 자리가 없다. 어느새 들어온 사람들이 여기저기 보따리를 놓아두고 자리를 점령해 버렸다. 어쩌다가 빈 곳이 눈에 띄어 앉으려 하면, "안 돼요, 잡아놨어요" 하고 옆에 앉은 사람에게 거절당한다. "자릴 잡다니, 사람도 없이……" 하고 나도 배짱을 부려 그대로 버티고 앉아 있으면 어찌 되는가? 말다툼이 벌어지고, 결국 나중에는 그들 일행에게 중과부적으로 쫓겨나는 것이 예사이지만 때로는 그대로 아무 일 없이 지나는 수가 있다. 하도 좌석 얻기가 힘 드는 판이라 먼저 뛰어들어온 사람 중에는 덮어 놓고 욕심이 나서 여기저기 맡아 놓는 얌체가 있기 때문이다.

버젓하게 좌석을 잡고 앉아 있어도 빼앗기는 수가 있다. 학생들일 경우 그들의 선생님이나 이웃 어른들을 만났다든지, 말단 월급쟁이가 그들의 상사를 만났을 때야말로 재난이다. 이럴 때 아랫사람이 양보해 주는 자리를 당연한 것처럼 고맙다는 말 한마디 하는 법 없이 덥석 앉는 태연한 사람을 보면 참 밉살스럽다. 때로는 아이들에게 자리를 비키라고 호통 치는 영감님도 보게 되는데, 모두 경로당 출입이나 하다가 일찌감치 사라져야 할 존재들이다. 옆에서 보는 나조차 그런 생각이 드는데, 자리를 내어준 아이들이야 오죽하랴. 아마 대개는 속으로, '이놈의 영감, 빨리 없어져라' '이놈의 선생 놈, 오늘 재수없구나' '어서 커서 우리도 어른이 돼야지' 하고 생각할 것이다.

젊은 사람들이 노인들에게 좌석을 양보해 주는 것은 아름다운 덕이요, 예의다. 그러나 젊은이들의 자리를 빼앗는 것을 당연한 것처럼 여기는 것은 평등한 인간의 권리를 무시한 시대착오의 우둔한 돌머리들인 것이다.

버스에 오르면 우선 불쾌한 것이 시끄러운 유행가의 카세트 소리다. 그것은 귀와 골을 울려 온 정신을 멍멍하도록 만들어 놓는다. 이건 정신병 환자들이나 타는 차가 아닌가. 이런 것을 모두 좋아한다면 이 나라는 정신병자들이 사는 나라가 아닌가, 하는 느낌마저 든다. 외국에서는 결코 이렇지는 않을 것 같다.

버스를 타게 되면 모두 불안한 심정이 들고, 그래서 그 불안을 쫓기 위해 정신이 몽롱하도록 시끄러운 유행가나 우스개 만담 같은 것을 듣고 있어야 견딜 수 있는 것인가? 그런지도 모른다.

또 하나 이에 못지않게 불쾌한 것이 있다. "하차요!" 하는 소리다. "내려요" 하든지 "내립니다" 아니면 "내려주세요" 하면 얼마나 쉽고 듣기 좋은 우리 말인가. 다양스럽게 말끝을 바꾸어 그때그때 알맞게 쓸 수 있는 편리한 우리 말을 버리고 왜 어설픈 한자어를 쓰고 싶어하는가. 두어 해 전만 해도 "내립니다"란 말이 많이 쓰이더니, 요즘은 아주 '하차' 일색으로 된 것 같다. 순수한 것이 순수하지 못한 것에 쫓겨나는 모양을 여기서 역력히 볼 수 있다.

어찌 이 '하차'란 말에 그칠 것인가? '하차'란 말을 들으면 순수한 우리 말을 짓밟고 난무하는 온갖 어색하고 불순한 한자어와 외래어들이 유행가처럼 가정과 골목과 거리에 넘치고 이 나라 사람들의 말과 정신을 지배하고 있다는 것을 느낀다. 안일한 사고와 철저한 이기심에서 우러난 무관심과 편의주의란 것은 언제나 민중들로 하여금 참된 문화를 창조하는 기력을 잃게 하여 그들을 타락의 길로 몰고 가는 것이다. 우리의 아름다운 말을 시궁창에 버리고 까다로운 한자말을 보물처럼 온몸에 지니고 다녀야 양반 노릇을 하게 되고 무식을 면해서 사회에서 행세할 수 있었던 것이 이조 5백 년의 역사였지만, 그런 반문화의 고질적 풍습을 상금도 단절하지 못하고 이 나라 이 사회가 여전히 식민지적 노예근성의 수렁에 깊이 빠져 버러지처럼 움직이고 있다는 것은 참으로 통탄할 일이다.

나는 어릴 때부터 멀미를 심하게 했다. 버스에 올라 1백 미터쯤만 가도 어지럽고 구역이 나고 견딜 수 없다. 그래서 웬만한 곳이면 걸어 다녔지만 1백 리나 2백 리를, 더구나 급히 가야 할 일에는 어쩔 수 없다. 버스를 한 번씩 타고 나면 며칠씩 밥맛이 떨어지고 몸살을 앓게 된다. 기차는 타도 아무렇지도 않아 기차 여행을 좋아하지만 철도 연변에라도 살지 못하는 팔자가 되어서 죽으나 사나 버스를 타야 되니 목숨을 깎는 고통을 자주 겪지 않을 수 없다. 그래서 여느 때 라이터의 휘발유 냄새만 맡아도 버스 안에 있는 기분이 되어 머리가 빙 돈다. 악마의 뱃속같이 흔들리는 버스 안에 있는 기분이다.

멀미의 원인은 어디에 있을까? 어떤 이는 차 안의 냄새 때문이라고 해서 창 옆의 자리를 권하면서 문을 열어준다. 그러나 그런 것으로 치료될 정도의 멀미가 아니다. 어떤 이는 껌을 씹으라느니 한다. 약방에 물어보면 위장이 나빠서 그렇단다. 그러나 위장이 아주 튼튼한 사람도 나같이 심하게 멀미하는 것을 보았고, 반대로 위장병 환자가 몇 시간을 아무렇지도 않게 타고 있는 것도 보았다. 운동신경이 너무 예민해서 그렇다고 하는 이도 있다. 그럼 운동선수들은 모두 멀미하게 되어야 하는데 그렇지도 않은 것 같다.

그런데 훈련이란 참 무서운 결과를 가져오는 것이다. 요즘 나는 그처럼 심하게 하던 멀미를 좀 덜하게, 때로는 거의 안 하게 되었다. 수십 년간 결코 한 번도 무사히 타본 일이 없는 버스를 남들같이 예사로 타게 되었으니 참 신기한 일이다. 좋은 약을 먹어서 그리된 것이 아니라 지독한 훈련 때문이라 나는 믿는다.

언젠가 이런 얘기를 들은 적이 있다. 배를 타고 다니는 군인들의 훈련 얘기인데, 항시 배를 타고 다니는 젊은이들도 풍파가 심한 큰 바다에서 오랫동안 시달리면 멀미를 하게 되는 모양이다. 더구나 배를 많이 안 타본 신병들은 말할 것 없다. 그래 배가 마구 나뭇잎처럼 흔들리는데 모두 엎드려 먹은 것을 토하고 하면 상관의 추상같은 명령이 내려 갑판이나 선실 바닥에 토해 놓은 그것을 도로 입으로 넣어 삼켜야 한다는 것이다. 이렇게 해서 토한 것을 모두 먹어 놓고 난 다음엔 아무리 배가 흔들려도 다시는 멀미를 안 하게 된다는 얘기다.

이것은 인간의 정신력이 얼마나 육체의 상황을 극복해 낼 수 있는가 하는 것을 잘 말해 주는 놀라운 얘기라 생각된다.

내가 멀미를 거의 안 하게 된 것도 이와 같은 경우로 설명될 수 있지 않을까? 얼마나 모질게 버스를 타고 또 탔기에 그처럼 심하던 멀미가 없어졌을까. 참으로 죽음을 무릅쓴 지독한 훈련이 내 정신으로 하여금 육체의 그 어딘가 모를 병약한 상태를 극복해 내도록 한 것이다.

버스를 타고 앉으면 우선 차 안의 장식물 같은 것을 살피게 된다. 어느 버스고 운전대 앞에는 캘린더가 걸려 있고, 거울이 있고, '성공'이니 '노력'이니 '희망'이니 '인내'니 하는 글자들이 보이고 '아빠, 오늘도 무사히!' 하는 글씨가 박힌, 두 손을 모으고 꿇어앉아 기도하는 소녀의 상이 조그만 액자로 걸려 있는 것을 본다.

'아빠, 오늘도 무사히!'

얼마나 절실한 말인가. 운전사들은 이렇게 하여 그날그날을 기도하는 심정으로 핸들을 잡고 살아가는 것이다.

그런데 나는 한번 그 운전대 앞에 '노력'이니 '인내'니 하는 따위는 물론이고, '아빠, 오늘도 무사히!' 하는 소녀상도 안 걸린 버스를 본 일이 있다. 거기는 다만 캘린더와 거울, 그리고 정면 한가운데에 나무로 조각한 한 마리의 독수리가 발톱을 세우고 퍼드덕 날개를 치켜 올려 날려고 하는 것이 있을 뿐이었다. 나는 좀 기이한 생각이 들었다. 이 운전사는 가족도 없고, '아빠, 오늘도 무사히!' 하고 빌면서 기다리는 아들딸들도 없는가? 그날그날의 평안을 비는 기도하는 자세 대신에 닥치는 대로 살아가는 사람인가? 희망도 인내도 필요 없다는 사람일까?

아니다. 그에게 가족이 없는 것이 아닐 게다. 인내심과 희망이 없는 게 아닐 게다. 그는 그런 문구나 사진을 걸어 놓고 다니는 그 어느 운전사보다 더 굳센 의지를 가지고 그 순간순간을 마치 한 마리의 독수리같이 용감하게 노력하며 살아가는 것이리라. 어떤 어려운 일에 부딪혔을 때 꿇어앉아 비는 기도의 자세가 아니라 일의 기미를 재빨리 붙잡아 판단하고 온 힘을 기울여 적극적으로 행동함으로써 재난을 방지하고 이겨내는 사람일 게다. 그리하여 자기의 두뇌와 온몸의 힘을 스스로 믿고 살아가는 사람일 게다. 푸드덕거리며 날아오르는 독수리를 바라보면서 이렇게 생각하고 그 운전사를 보니 꼭 다문 입술과 핸들을 잡은 믿음직스러운 두 팔이 바로 독수리같이 힘차 보였다. 꿇어앉아 기도하는 연약한 자세와는 이 얼마나 다른 모습인가?

한번은 ㅇ시에서 ㅂ읍으로 가는 막차를 탔다. 버스가 ㄴ면 소재지를 지나니 바깥이 어둑어둑하기 시작했다. 나는 그때까지 좀 피곤하여 대체로 눈을 감고 있으면서도 이 버스의 차장 소녀가 매우 친절하게 손님들을 대하고 있다는 것을 알아차리고 있었다. 차표를 검표할 때나 찻삯을 받을 때의 공손한 말씨라든지, 손님이 내릴 때마다 "안녕히 가세요" 하고 인사하는 것을 보아, 도시의 시내버스 차장이 아니고는 볼 수 없는 일이라 놀랍게 생각되었다.

그런데 ㄴ면을 지나 골짜기로 들어서자 차가 잠시 멈춰서, 그때까지 내 앞자리에서 멀미가 나는지 엎드려 있던 아주머니 한 분이 내리는데, 이때 차장은 출입문을 열고 손님을 보내고 다시 문을 닫으면서 하는 말이 "아, 개구리가 운다!" 하지 않는가. 나는 눈을 번쩍 뜨고 내 귀를 의심했지만 틀림없이 차장의 입에서 나온 말이었다.

"개구리 소리가 들려?"

"저 봐요, 들리잖아요."

이미 문을 닫아 버려서, 그리고 함부로 덜거덕거리는 차체의 소리 때문에 내 귀에는 개구리 소리가 들리는 것 같지 않았지만, 내 귀에 들리고 안 들리고가 문제가 아니었다. 참으로 신기한 일이다. 온종일 쉴 새없이 흔들리는 버스 안에서 사람들과 온갖 소음에 시달려 정신을 잃고 있을 차장 소녀가 버스 안에서 개구리 소리를 듣다니, 이런 아이가

있었던가! 나는 그 소녀가 참을성과 너그러움을 지니고 어떠한 곤경에
도 마음의 여유를 잃지 않고 부드러운 웃음으로 살아가는 아이라고 생
각해 보았다. 참으로 귀한 마음을 지닌 이런 보기 드문 소년 소녀들 때
문에 우리는 이 나라의 장래와 인간의 미래를 신뢰하고 희망을 품고
살아가게 되는 것이 아닌가.

　버스를 타고 이렇게 기쁜 일을 당해 보기는 처음인 것 같았다.

　우리 집에는 다섯 살짜리 사내아이가 있는데 이놈이 한사코 차를 좋
아한다. 차 소리만 나면 신작로로 달려간다. 두세 살 때부터 가지고 놀
던 장난감 중에서 지금까지도 변함없이 좋아하는 것이 차다. 그림도
버스나 트럭이 아니면 택시다.

　"너 나중에 커서 뭐 할래?" 하면 서슴지 않고, "버스 운전수!" 아니
면, "택시 운전수!" 한다. 운전수가 그렇게 되고 싶은 모양이다. 그런
데 아이 어머니는 그게 좀 불만인 모양이다.

　"에이, 이놈아, 기껏해야 운전수야? 넌 커서 외국에까지 가서 공부
많이 해서 박사라도 돼야지, 박사!" 하면 그런 박사 같은 건 되고 싶지
않다는 표정이다.

　나는 이 아이의 마음에 공감이 간다. 언제나 보는 아버지의 글 가르
치는 일이라야 별것 없다. 이웃 사람들이 괭이로 땅을 파는 농사일도
아무 신기할 게 없다. 그런데 버스란 얼마나 굉장한 것인가! 그걸 타면
얼마나 신나게 달리는가! 그래서 사람들은 돈을 내어주고 서로 타려고
하지 않는가. 그 많은 사람들을 싣고 가는 버스, 그 무거운 짐을 싣고
달리는 트럭, 기차, 그것들은 얼마나 굉장한 힘인가. 그 힘이 대체 어
디서 나는가. 누가 그것을 움직이는가. 모두 운전수 아저씨다. 운전수

아저씨가 핸들을 잡고 이리 틀면 이쪽으로, 저리 돌리면 저쪽으로, 꼬불꼬불한 냇가를, 가파른 산길을, 어디든지 마음대로 달릴 수 있다. 얼마나 신기한 재주인가. 운전수 아저씨가 없으면 우리들은 차도 못 타고, 읍에도 못 가고 꼼짝못하게 되는 것이다.

이 아이에게 운전수란 이 세상을 움직이는 위대한 재주와 힘을 가진 존재가 되어 있는 것이다. 그런 위대한 존재가 되고 싶어하는 아이를 나무라다니!

"오냐, 훌륭한 운전수가 되어라."

빙그레 웃는 어린것의 얼굴에서 나는 장차 역사와 사회를 움직여갈 일꾼인 운전수를 기대해 본다. 역사의 차를 탄 모든 사람들이 누구 하나 멀미를 하는 일 없이 편안하고 즐겁게 바깥 풍경을 바라보면서 콧노래까지 흥얼거리며 갈 수 있도록, 그런 운전수를 내 아이에게 기대해 보는 것은 분명 즐거운 일이고, 그것은 아직도 내 자유에 속해 있는 것이다.

• 1975

우리 말에 대하여

최근 기차 여행을 하다가 참으로 오랜만에 유쾌한 일을 하나 당했다. 다름 아니라 역에서 들려오는 아나운서의 말에 "○○방면으로 가실 손님은 타는 곳 1번에서 기다려주시고, ○○방면으로 가실 손님은 타는 곳 2번에서 기다려주십시오" 하지 않는가! 뭔고 하니 종전에는 플랫폼의 일본식 약어 '홈'이란 말을 그대로 써오던 것을 이번에는 아주 우리 말 '타는 곳'으로 시원스레 고쳤으니 말이다. 타는 곳—이렇게 쉽고 알맞은 우리 말을 쓸 줄 모르고 서투른 일본식 약어를 해방 후 20년이나 써왔다는 것은 놀라지 않을 수 없는 일이다.

이와 같이 20년 만에 민중들이 아직 버리지 못하고 있던 '타는 곳'이란 우리 말을 발견하여 살려 놓은 것은 교통부의 공이지만, 말하자면 이것은 관청에서 어쩌다가 일제히 명령에 의해 우리 말을 바로잡은 극히 드물고 귀한 예가 될 것이다. 일반적으로 볼 때, 군대의 용어나 관공서의 공문서 용어는 말할 것도 없고, 일반 사회 대중들이 쓰는 우리 말이 저절로 정상적인 발전을 하여가고 있다고 느껴지는 일은 거의 없다. 반대로 자꾸 옛날로 퇴보하여 가고, 비뚤어진 길로 걸어가고, 그래서 점점 우리 말은 기형아가 되어가고 있다고 생각되는 것이 어쩔 수 없는 나의 감상이다.

음식점에 앉아서 "찬물 좀 주시오" 하면 "예?" 하고 아주머니나 심부름하는 아이가 꼭 되묻는다. 소리가 작았나 보다 하고 다시 "찬물 주시오" 하면 그래도 어리둥절 서 있다가 "하하, 냉수 말이군요" 하고 가져온다. 나는 몇 번 이런 일을 당하고 찬물이란 말이 냉수란 말보다 더 어려운가? 이건 내 고향에서만 쓰던 사투리인가 하고 사전까지 찾아 보았던 것이다.

이웃집 가게에서 달걀을 샀을 때도 꼭 이와 같은 꼴을 당했다. "달걀 있습니까?" 하니 "뭐요?" 한다. 또 "달걀요" 하니 "뭐요?" 하지 않는가! 그래 달걀을 찾아 손가락으로 가리키니 "아, 계란이란 말이군요" 하는 것이다. 나는 그 순간 내 양심과 지성과 말이 여지없이 어쩔 수 없는 힘에 짓밟힌 것을 느끼고 암담한 생각이 들었지만, 이러한 답답한 일은 한두 번 당한 것이 아니다.

바로 며칠 전에도 군에서 제대한 생질이 찾아왔는데, 밖에 있다가 "아저씨, 세면하세요" 한다. "뭐랬어?" 하니 또 "세면하세요" 한다. 이번엔 내가 모를 판이다. 한참 뒤에 겨우 세수란 뜻을 알아차리고는 쓴 웃음을 지었지만, 도대체 어쩌자고 이렇게 가까운 친족끼리, 이웃끼리 말이 통하지 않게 되었단 말인가? 내가 계란이니 냉수니 세면이니 하는 따위의 말을 버리고 구태여 달걀이니 찬물이니 하는 말을 쓰는 것은 비행기를 날틀로 고집하는 식의 태도가 결코 아니다. 그런데 어째서 해방 10여 년에 세상사람들이 어느새 이조 5백 년의 양반들처럼 유식해져 버리고, 나와 같이 쉽고 순수한 우리 말을 쓰려는 사람은 무식하게 되어가는가?

지금 우리 말은 극히 불순하게 변모해 가고 있으며, 역사를 역행하는 현상이 나타나고 있다. "고맙습니다"란 말은 거리에서 거의 완전히 추방되고 "감사합니다"란 말만 쓰이게 되었다. '밥, 진지, 끼니'들의 말이 있을 텐데 '식사'란 말이 대신 되고, '뒷간'이란 말은 어느새 옛말로 되고 '변소' '화장실'이 대신해졌다. '아주머니' 해야 할 사람들을 '사모님'이라 부르는 것은 '영감, 영감님, 대감님, 각하'들의 말과 함께 아부 아첨하는 근성을 나타내는 치욕적인 말의 잔재가 아니면, 어쩔 수 없이 목숨을 이어 살아가려는 하급 관리나 서민들의 슬픈 표정조차 연상되는 말이다.

그러나 '걸상'은 '의자'로 되돌아가지 말아야 할 것이고, '복도'는 '골마루'로 되어야 하겠고, '언쟁'은 '말다툼'으로, '판매하다'는 '팔다', '운반하다'는 '나르다', '질문하다'는 '묻다'로, '승차하다' '하차하다'는 각각 '차 타다' '내리다'로 되어가야 하겠는데 그렇지 못하다.

이밖에도 많은 말들이 거꾸로 옛 시대를 향해 퇴보하고 있는 것을 볼 수 있다. 한글맞춤법통일안을 거리의 '리발관' '라사점'이란 간판들이 비웃고 있고, 음식점마다 '식사 일절'이란 광고판을 붙여 놓고 신사 숙녀들을 기다리고 있다. 언어정화니 한글운동이니 하는 따위는 학자들의 서재에서나 얘기할 문제라는 듯 세상은 제멋대로 돌아가고 있다. 문교부에서는 이러한 시대정신에 순응하여 올해부터 국민학교에서도 한문 글자를 가르치도록 하였으니 이리하여 교육도 그 실제가 옛 교육이 되는가 싶다.

우리 말이 제정신을 팔아먹던 이조 5백 년과 암흑의 일본 제국주의 36년을 거쳐 만신창이가 되어 겨우 소생한 것이 어제와 같은데, 우리는 또다시 이 상처투성이 절름발이를 어두운 뒷골목으로 몰고 다니고 학대하고 있다. 오직 하나밖에 없는 소중한 자기의 보물을 옳게 가질 줄 모르는 민족은 불쌍하다 할밖에 없다. 우리 말이 불순하게 되어가는 꼴은 한자식으로 역행하는 것뿐 아니라, 해방 20년이 된 오늘날에도 일본어를 청산하지 못하고 있는 데서도 나타나고 있고, 또한 군정 이후로 영미어를 옛날의 한자를 쓰던 그 태도로 아무 비판 없이 받아들이고 있는 데서도 나타나고 있다.

이발관이나 양복점에서 아직도 예사로 일본어를 쓰는 것은 적당한 우리 말이 없어서 그리한다 하더라도 아무래도 민족의 수치가 아닐 수 없고, 요즘도 학교 어린이들이 무심코 노래하는 일본말 동요를 들으면 가슴이 막힌다. '가이셍'이니 '수루메'니 '오니'니 하는 일본어로 된 놀이 용어를 그들은 무심히 쓰고 있다. 물론 어린이들의 잘못이 아니다. 바로잡아 주지 못한 어른들의 책임이다.

나는 아이스케이크를 '얼음과자'로 고쳐야 한다고 생각하지 않는다. 그러나 미혼 여자를 부르는 호칭에 '미스 김' '미스 리' 하는 것은 아무리 우리 말 호칭이 빈약하다 하더라도 너무 지각없이 나오는 말이다. 어쩌자고 제 동포끼리 이름조차 남의 나라말로 부른단 말인가? 이런 열등 민족이 또 어디 있단 말인가? 소위 신사연하는 부류의 사람들 가운데 더 많이 이런 무지한 말을 예사로 (도리어 자랑스럽게) 지껄이는 현상이니, 나라꼴이 이만하면 짐작되지 않겠는가?

대학 교수님들의 강의를 들을 때마다 못마땅하게 여겨지는 것이 하나 있다. 우리 말 발음도 제대로 똑똑히 못 내는 분들이 어째 그리 유식하게 남의 나라 말을 쓰는가 싶다. 물론 학술용어로 어쩔 수 없는 경우도 많겠는데, 그런 경우가 아니고, 이건 아무것도 아닌 것을 일부러 외국어로 바꿔 말하고 써 보이고 하니 참 딱한 일이 아닐 수 없다. 얄팍한 내용을 남들이 잘 모르는 말로 나타내어 무게 있는 내용처럼 보이려 드는 것은 너무나 속이 빤히 들여다뵈는 짓이다.

학교에서 쓰는 말에 대해서 좀 얘기해 본다. '기립' '착석'은 '일어섯' '앉아'로 하면 얼마나 듣기 좋고 쉬운가? 그럼에도 불구하고 거의 모든 교실에서 '기립' '착석'이다. 운동장에서 들려오는 구령도 '집합' '해산'보다 '모여' '헤쳐'가 좋겠다. 해방 직후에는 '왼편으로 돌아' '오른편으로 돌아'했는데 언제부터인지 '좌향 좌' '우향 우'로 고쳐졌다. 국민학교 저학년을 가르쳐본 사람이라면 '좌향' '우향' 하는 말이 얼마나 어린이들에게 구별하기 어려운 말인가 하는 것을 체험으로 알고 있을 것이다. 이렇게 학교의 보건 시간에 쓰는 용어가 어린이들이 이해할 수 없는 한자어로 고쳐진 것은 아마도 6·25 이후가 아닌가 싶다. 전쟁과 군화가 우리의 문화를 짓밟아 버렸다. 군대 용어가 학교에 그대로 쓰이게 되고, 학교가 군대식 질서로 움직여가고 있는 것이다.

일주일에 한 번씩 직원들이 모여 배구를 한다. 운동경기의 용어를 일체 우리 말로 바꾸느냐 않느냐의 시비는 그냥 두고, 7 대 8을 어째서 꼭 '세븐, 에잇'으로 불러야만 경기 맛이 나는지 모르겠고, '코트 바꾸자' '자리 바꾸자' 하면 될 것을 왜 하필 체인지 코트라 하는지 이해가 안 간다. '방까이(挽回)'란 말은 행여 모르는가 싶어 일본 말이라고 일러주었더니, 일본 말인 줄 누가 몰라, 하는 표정으로 그 다음에도 여전히 그대로 쓰고 있는 것을 보면 교원들의 언어에 대한 자각이 너무나 없다고 한탄하지 않을 수 없다. 콩나물 시루에서 날마다 아이들에게 시달리고, 잡무에 시달리고, 온갖 지시명령에 들볶이고, 그래서 그런지 그 긴장이 풀리는 시간이 오면 교사란 사람들의 입에서 저속한 유행어와 유행가가 흘러나오는 일과 함께 생각해 본다. 교육자란 그 어느 직업에 종사하는 사람보다 말에 대한 자각을 철저히 가지지 않으면, 그 영향이 곧 어린이들에게 미치는 만큼 깊이 유의해야 할 것이라고 본다.

해방 직후 20세 전후 되던 우리 젊은이들은 같은 연배끼리 부를 때, '김형' '이형' 'ㅇ형' 하였다. 그러던 것이 요즘 20대 젊은이들은 서로 이새끼, 저새끼로 부르는 것이 보통이니, 우리 말이 어째서 이렇게 되어가고 있는가? 학생들이 그들의 스승을 부를 때 보이는 곳이면 'ㅇ선생님'이요, 안 보이는 곳이면 '님'자를 떼어 버리고 'ㅇ선생'은 좋은 편이고, 그냥 ㅇㅇ로 이름만 불러 치우고, 심하면 'ㅇㅇ 그 자식' 'ㅇㅇ 그 가시나'로 흔히 부르니, 어쩌자고 세상이 이처럼 돼가고 있는가? 그러면서도 한편 어른이 된 사람들은 '선생님' '사모님' '주임장님' '영감님'으로 굽실거리며 살아가고 있으니 어째서 이 꼴로만 되어가는가?

말은 그 민족의 피라 한다. 그 피가 풍부한 영양소를 받아들여 순수한 빛깔로 돌아가고 있으면 그 민족은 건강하게 자라고 있는 증거요, 그와 반대로 온갖 불순한 요소로 인하여 흐려지고 정체되고 있으면 그 민족은 병 들어 있다고 볼 수밖에 없다. 지금 우리 민족의 피에는 온갖 협잡물이 함부로 뒤섞여 있는 것 같다. 나는 지금 투르게네프가 러시아 말의 위대함에서 러시아 민족의 앞날을 믿은 것과는 전혀 반대되는 비관적인 심정으로 우리 말과 우리 민족의 앞날을 걱정하지 않을 수 없다.

• 1965. 6

인간에 대하여

드디어 인간은 달나라에 갔다. 이 놀라운 과학의 승리 앞에 지구는 온통 들끓었다. 찬란한 우주 시대가 온다! 대망의 70년대, 경이의 역사가 우리 앞에 전개된다!

그러나, 너무 우쭐거릴 건 없다. 인간은 여전히 서로 물어뜯고 잡아먹는 하등동물이다. 원자탄, 수소탄, 대륙간 탄도탄, 그밖에 온갖 세균 무기를 만들어내고 남의 나라를 침략하여 제 속만 채우고 있는 불길한 존재다. 달나라고 별나라고 무슨 소용이 있는가? 거기 가서도 여전히 서로 잡아먹고 또다시 세계를 더럽힐 것이 뻔하다.

우선 저 골목에서 뛰어노는 아이들을 보라. 그들의 입에서 튀어나오는 욕설을 들어보라. 어느 날짐승이, 어느 곤충이 저렇게 추악한 발성을 하던가? 어디, 인간의 앞날에 빛이 있을 것 같은가?

"도저히 표현할 수도 없는 원색적인 욕설이지요. 아이들이 싫어졌어요."

이것은 아동문학가 ㅅ선생의 말이다.

선생님들이 모이기만 하면 아이들에게 속아넘어간 얘기가 나온다. 칼을 휘두르며 싸운 아이의 얘기가 나온다. 옷이라도 허름하게 입고 다니다간 선생님이 아니라 거지 대우를 받는단다. 자기 반 담임선생이 아니면 인사는커녕 불러도 대답조차 안 한단다.

아이들이 왜 이렇게 되었는가? 싸우지 말아라. 고운 말을 써라. 남을 도와줘야지……이런 아름다운 교훈은 귀 곁에도 가지 않고 왜 제멋대로 비뚤어진 꼴로 자라나고 있는가? 흥, 선생의 말? 그 따위 선생놈의 말을 들어? 내가 살아야 한다, 편하게, 그러자면 이겨야지. 남의 위에 올라서야지! 철저하게 타산적이고 배타적이고 투쟁적으로 되어 있는 것이다.

돈과 권력과 완력이면 제일이라는 인식이 골수에 박혀 있다. 남을 이겨내고 남을 해치기에 수단 방법을 안 가린다. 아이들의 공부 성적이든지, 교원들의 근무 성적이든지 그것은 5계단 혹은 3계단의 일정한 비율로 나타나기 때문에, 남이 잘못해서 떨어지는 것이 곧 자기가 올라가는 것으로 된다. 차를 탈 때도 새치기를 하든지 뒷문으로 들어가든지, 어떻게 해서라도 남을 밀어내고 먼저 들어가야만 산다. 이런 세상을 참 잘도 표현한 유행어가 있다. "억울하면 출세하라!" "실망할 것 없다. 시야를 넓혀보라. 태양은 어느 지평선에서 떠오를 것이다."

정말 그런가? 이 암흑을 몰아내는 태양이 어디서 뜨는가? 그러나 내 귀에는 들려올 뿐이다. 나라와 나라가, 민족과 민족이, 서로 미워하고 헐뜯는 욕설과 총소리와 아우성소리─. 도덕과 종교와 애국의 탈을 쓰고 온갖 음모와 독선과 살육을 감행하는 인간들의 모습만이 눈에 선하다.

비아프라의 전쟁 기사가 신문에 여러 번 보도되었다. 나는 그곳 실정을 잘 모르기에 그저 약소민족이 독립을 하려고 일어선 일에 동정이 갔다. 유엔은 뭘 하는가? 2백만이나 굶어죽도록 버려두다니, 남의 나라를 강점하는 것을 예사로 알면서 왜 강대국들은 방관하느냐 하는 생각을 했다. 그 비아프라는 드디어 굴복해 버렸다. 들쥐를 잡아먹다가 그것도 없어져서, 더 이상 지탱할 수 없이 되었다 한다.

분하고 슬픈 일이다. 독립투쟁을 지휘하던 오주쿠 장군은 어느 딴 나라로 망명을 갔다는데, 얼마나 원통했을까?

그런데 뒷소식이 이렇다. 그 오주쿠 장군은 탈출할 때, 수백 명의 굶주린 사람들이 쓰러져 있는 비행장에서, 8명의 예쁜 아가씨들과 3톤의 개인 재산을 비행기에 싣고 도망쳤다는 것이다. 참 어이없는 일. 이런 짐승 이하의 인간에게 독립을 위한 전쟁의 지휘를 맡긴 비아프라의 백성들은 완전히 사기를 당한 것이다.

어떤 전쟁이든지 그것을 일으키는 것은 나이 많은 교활한 사람들이다. 그들은 싸움터에 끌려가 죽음을 당할 염려가 없다. 수많은 젊은이들을 희생시키고, 그들이 흘린 피로 살찌고 오래 산다. H. 리드는 전쟁에 희생당하는 것은 평화를 좋아하는 젊은이들과 농민들이라 하면서 다음과 같이 말했다.

나는 대담하게 이렇게 단언하고 싶다. 전쟁은 언제나 게으름뱅이들에 의해 만들어지는 것이라고. '게으름뱅이'란 근육노동에 능동적으로 종사하지 않고 있는 사람들이란 말이다. 일찍이 전쟁은 왕이나 귀족들 ── 게으름뱅이들 ── 에 의해 만들어졌다. 그 뒤에는 장사치나 금융업자들에 의해 만들어진 것이다. 그리고 지금에 와서는 정치와 저널리스트와 도시의 그늘에서 자라난 임금노동자— 수없이 많은 서기나 관료들— 에 의해 계획된 것이다. 과거 5백 년 동안 전쟁의 성격은 아주 달라졌다. 전쟁의 방법도 그 결과도 전혀 달라졌지만, 전쟁은 언제든지 하얀 손을 하고 깨끗한 칼라를 단 무리들에 의해 비밀리 계획되었던 것이다.

• 〈평화를 위한 교육〉

이런 게으름뱅이들은 "전쟁은 문화를 촉진시킨다"고 하고, 혹은 애국애족을 떠들면서 착한 사람들을 속여 죽음의 구렁텅이로 몰아넣는다. 그리고 현실은 항상 이런 교활한 게으름뱅이들에 의해서 움직인다. "착한 사람은 복을 받고 악한 사람은 화를 받는다"라는 공자님의 가르침은 책에 나오는 말이고, 현실은 그와 정반대다. 착한 사람은 굶주리고 쫓겨나고 병 들고 일찍 죽지만, 악한 사람은 잘 먹고 오래 산다.

며칠 전 어느 신문에서 읽은 외국의 한 학자의 말인데, 앞으로 한 세기가 지나가기 전에 이 지구에는 육지에서 인간들이 흘려보내는 온갖 유독 오물로 인해 대양의 모든 바닷물 속에 한 마리의 물고기조차 살아남지 않을 것이라 한다. 이제 우리들 주변에서도 웬만한 농촌에서는 농약 때문에 올챙이를 볼 수 없게 되었다. 여름철이면 깡통과 집게를 들고 개구리를 때려잡고 있는 소년들을 흔히 본다. 그 개구리는 닭도 먹고 사람도 먹는다. 까치, 까마귀는 물론이지만, 그 흔하던 참새조차 점점 씨가 말라가고 있다. 작년만 해도 없었는데 올해는 공기총을 들고 우쭐거리는 젊은이들을 이 산골에서도 거의 날마다 보게 된다. 웬놈의 공기총, 엽총 광고는 또 신문에 그렇게 많이 나는가!

수필가 최신해 씨의 글에 〈단백질 전쟁〉이란 것이 있다. 그 내용은 단백질을 많이 먹는 민족일수록 강하고 부해서 전쟁에도 반드시 이긴다는 것. 그러니 우리도 풀이나 열매만 먹지 말고 단백질을 많이 먹도록 하자는 얘기다. 참 그럴듯한 생각이다. 그러나 나는 이런 글을 보면 슬프기만 하다. 풀을 먹고 열매를 먹는 동물은 그 성품이 착하지만 피와 고기를 즐기는 동물은 그 발톱과 이빨이 날카롭게 생기고 영악해서 착한 짐승들을 잡아먹는다는 것은 다 아는 사실이다. 인간은 결국 이런 짐승의 자리를 한치도 벗어나지 못하고 있는 셈이 아닌가. 아니, 짐승 중에서도 가장 흉악한 존재일 것 같다. 나는 여기서 5백 년 전 그 옛날에 레오나르도 다빈치가 예언처럼 한 말을 인용하여 이 글을 끝맺을 수밖에 없다.

　날이 새나 저무나 싸우고 서로 막대한 손해를 입히면서 흔히 서로 죽이고 죽고 하는 동물이 땅 위에 나타날 것이다. 이 동물의 사악함은 그 한도가 없다. 이들의 난폭한 손발에 의해 온 세계 숲의 나무들은 대부분이 찍혀 넘어갈 것이다. 풀이나 나무들을 다 뜯어먹은 끝에, 자기의 욕망을 채우기 위해 모든 살아 있는 목숨에 대해 죽음과 고뇌와 노역과 공포와 도망을 강요하게 될 것이다. 또한 끝없는 자만심에서 하늘로 올라가려 하지만, 그 몸이 너무 무거워서 땅 위에 머물게 될 것이다. 땅 위에서도, 땅 밑이나 물속에도, 이 동물에게 박해를 당하고 쫓겨나고 고통을 받지 않는 것은 하나도 없을 것이다……
　오오, 세계여! 어찌하여 입을 벌리지 않는가?

• 1970. 2

고마움에 대하여

우리는 일상에서 그 누구에게 고마움을 느낄 때가 있다. 길을 물었을 때 친절하고 정확하게 가르쳐준 어느 아주머니에 대해, 무거운 짐을 잠시 같이 날라준 낯선 젊은이에 대해, 동전 한 닢이 없어 공중전화를 못 걸고 있을 때 "여기 있어요" 하고 동전을 내어준 어느 소녀에 대해 우리는 고마움을 느낀다. 그것은 너무나 당연한 일이다.

그런데 우리를 낳아주고 길러주고 가르쳐준 부모에 대해서는 고마움을 느끼는 일이 별로 없다. 선생님에 대해서도 그렇고, 나라에 대해서도 그렇다. 하느님에 대해서도 마찬가지다. 이것은 어째서인가? 이것은 크게 잘못된 것이 아닌가?

그러나 잘못된 것이 아니다. 부모나 선생님이나 나라에 대해서 고마움을 느끼지 않는 것은 불효나 무지나 불충의 비뚤어진 마음에서가 아니라 가장 자연스러운 인간적인 마음에서 그런 것이다.

우리가 어떤 대상에게서 받은 은혜가 너무 넓고 크면 그것을 느끼지 못한다. 동전 한 닢 받은 것, 잠시 무거운 짐을 나르는 일에 도움받은 일들은 그것이 사소한 것이기에 고맙게 여겨지지만, 탄생과 기름과 가르침을 받은 은혜는 너무나 커서 느끼지 못하는 것이다.

또 부모와 스승, 국가, 하느님은 그것이 자기와 따로 떨어져 있는 존재가 아니고 자기와 밀접한 것, 자기와 일체가 된 존재이기에 고마움을 느낄 수 없다. 우리가 부모의 고마움을 깨닫는 것은 부모가 없을 때다. 나라의 고마움도 나라를 잃었을 때와 남의 나라에 갔을 때 느낀다. 즉 대상과 떨어져 있을 때 비로소 '내가 그 속에서 살고 있었구나' 하고 고마워한다.

동전 한 닢을 건네준 사람이 고맙게 느껴지는 것은, 그 사람이 자기와 아주 상관이 없는 낯선 사람이기 때문이다. 만일 어머니나 아들이 동전을 주었더라면 별로 고마워하지는 않을 것이다. 당연하다고 생각하겠지.

이와 같이 자기와 일체가 된 대상에 대해 고마움을 느끼지 않는 것은 자연스럽고 당연한 태도라고 봐야 한다. 자기와 하나가 되어 있는 대상에게서 받은 혜택을 고맙게 여기지 않는 것은 자기가 받은 것을 언젠가는 되돌려줄 것이라는, 돌려주어야 한다는 의무감 같은 것이 하나의 믿음으로 되어 있기 때문이라고 할 수 있다. 즉 우리 삶의 목표가 바로 거기에 있기 때문이다.

삶의 목표는 자기를 보전하고 완성하는 데 있다. 이 '자기'는 부모와 가족과 이웃과 민족으로 이어지는 '우리'인 것이다. 그리고 하느님은 모든 인간을 그 안에 안고 있는 '나'요, '우리'인 것이다.

동전 한 닢을 얻은 고마움, 일상생활에서 잠시 스쳐가 버리는 그런 느낌은 그것을 갚을 수 없다는 생각이 따르기 때문에 더욱 고마워하는 것인지도 모른다. 조그만 것이지만 영원히 갚을 수 없는 것은 무거운 빚일 것 같다. 그러나 우리는 모든 사람은 한 형제란 차원에서 그 빚을 빚으로 생각하지 말 일이다.

만약에 자기를 죽음에서 구해 준 사람이 있다면 그보다 더 고마운 일이 없을 것이다. 개인적인 관계에서 보면 목숨을 살려준 은혜는 거의 절대적인 것이라 좀처럼 갚을 수 없다. 그것은 커다란 빚으로 영원히 그 당사자를 압박한다. 다만 이런 빚은 우리가 또 다른 사람의 목숨을 구해 줌으로써 사회적으로 갚을 수 있을 것이다.

나 역시 어릴 때는 부모님께 고마워하는 마음을 갖지 못했다. 학교에서 "태산보다 높으신 아버지 은혜……"를 노래로 배웠지만 입으로만 부른 것이다. 일본 천황의 칙어를 봉독하는 의식장 정면에는 '충'이란 글자와 '효'란 글자가 커다랗게 씌어 있는 족자가 걸려 있었던 것을 기억한다. 그러나 충이고 효고 그런 것을 생각해 본 적이 없다.

지금의 교육도 충효를 강조하고 있다. 그러나 아이들에게 나라의 고마움, 부모의 고마움을 아무리 설교해 봤자 그것은 헛된 일이다. 마음속으로 자연스럽게 생활 속에서 절실하게 느낄 수 없는 것을 입으로만 말해서 머릿속에 지식으로 외우게 하는 것은 오히려 반발을 살 염려조차 있는 것이다. 아이들은 다만 서로 도우면서 즐겁게 놀고 공부하도록 해야 한다. 그렇게 하면 효도고 나라 사랑은 자연히 되는 것이다.

나는 어렸을 때 교회에서 수없이 기도를 해야 했다. 그런데 한 번도 "하느님, 고맙습니다"란 말을 진정으로 해본 적이 없다. 모두 엎드려 있으니까 나도 그렇게 한 것이고 기도의 말을 중얼거렸다면 어른들 따라 흉내만 낸 것이다. 이것은 내가 믿음이 없고, 인간으로서 덜된 탓이었을까? 그렇게 반성해 본 적도 있었다.

그런데 지금 생각하니 그게 아니다. 모든 아이들이 다 나와 같았던 것이다. 이것은 너무나 당연한 인간의 자연스러운 마음이요, 정직한 태도였던 것이다.

기도는 어른들이나 할 것이지 아이들에게 강요할 것이 아니다. 성경에도 "어린이가 아니면 하늘나라에 갈 수 없다"고 했다.

하느님에 가까운 모습, 아니 바로 하느님의 모습이 어린이가 아닌가? 아직 어른들에 물들지 않은 순수한 어린이 말이다. 하느님에 가장 밀착돼 있는 어린이에게 "죄인임을 깨달아라" "감사를 하라"고 하여 기도를 강요하는 것은 어린이를 어른으로 만드는 것이다.

나는 어려서부터 고마움을 가지기는커녕 늘 불만을 품고 불평만 하여온 것 같다. 부모에 대해, 가정과 학교에 대해, 사회에 대해 만족할 줄 몰랐고 지금도 그렇다. 이것을 나는 잘못이라고만 생각하지는 않는다.

그러나 최근 나는 비로소 인간에 대해 고맙다는 생각을 하게 되었다. 자기의 한 몸을 전혀 돌보지 않고 남들을 위해, 불행한 사람들을 위해 헌신하고 있는 이들을 만날 때마다 너무나 고마운 생각이 들고 나 자신이 부끄러워진다. 그들이야말로 모든 사람들과 하느님과 일체가 된 사람 아닌가. 인심이 각박해지고, 많은 사람들의 생각이 비뚤어지고, 거짓 '고마움'의 말과 행동이 세상에 충만한 시대이기에 이들의 거룩한 삶이 기적을 보는 듯 더욱 고맙다.

또 하나 고마운 것이 있다. 지금 이 글을 쓰는 방 앞에서 풀벌레 소리가 들린다. 아직도 살아남아서 울고 있는 벌레, 저 벌레는 나를 위해, 인간을 위해 울어준다. 진정 고맙다. 우리 인간이 고마워해야 할 것이 있다면 그 첫째가 저 자연이다. 사라져가는 자연이기에 이토록 고마운 정이 느껴지는 것이겠지. 자연을 고마워하는 마음이 바로 하느님을 고마워하는 마음일 것이다.

• 1982. 9

편지에 대하여

편지를 부쳐 놓고 아무리 기다려도 답장이 안 올 때는 상대방을 원망하게 된다. 그러다가 나 자신이 어떤 때는 꼭 해야 할 회답을 잊어버리고 독촉을 받거나 오랜 훗날 우연한 기회에 그 편지를 다시 보고는 부랴부랴 사과의 답장을 쓰는 일이 있다. 편지는 사람의 관계를 이어주는 보이지 않는 끈이다.

우리는 서로 멀리 떨어져 있더라도 이 끈이 아주 끊어지지 않도록 늘 노력해야 한다.

편지를 받아보면 그 사람을 대하는 것 같다. 또박또박 정성 들여 쓴 글자, 차근차근 느낌과 생각을 얘기한 글, 그런가 하면 어지럽게 쓴 글씨를 판독하기에 무척 고심해야 하는 편지도 있다. 쓴 사람만이 알 수 있는 이상한 버릇이 든 글씨를 대하면 그 사람의 자기 중심을 벗어나지 못하는 성벽과 생활 태도를 읽게 된다. 멋을 부려 놓은 글씨, 딱딱하게 쓴 관료적인 느낌을 주는 글씨, 부드럽고 개성적인 글씨, 깨알같이 쓴 글씨, 힘이 넘쳐나는 듯한 글씨……글씨 하나만으로도 사람의 인품을 넉넉히 알 수 있는데 하물며 글의 내용에 있어서랴. 사람을 안 보고도 그 사람을 알 수 있으니 "편지야말로 사람이라" 아니할 수 없다.

내가 받은 편지 가운데 가장 기쁜 것이 ㄱ선생의 편지다. ㄱ선생은 자주 편지를 쓰지는 않는다. 내가 안 보내니 자주 쓸 일도 없을 것이다. 그런데 그의 편지는 자연스레 말하는 것같이 썼지만 한마디 한 줄 예사로 읽히지 않는다. 짧게 쓴 사연도 긴 얘기를 담고 있는 듯 많은 생각을 준다. 인생과 문학에 대해 너무나 순수하게 생각하는 그의 글을 읽으면 내 영혼이 물처럼 맑아지는 것을 느낀다. 나는 이제 무슨 실용적인 용무가 없으면 거의 편지를 못 쓰게 되었지만 그는 개인적인 삶을 넘어서서 살아가고 있고, 편지도 그렇게 쓰고 있다.

다음으로 반가운 편지는 가끔 모르는 젊은이로부터 받았을 때다. 아직 서로 만나 인사를 한 적도 없지만, 이 젊은이들은 삶에 대해 진지한 생각을 하고 있으며, 그리하여 늘 괴로워하면서 살고 있는 이들이다. 나는 이 젊은이들에 대해 많은 것을 배운다. 그들과 대화를 나누고 있으면 나 자신이 젊어지는 것을 느낀다.

아이들의 편지, 소년소녀들의 편지를 읽는 것도 즐겁다. 서투른 문장이 오히려 귀여운 국민학생의 편지, 공장에서 일하면서 고학을 하는 소녀의 순박한 생각과 괴로운 생활을 호소하는 글, 검정고시 준비를 하는 소년의 고향 그리운 정을 담은 글, 장차 농촌을 위해 일하겠다는 고등학생의 희망에 넘치는 사연, 신체의 장애로 방안에 갇혀 문학 공부를 독학으로 하려고 애쓰는 시골 어느 소년의 얘기─이런 사람들의 편지에는 그 소박하고 미숙한 생각과 항시 무엇을 알고 싶어하는 마음이 담겨 있어 더욱 소중하게 느껴진다.

그런데 편지라 해서 그 모두가 반가운 것은 아니다. 애써 끝까지 참고 읽기는 하였지만 무슨 말인지 종잡을 수 없는 편지도 있다. 근사한 말, 아름다운 말로 꾸며서 뭔가 문학적인 글을 쓰려고 한 것 같은데 도무지 그 뜻이 안 잡히는 글이다. 고등학교 문예부에서 문예작품 쓰는 공부를 했다는 학생 몇 사람으로부터 그런 편지를 받은 일이 있다. 참으로 씁쓸한 생각이 들었던 것을 기억한다.

내가 쓴 평론 때문에 협박 편지를 받은 일도 한 번 있고, 치졸한 욕설을 담은 글도 두 번쯤 받았다. 그런 편지는 웃음거리로 부쳐 버리거나 아이를 타이르듯 회답을 써 보내기도 했다.

한번은 어느 글 쓰는 친구한테서 몹시 화가 나서 원망의 말을 퍼붓는 내용의 편지를 받았다. 내가 그의 글을 어느 잡지에서 좀 지나치게 비판했던 것이다. 나는 그 글을 쓰고 싶지 않았는데 어쩌다 보니 그리됐다. 물론 틀리게 쓴 것은 아니지만 본인은 화가 난 것이었다. 나란 사람은 본래 덕이 모자라 글도 그 모양으로 된 것이다. 또 워낙 재주가 없어서 그렇기도 했다고 생각한다. 나는 그 친구의 편지를 받고 백배 사과한다는 내용의 편지를 썼다. 그랬더니 그도 경솔하게 그런 편지를 보냈다고 사과했다. 그 후로 바빠서 아직 그 친구를 못 만났다.

내가 이따금 받을 때마다 황송하게 여기는 편지가 있다. 지금은 칠순이 훨씬 넘은 옛 선생님한테서 오는 것인데, 그분은 나와 내 가족의 생활까지도 늘 걱정하시는 말씀이시다. 내가 먼저 편지를 드려서 회답을 해주시는 것보다 그분이 먼저 주시는 경우가 많으니 어디 이럴 수가 있는가?

편지를 자주 쓰는 사람은 외롭고 인정이 많은 사람이라 생각된다. 편지를 잘 안 쓰는 사람은 외롭지 않고 인정도 덜한 사람일 게다. 또 세상일에 너무 바빠서도 못 쓴다.

나는 본래 편지를 자주 썼지만 지금은 도무지 못 쓰고 있다. 너무 바쁜 것이다. 편지를 접수해서 적어 놓기로 한 공책에는 날짜와 보낸 사람의 이름을 써 놓고, 어쩔 수 없이 회답을 해야 하는 데만 ○표를 쳐 놓는다. 그래 놓고서도 회답을 못하는 수가 있으니 나한테 편지를 쓴 사람은 얼마나 나를 원망할까?

인간은 외로워야 한다. 외롭지 않은 것은 세상의 속된 일에 몰두해 있기 때문이다. 자기를 잃고 세상일에 매여 있는 것은 좋지 않다. 편지를 못 쓰는 것은 자기 자신을 잃은 것이다. 인생을 얘기하고 세상을 논하는 편지를 쓰지 못하게 된 나는 친구와 인생을 다 잃어버린 것이니 불행하다 아니할 수 없다.

• 1982. 9

상처

몸에 생긴 흉터를 보면서 어린 시절을 생각한다. 내 몸에는 세 군데 — 발과 손과 얼굴에 각각 하나씩 흉터가 있다. 모두 유년 시절과 소년 시절에 입은 상처다.

오른쪽 발등의 것은 엄지발가락이 붙은 뼈 위에 바로 그 뼈와 나란히 길이가 2센티미터도 넘게 흉터가 남아 있다. 이것은 내가 아주 어렸을 때, 도끼로 나무를 패는 시늉을 하다가 그만 발등을 찍은 것이라 한다. 생각만 해도 끔찍한 일이지만 나는 그 일을 기억해 내지 못하고 있으니 아마 네 살인가 다섯 살 때쯤의 일이었던 것 같다. 그때 그 시골엔 의사도 없었을 것이라(의사가 있었더라도 병원에 갔을지 의문이지만) 피투성이가 된 내 발을 붙잡고 어머니는 얼마나 당황했을 것인가? 상처가 지금도 이렇게 커다란 흉터로 남아 있는 정도인데 무슨 고약을 만들어 붙였는지 모르지만 무사히 아물었다는 것은 이만저만 다행한 일이 아니다. 외동아들인 나는 이렇게 해서 어릴 때부터 부모님의 속을 썩인

불효자 노릇만 했던 것이다. 그처럼 도끼를 만지다가 혼이 났는데도 그 뒤로 여전히 도끼로 나무 찍는 일을 즐겨한 것 같으니, 내가 지금 다른 일은 몰라도 도끼로 나무 패는 일만은 자신이 있기 때문이다.

손의 상처는 왼쪽 손 새끼손가락 끝인데, 반달 모양으로 붙어 있어야 할 손톱이 약손가락 쪽에서 ㄱ자로 꺾어져 돌아갔다. 그리고 그 아래 1센티미터 반 정도의 길이로 찢긴 흉터가 남아 있다. 이것은 보통학교 2학년 때 논에서 보리를 베다가 그만 낫에 베었던 것이다. 왼쪽 손가락을 다친 것은 왼손잡이기 때문이다.

또 하나 얼굴의 상처는 다행히 잘 안 보인다. 바로 콧구멍 밑에 가로로 2센티미터 반이나 되는 흉터가 있는 것이지만, 콧수염을 깨끗이 깎아 버려도 얼른 남의 눈에 띄지 않을 정도다. 이것은 역시 보통학교 4학년 때 어느 여름 밤, 마을 아이들과 숨바꼭질을 한 것이 탈이었다. 나는 골목 앞에 쌓아 놓은 보리 짚가리 위에 올라가 숨어 있었는데, 어느 장난꾸러기가 그 보리 짚가리를 뒤에서 밀었던 것이다(저도 같이 기어 올라가려고 하다가 그리 된 것인지도 모른다). 흔들흔들 위에서 흔들리는 기분이 좋았다. 그러다가 보리 짚가리가 스르르 한쪽으로 넘어갔다. 별로 높은 데서 떨어진 것도 아닌데 얼굴을 길바닥에 부딪혀, 칼날 같은 돌에 찍혔던가 싶다. 처음엔 아프지도 않았는데 피가 흘러내리기에 손을 대어보니 상처가 컸다. 학교에 가니 숙직하던 일본인 선생이 "이걸 어쩌나? 학교에선 치료할 수 없으니 병원에 가야 한다"고 했다. 병원에 가니 거기서도 이건 꿰매야 하니 의성읍으로 가야 된다고 했다. 마침 차가 있어 밤중에 읍에 가서 어느 병원에서 꿰매는데 몹시 아팠던 기억이 난다.

발등과 손가락과 얼굴의 차례로 입은 내 상처는 일과 장난과 놀이로 자란 어린 시절의 표적이다. 나는 이런 상처를 입음으로써 지금의 나로 성장한 것이 틀림없다.

요즘 아이들은 상처가 없이 고이 자라나는 듯 보인다. 도시 아이들은 낫이고 호미고 도끼 같은 걸 쓰는 것은 물론이고 저들이 먹는 쌀이나 감자가 어떻게 생겨나는지도 모르지만, 농촌 아이들조차 장작이 없으니 도끼를 잡을 줄 모르고, 보리 농사가 쇠퇴해지고 보니 보리 베는 일도 드물고, 보리 짚가리도 찾기 힘들게 되었다. 오디·딸기·머루·다래·으름들을 따 먹으러 여름부터 가을까지 산과 골짜기를 찾아다니던 것이 내 어린 시절이었는데, 요즘 아이들은 10원짜리 껌과 온갖 모양의 해로운 과자 맛을 들여 그런 산 열매를 먹을 줄 모른다. 콘크리트 안에 갇혀 시험 점수만 따기 위해 서로 악착같이 다투어야 하는 이 아이들은 손가락에도 발가락에도 상처 하나 없이 고이 자라나지만 그러나 그들의 마음속에는 깊고 커다란 상처가 나 있을 것 같다. 그것은 좀처럼 낫지 않을 것이며 평생을 병신으로 만드는 무서운 상처일지도 모른다. 이렇게 생각하니 도끼로 장작을 패고 낫으로 풀을 베며 자연 속에서 자라나던 내 어린 때가 한없이 귀한 시절로 그리워지는 것이다.

• 1979. 10

사람 닮는 개

개는 그 주인을 닮는다. 가난
뱅이 집의 개는 배를 제대로 채우지 못하고, 부잣집 개는 부잣집 주인
같이 행세한다. 주인이 마음씨가 좋으면 짖을 줄도 모르고, 개가 사나
운 집은 그 주인도 사납다. 이것은 내가 관찰한 바의 확신이다.

　도시의 개들은 옷이 남루한 사람을 보면 짖어대는데, 벽지의 개들
　은 왜 양복쟁이 신사를 보면 짖어댈까?

어느 잡지에 실린 벽지 교사의 수기 한 구절이다. 농촌의 개가 농민
을 닮고, 도시의 개가 도시민을 닮는 것이 당연하다.
그런데 개가 어린애를 물어 죽이는 일을 어떻게 보아야 할까? 전에
도 가끔 그런 일이 신문에 보도되더니, 이번에도 또 그런 일이 일어났
다. 이것 역시 개의 습성으로 설명하는 수밖에 없다. 즉 어린이가 천대

받는 사회란 것을 개들이 잘 말해 주고 있는 것이다.

어쩌면 살인을 한 개가 사람들에게 "너희들 스스로 어린이를 어떻게 대접하고 있는가 생각해 보라"는 경고를 하는 것은 아닌지 한 번 생각해 보아야 할 것 같다.

• 1980. 5

어느 사진을 보고

어느 문예지 11월호를 펴자 그 첫 장에 사진이 나오는데 상단에 크게 두 사람의 옆 모습이 나타난다. 무슨 상장과 상품을 주고받고 하는데 한 분은 머리를 잔뜩 그 이상 숙이기가 곤란할 정도로 숙이고 있고 다른 한 분은 약간 숙이고 내려다보는 자세다. 머리를 잔뜩 숙이고 있는 사람은 주간 ○씨임을 쉽게 알 수 있어 ○씨가 무슨 상을 받게 된 것이로구나 하고 설명을 읽어보니 이건 웬일인가? ○씨가 받는 것이 아니라 반대로 ㄴ장관에게 '감사패'를 증정하고 있는 것이다.

"이런 젠장! 주는 사람이 이렇게 머리 숙이고 저자세로 올려 바치다니 별꼴 다 보겠네."

내 입에서 절로 이런 말이 튀어나왔다. 정말이지 이건 지금까지 보지 못하던 진풍경이다. 상장이고 감사장이고 받는 사람이 머리를 숙이는 것이 상식이요, 예의인데 이건 아무래도 이상(異狀)이 아닐 수 없다.

더구나 문협의 간부요, 문협 기관지의 주간인 그가, 아니 과거 수십 년을 우리 나라 순수문학을 위해 몸을 바쳐왔다는 그가 다른 사람도 아닌 장관 앞에서 이런 자세로 무엇을 올려 바치고 있다니 될 말인가?

이런 생각을 하면서 한편 장관님 쪽의 자세를 보니 여기도 우울한 마음이 솟아난다. 장관님의 모습은 확실히 아랫사람이 무엇을 바치는 것을 조금은 반갑다는 표정으로 받는 모습이다. 이건 어린아이한테서 백점 받은 시험지를 받아보는 아버지의 얼굴 표정과 비슷하지 않은가. "관의 자리에 있는 사람은 모두 이렇다. 왜 주고 있는 ○씨 같은 태도로 감사히 받을 수 없는가? 관료 근성이란 것인가?" 하고 생각해 본다.

○씨의 평신저두의 자세를 다시 우울한 심정으로 보고 있자니 바로 그저께 책방에서 잠깐 펴본 어느 잡지에 실린 박모 씨의 〈고자문화론〉의 한 대목이 생각난다. 그 글을 아무데나 한 곳을 훑어 읽은 것인데 기억나는 대로 말하면 이렇다.

박씨가 (미국에 갔을 때였겠지) 이름난 교포 어느 분을 찾아간 얘기인데 문을 열자마다 굽실, 문안으로 들어가 굽실, 문을 닫고 굽실, 걸어 들어가 그분 앞에서 굽실, 인사를 하고 굽실, 나온다고 굽실, 문까지 뒷걸음쳐 굽실, 문을 열고 나서면서 굽실……이렇게 해서 나가려는데 갑자기 그 어른의 쩽쩽 울리는 벼락 소리가 떨어지더란 것이다.

"네 이놈, 아무리 왜놈들의 식민지 교육을 받았기로서니, 그토록 굽실거리기만 하느냐!"

이렇게 해서 그 어른에게 혼이 난 사람은 비단 박씨 자기뿐 아니라, 국내에 이름난 아무개 아무개……하고 많은 분들의 이름을 적어 그분들이 모두 똑같은 경우를 당했다는 이야기다.

이것은 내 머리에 남아 있는 대로 쓴 박씨의 논문 한 대목이다. 우리

나라 사람들은 이렇게 하여 쓸개도 간도 없이 힘과 돈 앞에 굽실거리는 것을 조금도 부끄러워하지 않고 오히려 예의로 알고 있는 형편이다.

그런데 나는 지금 다시 그 사진을 들여다보면서 이번에는 좀 달리 생각해 보았다. 내가 잘못 받아들인 것이 아닌가? 그래서 좀더 선의로 해석해 보고자 하는 것이다. 즉 ○씨야말로 조금도 관료적인 해독을 입어 더럽혀지지 않은 참으로 인간적인 자세가 아닌가? 조금도 허세가 없고 오만이 없고 겸손 그대로의 태도가 아닌가? 하고.

그리고 ㄴ장관님의 모습도 워낙 많은 사람을 상대로 어려운 일을 처리하다 보면 일일이 인간적인 태도를 보여줄 여유가 도저히 없는 것이리라. 더구나 그까짓 무슨 감사패인지 모르지만 그런 걸 받게 된다고 어린애같이 기뻐 좋아할 수가 어찌 있겠는가? 만일 억지로 그런 태도를 취한다면 그거야말로 위선이다. 이렇게 약간 재미있다는 이 태도야말로 아무 꾸밈도 없는 장관의 참모습이 아닌가?

그렇게 생각하니 내가 이 사진을 보고 두 사람을 나쁘게 생각한 것이 역시 내 악의에 찬 옹졸한 심정에서 우러난 것같이 반성이 된다. 나는 왜 그저 순진한 눈으로 바라보지 못하고 이런 사진 하나 가지고도 꼬치꼬치 캐어 착한 사람들을 악한 사람으로 해석하려 드는가? 남의 집을 찾아갔을 때 혹은 남의 앞에서 여러 번 허리를 굽히는 것도 자기를 낮추는 겸손의 미덕이 아닌가.

그러나 이렇듯 곡학아세(曲學阿世)의 세상이다. 아무래도 이 사진의 풍경은 달리 더 아름답게 새로운 모습으로 나타나야 할 것 같다. 남의 앞에서 지나치게 굽실거리는 나 자신의 버릇도 노예적인 생활을 하여 온 우리 민족의 치욕스러운 몸짓의 일면 같아 아무래도 싫어진다.

• 1972

열려 있는 이웃

한번은 ㅂ시까지 출장을 갔다가 돌아가는 길이었다. 도서실에 넣을 책을 한 상자 가지고 가는데, ㅂ역 개찰구에서 타는 곳까지 들고 갈 판이 되었다. 어찌나 무겁던지 한 발짝씩 간신히 옮겨가는데 사람들은 모두 먼저 가서 자리를 잡으려고 달려가고 있었다. 기차가 서 있는 곳은 참 멀어서, 이러다간 타기도 전에 떠나 버릴 것 같기도 했다. 가쁜 숨으로 땀을 흘리며 가방과 책 상자를 들고 끙끙거리고 있을 때, 한 아가씨가 오더니 아무 말도 없이 책 상자를 마주 들어주는 것이 아닌가! 그렇게 고마울 수가 없었다. 그 아가씨는 나 때문에 좌석을 차지하지도 못하고 서서 가게 되었다. 생각하면 벌써 30년 가까운 세월이 흘러간 옛날 일이다.

세상사람들은 자기가 손해를 입지 않을 경우에는 흔히 남을 돕기도 하지만, 자기가 피해를 당한다 싶으면 남을 돕기는커녕 남들이야 어찌 되었건 자기만 유리한 자리를 차지하려고 하는 것이 상례다. 더구나 차를 탈 때 자리를 서로 다투는 것을 보면 인간이 이렇게 저급한 동물 인가 하는 생각이 든다.

며칠 전 ㄷ시에서 시내버스를 타려고 올라갔더니 마침 빈 좌석이 하나 있었다. 그런데 그 옆에 한 소녀가 서 있기에 앉으라고 손짓을 하니 그 소녀는 고개를 흔들며 내게 양보를 했다. 나이가 많다고 그러는 것이었다. 이래서 두 사람이 서로 사양하고 있는데 어디서 갑자기 총알처럼 날아든 커다란 덩어리가 그 자리에 덜컹 앉는 것이 아닌가. 뚱뚱한 중년 부인이었다. 그와 때를 같이하여 세 사람의 아주머니들이 나와 소녀의 사이를 비집고 들어서더니 그중 한 아주머니는 뾰족 구두의 뒤축으로 내 발등을 눈물이 날 만큼 밟아 놓고는 미안하단 말 한마디 없었다. 그리고는 앉아 있는 뚱보 아주머니와 히히덕거리며 차 안이 떠들썩하게 지껄여대는 것이었다. 내가 평소 관찰한 바로는 차를 탈때는 분명히 여자들이 더 극성스럽다.

이럴 때마다 나는 그 옛날 ㅂ역에서 내 무거운 짐을 함께 들어주던 그 이름 모를 아가씨 생각이 나는 것이다. 그녀는 지금 나이가 50쯤 되었을 테지만, 그 어느 곳 어느 마을에서 남편과 자식들에게는 말할 것도 없고 이웃 사람들에게까지 아름다운 마음을 나눠주고 있으리라.

얼마 전 ㅂ시의 어느 교회에서 온 소식이다. 그 교회 중고등부 학생회에서 해마다 이웃들을 위해 좋은 일을 몇 가지씩 계획해서 실천하여 왔는데, 올해에는 작년과 같이 불행한 환자들을 위해 헌혈을 하기로 했다고 한다. 그런데 한 가난한 여학생이 몸이 쇠약해 지난해 헌혈을 못한 것을 부끄럽게 여기더니 이번에는 체중이 좀 불어났다고 교우들이 만류하는데도 듣지 않고 기어코 헌혈을 했다가 그만 쓰러지고 말았다는 것이다. 다행히 여러 날 누워 있다가 일어났다지만, 세상에 이런 사람이 있기에 우리는 희망을 가지고 살아가는 것이 아닐까.

　내 주변에도 남의 일을 자기의 일같이, 혹은 자기 일보다 더 걱정하는 사람들이 많다. 자신은 병약해서 위험 상태가 되어 있는 것도 잊어버리고 가난한 학생을 돕는 어느 수사님, 나환자들을 위해 몸을 바치고 있는 분들, 가난한 교회만 찾아다니는 목사님, 불행한 아이들 생각만 하는 동화작가, 시집도 안 가고 농촌 사람들 도와주는 일만 하는 아가씨⋯⋯. 우선 내가 있는 이 학교만 해도 아이들을 극진히 사랑해 주는 ㅇ선생이 있고, 동화책을 사서 아이들에게 나눠주는 ㄱ선생이 있다.

　나는 세상사람들을 두 종류로 나눠보는 버릇이 있다. 하나는 자기 중심으로 제 욕심만 채우며 사는 사람들이고, 다른 하나는 남을 돕는 사람, 모두 함께 살아가려는 사람들이다. 앞의 사람은 고립되고 단절된 사람이지만 뒤의 사람은 열려 있는 사람, 모든 생명을 포용하는 사람들이다. 이런 사람들이 있기에 아무리 어려운 가운데 놓이더라도 세상은 결코 불행하지만은 않은 것이다.

• 1982. 2

제3부

가난하게 사는 지혜

가난하게 사는 지혜

사람들이 모여들고 있다. 가진 사람은 더 편리한 생활을 하고 싶어서, 없는 사람은 입에 풀칠을 하기 위해서 모두가 모여들고 있다. 높은 집들이 하늘에 치솟은 거리를 젊은이들이 화려한 옷을 차려 입고 다니는 곳. 먹고 싶으면 먹으라고, 마시고 싶으면 마시라고, 춤추고 놀고 싶으면 마음껏 오락을 즐기라고 온갖 집들이 문을 열고 어서 오십쇼 하고 기다리는 곳. 고속버스가 아니면 특급에다 특실이요, 우등이요 새마을 열차로 마구 신나게 달려오라고 길을 넓혀 놓고 기다리는 그곳.

이래서 도시는 터져 나간다. 아파트가 자꾸 서고 학교가 연달아 생겨나도 모자라 아우성이다. 버스고 지하철이고 초만원이다. 길이 좁아서 집들이 헐리고, 그래도 교통사고가 꼬리를 잇는다. 강도 · 살인 · 유괴 · 납치 등 범죄 사건이 밤낮 벌어지고 있다.

하루 열 시간 노동에 한 달 수입이 기껏 몇만 원이라 해도 그래도 농사일보다는 낫다고 공장을 찾아가는 국민학교·중학교 졸업생들. 그 래서 농촌에서는 일할 사람이 모자라 논밭이 묵는다. 퇴비를 안 쓰고 금비와 농약만 자꾸 뿌린다. 잡초도 뽑을 틈이 없어 제초약을 뿌린다. 농사도 이젠 거의 장사가 되고 말았다.

세상은 돈이고 장사꾼 판이다. 돈이면 안 되는 일이 없고 돈 없으면 사람 노릇도 못한다. 교육도 문학도 예술도 상품이 되었다.

학생들이 공부하는 것은 시험점수 따기 위해서고 상급학교 졸업장 얻기 위해서다. 그 졸업장은 좀더 편안한 자리에 앉아 돈을 벌기 위함 이다. 입신출세를 위해 머리를 싸매고 참고서를 외우고 있는 학생들. 공부를 한다는 것이 남을 짓밟고 올라서는 길이란 것밖에 무슨 뜻이 있는가.

며칠 전 어느 백일장에서 아이들 글을 보았다. 거의 모든 아이들이 온통 착한 일을 도맡아한 것 같은 거짓말만 써 놓아서 입이 딱 벌어질 지경이었다.

글을 쓴다는 것이 거짓말 만들어내는 재주놀음으로 된 것이다. 상 타고 학교이름 내고 교육을 선전하기 위해 아이들을 이 모양으로 만들 어 놓은 교육의 타락을 개탄하지 않을 수 없다.

돈이면 해결되는 세상에는 돈을 벌기에 수단을 안 가리게 된다. 빵 이고 과자고 콩나물이고 두부고 쇠고기고 고춧가루고 마음 놓고 사 먹 을 것이 없다. 그 무슨 회사를 차려 수출실적을 올렸다는 이름난 사장 도 여공들을 그 지경으로 버려두고 재산을 몰래 외국으로 빼돌렸다고 하지 않는가. "뭣 때문에 사는가?" 하고 물으면 사람들은 입을 모아 "그것도 몰라? 이 병신아, 돈벌이하기 위해 살지!" 할 것 같은 세상이 다. 황금과 편리한 생활에 미친 이 무리들이 갈 곳은 어딘가?

그저께 나는 이웃의 한 노파의 장례에 가본 일이 있다. 관을 묻기 위해 파놓은 구덩이가 여섯 자 길이에 두 자 넓이. 인간이 마지막 차지할 땅이 한 평도 안 되는 것임을 새삼 느꼈다. 30평, 40평의 집을 소유하려고 평생을 돈벌이에 정신없이 살다니! 으리으리한 옷장과 그릇들이며 응접실의 가구들이 다 무슨 소용인가? 어째서 공부하기 싫어하는 아이를 억지 공부를 시켜 병신으로 만들어 놓는가.

돈(물질)이야말로 인간을 사악하게 만드는 원흉이다. 편리한 생활이란 환상이야말로 인간을 불행하게 만든다. 부산의 어린애 납치 사건과 서울의 골동품 장수 살해 사건을 생각해 보라.

가난하게 살아야 한다. 가난이야말로 사람을 사람답게 한다. 가난한 사람이라야 정치를 할 수 있고, 교육도 학문도 할 수 있다. 목사도 가난해야 진리를 말할 수 있다. 예술가도 다 그렇다.

아이들은 가난하게 키워야 한다. 먹기 싫어하는 우유고 빵들을 억지로 먹이고 있는 부모들은 그 자식들에게 죄악을 저지르는 것임을 알아야 한다. 그렇게 자란 아이들은 결코 인간스러운 생각과 생활을 하지 못할 것이다.

아이들에게 화려한 옷을 입히려 하지 말고 간소한 옷을 입히는 것을 자랑으로 여겨야 한다. 아이들은 본디 옷차림에 관심이 없다. 아이들에게 사치와 허영을 강요하고 물들게 하는 죄를 범하지 말아야 한다. 거짓스러운 옷으로 몸과 마음을 병 들게 할 것이 아니라 차라리 흙바닥에서 뒹굴고 햇볕에 살갗을 그을리게 하는 것이 좋다.

아이들에게 종이 한 장을 아껴 쓰는 마음을 갖게 하는 일은 소중하지만 돈을 모아 악착같이 저금하는 버릇을 들이는 것은 반성할 점이 많다. 돈에 미친 세상에서 아이들마저 돈벌레가 되도록 해서야 되겠는가.

아이들에게 일을 시켜야 한다. 일하지 않고 자라난 아이들은 결코 사람다운 마음을 가질 수 없고 사람다운 행동을 할 수 없다.

가만히 앉아 꼭지만 틀면 물이 나오고 밥이 끓여지는 것을 행복하게 여기는 것은 착각이다. 물을 길어 나르고 쌀을 씻고 정성 들여 돌을 이는 그 생활에서 사람다운 느낌과 생각이 나올 수 있다.

인간은 지금 스스로 만들어 놓은 핵무기를 밟고 서서 칼춤을 추고 있다. 돈과 편리한 생활에 정신이 팔려 있는 사람들의 물질적 욕망을 충족시켜 주기 위해 나라마다 공장과 무기를 만드는 경쟁에 광분하고 있다. 모든 도시와 공장과 군사 시설에서 내뿜는 가스와 버려진 폐기물들은 공기를 오염하고 강과 바다를 모조리 더럽혀 놓았다. 인간의 마지막이 가까워진 것이다. 인간이 망한다면 땅 위에 무엇이 남겠는가? 잿더미 외에 또 남는 것이 있다면 땅 속에 묻힌 플라스틱 똥통밖에 없을 것이다. 이것이 엄연한 인류의 역사적 현실이 되어가고 있다. 먹고 마시고 춤추고 하면서 정의로운 삶을 외면한 인간의 종말이 이렇게 되는 것은 당연하다.

가난만이 우리 인간의 참 살길이다. 물론 모두 같이 인정을 나누면서 살아가는 가난 말이다.

• 1979. 10

거꾸로 사는 재미

나는 설날에 차를 타고 여행하기를 즐긴다. 도시 사람들이 서로 다투어 시골로 나오려고 할 때 나는 반대로 도시로 들어가고, 다시 사람들이 도시로 모여들 때면 나는 시골로 돌아온다. 그러면 그토록 기막힌 교통지옥도 내게는 해소되어 유유히 차 타는 즐거움을 누리는 것이다. 스물 몇 해 전이던가, 음력 설날 어느 시골에서 B시로 가는데, 나 혼자를 위해 기차가 운행한다는 느낌이 들었다. 그때부터 설날 여행의 재미를 들인 것 같다. 요즘은 설날이라도 그렇게 빈 차는 아니지만, 그래도 평소 때보다는 훨씬 조용하다.

산골 학교 숙직실엔 저녁마다 온 직원들이 모인다. 모두가 도시에다 가족을 두고 온 사람들이다. 이들의 대화 속에 거의 날마다 빠질 수 없는 것이 언제 산골에서 벗어나나 하는 것이다.

"난 토요일만 되면 집에 갈 생각에 아침부터 들떠 있어요."

"일요일 오후 버스를 타고 이놈의 골짝을 들어오는 게 죽으러 오는 것같이 싫어요."

벌써 나이는 마흔이 넘고, 혹은 쉰이 넘은 사람들의 입에서 나오는 순진한 말이다. 나는 이런 말을 들을 때마다 딱한 생각이 들어 어쩔 수 없다.

"좀 달리 생각할 수 없는가요? 요즘 돈 많은 사람들, 산골에 별장 지어 놓고 도시에서 다니지요. 또 관광 다닌다고 돈 쓰며 여행하는 사람들 얼마나 많은가요? 일주일에 한 번씩 여행한다 생각하면 오히려 즐거울 수도 있습니다."

이건 동료들을 달래기 위해 내가 입으로만 지껄이는 말이 아니라 진정에서 나온 말이다. 왜 이들은 자기를 스스로 멸시하며 살아가는 것일까?

사람들이 끝없이 가고 있다. 어른, 아이, 남자, 여자 할 것 없이 온통 길을 메워 뽀얀 먼지 속을 사람의 강물이 흘러간다. 이들은 방금 주차장에서 내려 어느 유원지로 가는 것이다. 그 주차장까지 차를 타고 온 것만 해도 몇 시간을 서로 다투고 아우성치고 했다. 그런데 이 많은 사람들을 받아들일 자리가 어딜까? 서로 부딪치고 발을 밟고 밟히면서 밀고 밀려가기를 지치도록 하다가 이윽고 무슨 자연공원인가 하는 현판이 붙은 문 앞에 가서 또 땀을 닦으면서 반 시간이 넘게 줄을 서서 기다려 겨우 입장권을 산다. 천당 가는 입장권을 이렇게 산다 해도 반갑지 않은데 거기 들어가니 또 지옥이다. 어딜 가도 사람의 사태요, 짓밟히고 발에 걸리는 비닐봉지와 유리병이다. 골짜기 물은 더러워 들여다보면 기분이 나쁠 정도고, 아이들이 돈 내고 타는 노리개 차도 워낙 사람이 많아 탈 수 없고, 동물원의 새들은 날개가 잘려 날 수 없게 되어 있다. 이게 대도시의 공원이요, 놀이터다. 그래도 아이고 어른이고 도시에 산다는 것, 이런 델 한번 와보는 것이 영광인 모양이다. 도시에 살아도 이런 곳에 오지 못하는 가난한 아이들은 학교에 가서도 기가 죽어 있다. 이곳에 가족을 데려와 보지 못한 아버지들은 못난 사람이 된다.

자욱한 먼지 속을 남 따라 가고 있는 넋 빠진 인간들, 관광에 유람에 미쳐 있는 인간들의 물결 속에 휩쓸려가고 있는 나 자신을 발견한다. 아이들과 가족에 졸려 지옥에 끌려가듯 가고 있는 못난 나 자신을 때때로 발견하고 몸서리친다. 나는 탈주해야 한다. 이 미친 무리들의 행렬 속에서 탈주해야 한다.

거꾸로 살기를 즐기는 사람도 정신을 바짝 차리고 있지 않으면 어느 틈에 거대한 기계 속에 휘말려 들어가 비참한 꼴이 되는 세상이다.

• 1979. 7

속을 보는 눈

얼마 전에 어느 도자기 공장을 구경한 일이 있다. 흙덩이가 기계 속에 들어가 부서지고 짓이겨지는 것이며, 여러 가지 그릇의 형태들이 놀랄 만큼 재빨리 움직이는 사람들의 손에서 만들어지고, 그림들이 그려지는 것이며, 드디어 가마 속에 들어가고, 한쪽에서는 구워진 것들이 고운 빛깔의 온갖 그릇으로 되어 나오는 것이, 생전 처음 구경하는 나로서는 정말 신기한 느낌이 들었다. 그릇 가게에서는 예사로 보아왔던 것인데, 조그만 접시 하나라도 수많은 사람들의 손이 간 귀한 것임을 알게 되었다.

나와 같이 갔던 친구는 기계의 이름 같은 것을 열심히 물어서 공책에 적고 했다. 이 친구는 소설을 쓴다고 소재를 얻으러 온 것이고, 기실 나는 그의 권유로 따라온 터였다.

구경을 마치고 공장 문을 나서면서 나는 친구에게 물었다.

"거, 견학 소감 어떤가?"

"감동적이야. 그렇게 열심히 일하는 모습 말이지. 자기가 하는 일에 자신과 기쁨을 갖고 있다는 게 그들 손발의 움직임에, 얼굴 표정에 넘쳐나는 것 같았어."

나는 이 대답을 듣고 한참 동안 말을 못했다. 내가 느낀 것은 너무나 달랐기 때문이다.

처음 작업장에 들어갔을 때 내 눈길을 끈 것은 수많은 남녀 노동자들의 그 놀라운 손놀림이었지만, 내가 느낀 것은 온통 흙먼지가 자욱한 공장 안의 그 답답하고 무더운 공기였다. 나는 곧 한 젊은이에게 하루 몇 시간 일을 하는가 물어보았다. 아침 7시 반에 시작해서 저녁 6시에 마친다는 대답이었다. 겨울철이 이러니 여름엔 작업 시간이 더 연장되겠지. 감독하고 감시하는 사람도 없는 것 같은데 이렇게 하루 종일을 잠시도 쉬지 않고 정신없이 손발을 움직이도록 하는 것은 도대체 무엇일까? 기술과 직업에 대한 긍지인가? 새마을 정신이나 애국심 같은 것인가? 그러나 나는 곧 그 어느 것도 아님을 알았다. 나는 마른 그릇을 갖다 나르고 있는 어느 아주머니에게 하루 품삯을 얼마쯤 받는가 물었다.

"일하기 나름이지요."

일하기 나름이라— 그러니 하루 품삯이 얼마, 한 달 월급이 얼마가 아니고 하루 그릇을 몇 개 만들어냈느냐에 따라 품삯이 정해지는 것이다. 감독하는 이가 없어도 모두가 정신없이 일에 몰두하고 있는 까닭이 여기에 있다.

"아주머닌 한 달에 10만 원쯤 버나요?" 했더니 그 아주머니는 입을 딱 벌리면서 어림도 없다는 표정이다.

"그럼 5, 6만 원쯤 돼요?" 다시 추궁했더니 말은 않고 고개만 끄덕인다. 함구령이 내렸는가 싶도록 그들은 일절 말이 없다. 잡담을 하면 그만큼 일의 능률이 오르지 않겠지. 한 개라도 더 만들기 위해 애쓰는 것은 나라를 위해서도 아니고 회사를 위해서도 아니고 또 무슨 손재주에 대한 자랑 때문에도 아니었다. 가족들의 생계와 자식들의 교육과 혹은 가족 중 그 누구의 병 치료를 위해, 다만 살아가기 위해 그토록 먼지 자욱한 무더운 방에서 온종일 말 한마디 없이 일하는 것이다.

차를 타고 들길을 지나면 아름다운 농촌 풍경이 우리의 마음을 사로잡는다. 더구나 열매가 익은 과수원 풍경은 그것을 바라보는 모든 사람에게 농촌 생활을 그리워하게 한다. 그러나 농사를 지어본 사람이면 그 농사일이 얼마나 고되고 수입이 적은 것인가를 안다.

나는 과수원을 경영해 본 사람한테서, 독한 농약을 쓰기 때문에 몸을 해쳐 가면서 일년 내 일에 시달려야 하는 사정 얘기를 여러 번 들었다. 남의 과수원을 멀리서 구경하면 아름답지만 그것을 피땀으로 가꾸면서 살아가는 사람은 이토록 괴로운 것이다. 도대체 아름다움이란 한갓 환상이 아니고 무엇일까.

사물을 겉으로 보는 것과 안으로 보는 태도는 온갖 일에 나타나고 있다. 우리 나라 사람들의 교육열이 세계에서 으뜸간다고 통계 숫자를 들어 자랑스레 얘기하는 사람이 있는데, 이런 것도 그 실상과 원인을 잘 보지 않으면 한국 사람들이 모두 공자·맹자나 되는 것으로 착각하기 쉽다.

공부
아버지가 공부를 못한다고

막 머라 하신다.
통신표 나오는 거 보고 모두 못하면
지지바고 남자고 호채리 해다 놓고
두드려 가며 갈챈다 하신다.
또 물을 떠다 놓고
눈까리를 씻거 놓고
공부를 갈챈다고 하신다.

• 3학년, 김일겸

　산골 벽지에서 소작농으로 가난하게 살아가는 사람들까지 아이들을 들볶아 공부를 시키는 것은 그들의 단 하나의 희망이 비참한 농사꾼의 신세를 벗어나는 데 있기 때문이다. 농사꾼 신세를 면하자면 자식을 월급쟁이로 만들어야 하고, 그렇게 하려면 학교를 시키는 길밖에는 없다. 그러니 살기 위해서 학교 시키는 것이지, 모두 별난 어진 사람들이 돼서 교육에 열을 올리는 것이 아니다.

　며칠 전 신문에 보니 우리 나라 학생들의 그림이 정적이고 명상적이라고 하여, 동적이고 합리적인 서구와는 대조적임을 어느 분이 논문으로 발표했다고 한다. 그리고 이런 학생들의 의식구조가 한국인의 전통적 의식임을 말하고 있다는 것이다. 내 생각으로는 학생들의 그림이 그렇게 된 것은 학교 미술 교육의 영향 때문이지, 한국의 전통의식 때문은 아니다. 나는 오늘날의 글짓기 교육이 제대로 안 되고 있다고 생각하는 것과 마찬가지로 미술 교육 또한 올바르게 되고 있다고 보지 않는다.

　사물의 현상을 겉으로만 보는 눈은 대상에 파고들지 못하며, 그것은 보는 사람의 자기 중심으로 된 안이한 기분일 뿐이다. 그러나 사물을 내면에서 보는 눈은 그 사물의 생명을 붙잡는다. 겉을 보는 눈은 소비 생활을 즐기는 사람의 값싼 눈이고, 안을 들여다보는 눈은 생산의 괴로움을 겪거나 적어도 그 괴로움을 이해하는 귀한 눈이다. 정치와 학문과 예술이 인간에 유익한 것이 되려면 그런 일을 하는 이들이 사물의 내면을 꿰뚫어보는 눈이 있어야 비로소 가능할 것이다. 내가 알고 있다는 것도 사실은 모두가 껍데기인지 모른다.

　나는 도자기 공장에서 일하지 못하더라도 다시 한번 가서 그들의 얘기에나마 귀를 기울여야겠다고 생각한다.

• 1978. 5

선물

지난해 가을의 어느 날 68세의 한 일본인 농부가 그의 아내와 함께 한국의 옛 친구를 만나러 B시에 온 일이 있었다. 히라야마란 그 농부는 젊었을 때 한국에서 교원 생활을 하였고, 전쟁 후에도 자기 나라에서 교편을 잡다가 몇 해 전에 중학교 교장직에서 정년 퇴임을 한 뒤로 고향에서 농사를 짓는 사람이었다(이런 사람을 농부라고 하는 까닭을 차차 알게 될 것이다). 옛 친구 부부를 맞이하게 된 한국의 ㄱ씨 역시 교직을 퇴임한 70세의 노옹이었다.

일본 손님 두 분을 ㄱ씨 부부가 대문간에서 맞아들이니 새하얀 머리털의 히라야마 씨야 몇 해 전에도 만난 터이지만, 근 40년 만에 대하는 그의 부인 모습은 뜻밖이었다. 그 곱던 얼굴이 주름살투성이가 된 것쯤은 상상도 했지만 입고 있는 옷이 이건 논밭에 갈 때나 입는 옷 그대로가 아닌가! 그리고 웬일로 대나무 지팡이를 짚고 있는 데다가 신발도 옛날 짚으로 만들어 신던 조리(草履) 같다. 짚으로 만든 것은 아니지만 그런 모양의 고무신이고, 그걸 또 한쪽엔 나일론 끈으로 친친 감아 맨 꼴이다. 그러나저러나 우선 인사를 하고 방에 들어오게 하여, 왜 부인께서 지팡이를 짚고 왔는가 물으니 대답이 이렇다.

한국의 친구를 오랜만에 같이 찾아가는데 무슨 선물을 가져갈까 의논한 끝에 산에 가서 밤을 따 가기로 했다는 것이다. 한국에도 밤이 많을 터이지만 우리가 애써 가꾼 것이니 뜻이 있을 것이라 생각했단다. 그래서 노인 내외가 하루는 산에 가서 밤을 털었다. 집에 있던 낚싯대(히라야마 씨는 낚시를 즐겼다)를 가지고 밤을 털고 줍고 하다가 부인이 잘못해서 바윗돌을 헛디디어 그만 넘어져 발목을 삐었다는 것. 고무 조리를 나일론 끈으로 감아 매고 낚싯대를 꺾어 지팡이로 만들어 산에서 내려오던 그날 그 복장대로 한국에 왔다는 것이다.

다음은 이 히라야마 씨 부부가 이틀 뒤에 한국을 떠날 때 얘기다. 이번에는 일본에 가져갈 선물 걱정을 하더니 가게에서 성냥을 여러 갑 사더란다. 뭣에 쓰려고 사는가 물었더니 일본에는 성냥갑이 이렇게 열고 닫도록 편리하게 만들어져 있는 것이 없으니 이걸 가져가면 이웃 사람들에게 좋은 선물이 될 것이라 하더란다. 또 시장에서 호미를 여러 가락 사는 것을 보고 그 까닭을 물으니 "이렇게 편리한 농구가 일본엔 없어요. 풀 뽑는 데는 최고랍니다"라고 하더라는 것. 그래서 비행장의 소지품 검사를 하던 관리가 가방 안에 든 호미를 보고 "이게 뭔가요? 어디다 쓰려고 이런 걸 가져갑니까?" 하고 묻고는 자꾸 고개를 갸웃거리는 것을 전송 갔던 ㄱ씨가 보았다는 것이다.

이 얘기에 나오는 ㄱ씨와 일본인 히라야마 씨는 모두 나의 스승이시다. 그리고 이 얘기는 한 달쯤 전에 바로 ㄱ선생으로부터 들은 것이다.

일본의 동경이나 우리의 서울이나 똑같은 서구문명의 시장임은 말할 것도 없다. 일본의 농부들이 모두 히라야마 선생과 같은 사람일 것이라고는 생각하지 않는다. 그러나 일본의 농촌과 농촌 문화가 우리처럼 송두리째 뿌리뽑히지는 않았다는 사실을 이 얘기로써도 짐작할 수 있다.

멀리 여행을 할 때는 물론이고 시장에 갈 때도 옷을 차려 입고 가야체면이 서고 사람 노릇을 할 수 있는 것이 우리들 풍습이 아닌가. 농사꾼들이 어쩌다 바깥출입을 할 때는 신사옷 차림을 해야 우선 관공서의볼일부터 제대로 보게 된다고 생각하는 것이 우리의 실정이다. 그러니남의 나라에 갈 때 평상복을 그대로 입고 간다는 것은 꿈에도 생각 못할 일이다. 그건 국가의 체면 문제라고 우선 출입국 관리자들이 내보내지 않을 것이다. 그래서 미국에 갔던 어느 대학교수가 그곳 교수들의 모임에 나갔다가 날씬하게 차린 자기의 새 옷이 부끄러워 당장 그다음날 헌 옷 시장에 가서 헌 옷을 사 입고 나갔다는 얘기가 나오게 되는 것이다. 요즘 우리들 결혼 풍속의 타락상을 생각해 본다. 외국에 가져갈 선물로 밤을 따고, 그 외국에서 호미를 사들고 가는 사람들이 사는 나라야말로, 그 나라의 그러한 면이야말로 참된 선진국의 모습으로우리가 배워야 할 것이다. 우리가 다른 나라 사람들에게 줄 선물, 우리가 고향과 이웃에 나눠 가질 가장 값진 선물은 일하는 데 쓰일 편리한도구이며, 땀 흘려 가꾸고 거둔 한 알의 열매란 것을 깨달을 때 비로소우리는 자랑스러운 국민이 될 것이다.

• 1980. 4

우리는 무엇을 보여줄 것인가

지난 7월 중순의 어느 날, 서울에서 두 이대 학생이 찾아왔다. 볼일은 방학 중에 농촌의 일손을 돕고 싶은데 그런 마을을 찾아왔다는 것이다. 감리교 학생회 여학생부 농촌봉사대 소속의 이 두 학생이 온 때가 오전 11시쯤 되었기에 버스가 도착할 시간도 아닌데 어떻게 왔나 싶어 물었더니 임동서 30리를 걸어왔다고 했다.

"30리를 걸었단 말이지?" 하고 놀라서 물었더니, "밤차도 안동에 와서 아침에 버스 정류장에 가서 여기 오는 차 시간을 물어보니 11시라 하잖아요. 그래 11시까지 기다릴 것 없이 임동 가서 걸어가자고 해서 왔어요" 했다.

밤차로 잠도 못 자고 다시 30리를 걸어오다니! 우리 대곡 사람들이면 하루 종일을 기다린다고 해도 차를 타고 올 것 아닌가?

숙소 관계로 마을을 정하지 못해 두 번째로 학생들이 찾아왔을 때다. 무슨 얘기를 하다가 기차비가 비싸다는 말이 나왔다.

"서울서 안동까지 차비가 너무 비싸요."

"얼만데?"

"지난번에 밤차로 왔을 때 특급 차비를 한 사람 3천 몇백 원씩 주고 나니 돈이 아까워 눈물이 났어요. 그래서 이번에는 1천 3백 원짜리 타고 왔어요."

나는 놀랐다. 안동 서울 간 1천 3백 원짜리 기차가 있다니!

"그런 기차가 있어요?"

"선생님은 서울 가실 때 무슨 차 타셔요?"

"난 우등차 타지."

"우등을요? 선생님이 그러실 줄 몰랐네요!"

이건 영 한 대 오지게 얻어맞은 것이다.

이 학생들이 봉사할 마을을 정해 놓고 서울로 간 뒤 하루는 전화를 걸어 마을 빈집에 들어가려면 모기장이 있어야 하니 상품으로 만들어 놓은 것은 사지 말고 천을 몇 자쯤 사 오라고 말했다. 그랬더니 봉사대원들이 모두 와서 나를 나무랐다.

"선생님, 우리가 모기장 쳐 놓고 편안하게 자려고 여길 온 줄 아세요?" 하는 것이었다.

봉사대가 모두 오기 전, 대상 마을을 숙소 관계로 결국 절이 있는 바드레로 결정했을 때였다. 바드레는 높은 산정에 있는 마을이라 이렇게 무더운 날씨에(올해 첫여름이 얼마나 더웠던가를 상기하기 바란다) 거기서는 냇물도 없는데, 일하고 나서 목욕할 수도 없으니 어쩌나 걱정됐다. 이 일만은 아무리 나를 놀라게 한 여학생들이라도 같이 걱정하지 않을 수 없으리라 생각했다. 그런데 내가 걱정하는 말을 듣던 한

여학생이 나를 가만히 쳐다보다가 한 말이 이렇다.

"선생님, 우리 애들 오면 목욕 안 시킬 작정이에요. 애들이 모두 나쁜 버릇이 들어 손발에 조금만 흙먼지가 묻어도 목욕탕에 들어가고 하는데 그런 버릇 좀 고쳐줄래요."

이래서 나는 또 한 대 단단히 얻어맞은 것이다.

나는 학생들이 일해 줄 마을을 바드레로 정하도록 주선해 주고 나서 학생 대표들에게 마을 실정을 좀더 소상히 알렸다. 그 마을은 고추 농사를 크게 하여 비교적 부자 마을이라는 것. 그러나 여기 버스 종점에서 다시 십리쯤 더 걸어 들어가면, 거기 옛날 누에를 치던 교실 크기 두 배쯤 되는 집이 있는데, 거기 가면 제초제를 거의 쓰지 않아 풀뽑기 일도 많을 것이라고 했다. 그래서 또 혼이 났다. 그럼 거기 갑시다, 하는 것이다.

"저희들이 이런 부자 마을을 돕자고 온 것 아닙니다" 하면서 꼭 거기로 가야겠다고 하는 것 아닌가. 거기 가자면 험한 십리 길을 걸어야 한다. 그리고 깊은 계곡에 집들이 어쩌다 한두 집 있을 뿐인데 그런 곳에 여학생만 보내 놓고 어쩌는가. 다음해에는 거기 가더라도 이번만은 여기서 일해 달라. 부자 마을이라지만 농촌에서 고등학교에도 마음 놓고 보낼 수 있는 집이 많지 않다고 해서 겨우 만류할 수 있었다.

봉사대 30여 명이 첫날을 보낸 저녁에 그 마을에 가보았더니 마을 사람들로부터 서울 학생들 칭찬이 대단했다. 맨발로 하루 종일 논둑 밭둑의 풀을 깎고 고추밭 풀을 매는데 잠시도 쉬지를 않았고, 참을 갖다 주어 먹어라 해도 먹지 않는다는 것이었다. 그 흔한 풋고추며 깻잎을 마음대로 따서 반찬을 하라고 해도 고추고 오이고 서울서 가져온 것만 먹는다는 것이었다. 나는 너무나 기뻤다. 팔자 좋은 학생들이 방학이면 외국을 드나들고 외국까지 못 가더라도 해수욕이며 등산놀이를 즐기고 있는 세태에서, 또 농촌의 젊은이들이 그런 학생들만 쳐다보고 넋을 잃고 있는 가운데서 이토록 그 정신이 살아 있는 학생들이 있다는 것은 얼마나 믿음직스러운가! 우리 민족이 죽지 않고 이 학생들 속에서 살아 있구나 하고 나는 생각했다.

대곡의 여러분, 이런 학생들 앞에서 우리가 떳떳하게 자랑할 것이 무엇인가요? 한번 생각해 봅시다.

• 1981. 8

과자를 먹는 아이들

아이들 속에서 살아온 지 그럭저럭 40년이 가까워졌다.

"아이의 마음을 가져야 하늘나라에 갈 수 있다."

"아이는 어른의 아버지다."

이런 아이들과 함께 살아왔으니 나는 얼마나 행복한가?

사실 시골 학교에 있는 나를 부러워하는 벗들이 많다.

그러나 나는 항상 괴로운 마음으로 살아왔다. 아이들에게 시달려서 그런 것이 아니다. 교육한다는 사람이 아이들에게 시달리는 것은 즐거운 일로 생각할 수 있다. 시달린다고 함은 아이들을 귀찮은 존재로 여길 때 나오는 말이다.

아이들을 보고 아이들의 문제를 생각할 때면 괴로움이 나를 압도한다. 아이들 속에서 살아온 나는 그 아이들처럼 불행했다고밖에 생각되지 않는다. 앞으로는 더욱 그럴 것 같다.

학교에서나 집에서 공부를 하고 있는 아이들을 보면 흔히 가슴이 탁 막힌다. 1, 2학년 아이들이 교과서 베껴쓰기를 한다고 낑낑거리고 있는 것을 볼 때, 어느 아이고 똑같이 만화에 나오는 인형 같은 얼굴만을 그림이라고 그리고 있는 것을 볼 때, 어른들의 글을 흉내내어 괴상한 말재주를 부려 놓은 글을 읽게 될 때, 왜 우리의 아이들이 이 모양으로 되어야 하는지 답답하고 분하고 서글퍼진다.

아이들을 보고 암담한 심정이 되는 것은 공부할 때뿐 아니다. 골목이나 그 어디에서 벙글거리면서 빵이나 과자를 먹고 있는 것을 볼 때도 그렇다. 어른들이야 술을 먹든지 마약을 빨든지, 머지않아 사라질 세대니까 그렇게 보아 넘길 수 있다. 그러나 아이들이 과자를 먹고 있는 것을 보면 우울해지는 것을 어찌할 수 없다. 그런 모습을 보면 귀여운 동심을 발견한 즐거움에서 시라도 한 편 쓰고 싶어해야 할 것이고 한 폭의 그림이나 사진으로라도 담아 놓고 싶어해야 할 터인데, 도리어 우울해지다니 무슨 마음인가? 아이들을 보고 암담한 심정이 되는 까닭을 곰곰 생각해 본다.

무엇보다도 과자나 빵은 내가 알고 있는 한, 아이들의 건강을 해친다. 특히 여름철에는 병균이 우글거린다고 신문에까지 보도되는 온갖 얼음과자들을 아이들은 날마다 먹게 된다. 빵에는 방부제가 들어 있다. 단맛은 그 자체가 미각을 마비시키고, 설탕의 과잉 섭취는 이빨을 비롯한 소화기관을 해친다. 그것은 정신의 건강에도 매우 좋지 않다. 도시보다 농촌벽지에 갈수록 아이들이 즐겨 사먹는 식품의 질이 낮다.

이래서 제발 과자를 먹지 않았으면 좋겠는데 안 먹는 아이가 없다. 세계에서 우리 아이들이 과자를 가장 많이 먹을 것 같다. 과자를 많이 먹는 아이들이 행복하다고 생각했던 때는 옛날이다. 과자를 먹고 싶어

해야 하는 환경에서 살아가는 아이들이 가장 불행한 아이들이다. 아무리 아이들이 즐겨 먹는다고 하더라도 그것은 어른들이 먹이는 것이다.

다음에 이 과자나 빵을 먹고 나서 남게 되는 비닐 껍데기를 어찌해야 하는가 생각하지 않을 수 없다. 모든 식품은 비닐로 포장되어 있고, 음료수 종류는 빨대까지 끼어 나오는데, 이런 폐기물들이 문제를 일으킨다.

그것들은 아무데나 버려진다. 버릴 데가 없기도 하다. 이래서 농촌은 길이고 도랑이고 밭둑이고 산들에 버려진 비닐과 플라스틱으로 추악한 모습이 되어가고 있다.

도시에서는 집집마다 쓰레기를 대문 밖에 내어 놓기만 하면 쓰레기차가 싣고 가 버린다. 그 쓰레기들이 어디로 실려가는지 염려하는 이가 없다. 다만 먹어주기만 하면 되고 쓰레기를 집안에서만 없애 버리면 끝나는 것으로 되어 있다. 날마다 집집마다 쏟아져 나오는 쓰레기는 어디로 가는가? 도시의 변두리로 실려가 논밭이 메워지고 땅이 돋워지면 그 위에 주택들이 세워진다. 이러한 쓰레기의 행방은 누구나 알고 있는 터이고, 그것은 한꺼번에 두 가지 효과를 거두는 일이라고 반갑게들 생각한다.

도시가 쓰레기 위에 세워진들 어떠랴? 편리하면 그만 아닌가? 그러나 과연 편리하면 그만일까? 그 편리는 어디까지 갈 수 있는가? 도시는 영원한 것인가?

그 옛날 인간이 초원에서 짐승들과 함께 살았을 때, 삶은 자연과 조화를 이뤄 아름다운 노래가 될 수 있었다. 다음 그 초원이 농토가 되었을 때 인간의 사회는 여러 가지 모순을 안고 괴로웠지만 그래도 언제나 희망을 가지고 있었다. 그런데 그 비옥한 농토가 이번에는 영원히 다시 흙으로 소생할 수 없는 불모의 땅으로 비닐과 플라스틱의 쓰레기 지대로 변한 것이다. 이제 우리는 무슨 희망을 가지고 다음에 와야 할 새로운 인간의 문명을 얘기할 수 있겠는가? 인간은 오직 눈앞의 쾌락 밖에 추구할 것이 없는 막다른 자리에 온 것이 아니라고 어떻게 말하겠는가?

땅을 불모의 쓰레기더미로 만드는 문명은 무서운 속도로 모든 농촌과 산간벽지를 덮쳐가고 있다. 산천이 초목들의 뿌리가 내릴 수 없는 폐기물로 덮여간다고 말했지만 아이들이 뛰노는 학교의 운동장도 쓰레기로 채워져 가고 있다. 내가 여기 와서 며칠이 안 되던 어느 날이었다. 무슨 일로 운동장 한쪽을 파보았더니 온통 비닐 쓰레기가 한도 없이 나왔다. 그것도 과자 봉지가 대부분이었다. 이게 웬일인가 했더니 청부가 하는 말이 하도 쓰레기를 묻어서 이제는 어딜 파도 안 묻힌 데가 없다는 것이다.

"제가 전에 있던 학교에서도 쓰레기를 몇 해 동안 묻었더니 그만 운동장 어디에도 파고 묻을 자리가 없던데요."

그러고 보니 학교에서도 쓰레기 처리가 정말 어렵게 되었다는 생각이다. 거의 모든 학교의 부지가 비닐 쓰레기의 무덤으로 되고 있을 것 같은데, 아직 나는 교직에 있는 어떤 사람한테서도 쓰레기 걱정을 하는 것을 들은 적이 없다.

고양이는 땅을 발로 파서 똥을 누고는 묻어 버린다. 돼지도 아무데나 똥을 누지 않는다. 우리 한쪽 구석에 누는 것이다. 그 똥들은 흙으로 돌아간다.

동물들은 아무것도 땅에 남기지 않는다. 그런데 사람은 자신이 먹는 음식의 포장물을 어디에 어떻게 처리할 계획도 생각도 없이 함부로 만들어내기만 한다. 단물을 빨아먹은 껍데기를 발 밑이고 창 밖이고 던져 버린다. 기껏해야 그것을 땅속에 묻어 놓고 모른 체한다. 이것은 고양이가 똥을 묻는 것과는 다르다. 이렇게 무책임한 동물이 어디 있는가? 분명히 인간은 모든 동물 가운데서도 가장 열악한 동물이다.

아이가 아니면 하늘나라로 갈 수 없는데, 이 세상에서 아이를 찾기 힘들게 됐다. 어른들은 모두 물욕과 향락에 빠져 정신을 잃었고, 아이들은 너무나 일찍부터 어른이 되고 있다. 우리가 다른 것은 못하더라도 고양이가 제 새끼들에게 똥오줌 처리하는 걸 가르치는 정도의 시범은 아이들에게 해 보여야 할 것인데, 그게 안 되고 있다.

• 1982. 11

길게 바라본다는 것

ㄱ이란 사람이 있었다. 시골에서 태어난 그는 평생 지게를 지면서 가난하게 살아가야 할 운명을 타고났던 것인데, 하루는 갑자기 그의 몸속에 잠재해 있던 어느 조상 때부터 물려받은 반역의 피가 솟구쳐 흘렀다. 그래서 나무를 하러 갔던 산길에서 지게를 돌로 쳐부숴 버리고 그 길로 서울을 찾아갔다. 그리고는 온갖 고생 끝에 돈을 모아 엄청난 부자가 되었다.

우리 나라 시골에는 웬만한 곳이면 곳마다 이와 비슷한 얘기가 전해지고 있다. 그래서 "말은 제주도로, 사람은 서울로"란 속담이 나오고, "큰 사람이 되려면 멀리 내다볼 줄 알아야지" 하기도 한다. 도시가 비정상적으로 팽창한 것이 다른 이유로 설명할 수도 있지만 옛날부터 내려온 도시 지향적인 출세 성공담이 시골 사람들의 마음을 지배한 까닭이 크다. 곡식을 가꾸는 일은 일년을 바라보는 일이지만, 자식들 공부 시키는 일은 백년 농사라고 하여 논밭을 팔아서까지 교육비를 마련하는 것도 이 때문이다.

대관절 얼마나 멀리 바라보면 '길게'라 할 수 있는가? 지게를 부숴 버리고 서울로 가서 크게 성공했다는 입지전적인 인물이 연출하는 드라마의 제2막은 이렇다. 그는 많은 돈으로 사회사업을 했다. 학교를 세우고 고아원도 만들었다. 그런데 일제 말기에는 친일파로 이름을 날리더니 해방 후에는 약삭빠르게 전신하여 어느 정당의 뒤를 봐주기도 하고, 스스로 정계에 진출하기도 하여 호화판 인생을 살더니 드디어 긴 꼬리가 잡혀 하루아침에 몰락하였고, 그 자신은 실의 끝에 병사하였다.

그런데 누구나 고향에 가면 아직도 그 옛날 그대로 농사일을 하고 있는 옛 친구를 만난다. 초가지붕이 슬레이트로 바뀌고 TV를 보면서 먹고 입는 생활이 도시 사람을 많이 닮기는 했지만, 땅 파고 짐 지고 살아가는 근본은 그대로다. 도시로 가서 출세하여 잘산다고 하던 사람들은 모두가 변해서 온갖 파란곡절 끝에 흔히 재산을 탕진하고 패가망신하기도 하였지만, 그들 농민은 대지에 뿌리를 내려 끄덕없이 살아가고 있다.

이건 어찌된 셈인가? 수십 년 앞을 내다보았다고 하는 사람들이 도리어 내일도 없이 살아가는 듯한 사람보다 그 결과가 못하니 말이다.

필경 멀리 내다보았다는 것이 자기 한 몸의 이익이나 위한 것이었기 때문이다. 지게를 던져버리고 새로운 삶을 개척한 ㄱ씨의 용기는 훌륭하다고 할 수도 있다. 그러나 그가 내다본 새로운 삶이란 것이 기껏 자기 한 몸의 영달을 위한 것이었으니, 그 바라본 눈은 갇힌 짐승의 우리 안을 벗어나지 못했다 할밖에 없다.

이것이 역사의 흐름이다. 초가집에서 보리밥을 먹고 돗자리를 깔고 살던 때가 지나고 슬레이트 지붕이나 콘크리트 건물 속에서 나일론 장판을 깔고 쌀밥을 먹고 살아가는 시대가 되었다. 그러나 이제 와서는 돈이 썩 많은 사람이 아니고는 옛날의 돗자리를 깔지 못한다. 무명 옷, 명주 옷도 입기 힘들게 되었다. 시멘트로 빈틈없이 땅바닥을 싸 덮은 도시는 하다못해 자연의 흉내라도 내어 보이려고 갖은 애를 쓴다. 무엇을 두고 문명이라, 진보라 할 것인가? 오늘날의 플라스틱 문명은 과연 몇십 년을 내다본 것일까?

인간은 누구나 자기만은 멀리 내다본다고 생각하고 있다. 지구상에서 인간만큼 자기 도취에 빠져 있는 동물이 없다. 가장 도덕적이고 지혜롭다고 해서 만물의 영장이라 스스로 자랑하지만, 어쩌면 가장 부도덕하고 어리석으며 무지한 존재가 인간일지 모른다. 우리가 우주 안에서 조화된 한 생물로 존재하려면 개인의 한 몸뿐 아니라 인류란 종족까지도 뛰어넘은 시간과 공간을 바라보아야만 될 것이고, 그래야만 비로소 '길게' 내다본다고 할 것이다.

콘라트 로렌츠에 의하면 어떤 물고기는 약혼을 한 1년 뒤에야 결혼을 한다. 가장 흉악하다고 하는 늑대는 저희들끼리 싸워 서로 죽이는 일이 결코 없다. 무슨 일로 두 마리가 결투를 하다가도 한쪽이 힘에 부치면 항복의 표시로 그의 목을 척 상대방의 이빨 앞에 들이댄다. 그러면 이긴 쪽은 결코 무는 일이 없고, 그것으로 승부는 깨끗이 끝난다. 그런데 인간은 수천 년 전부터 전쟁에서 서로 싸우다가 이마를 땅에 대고 엎드려 항복하는 적의 등을 칼로 찔러 죽이기를 예사로 하여왔다.

짐승들이 저희끼리 서로 잡아먹는 줄 아는 것도 인간의 무지다. 호랑이가 토끼를 잡아먹는 것이 사실이지만, 그것은 배가 고파 어쩔 수 없을 때만 그렇다. 그리고 호랑이와 토끼는 같은 종(種)이 아니다. 그런데 백인과 흑인은 엄연히 한 종(種)인 것이다!

인간은 지구의 모든 금수곤충을 없애고, 수목을 뿌리뽑고, 산과 바다를 더럽히며, 그리고 저희들끼리 해치고 있다. 인간의 머리에서 짜낸 학문이고 철학이고 예술이고 종교고 그 모두가 자기를 합리화하는 수단이고 기만일지도 모른다.

멀리 내다본다는 그 자체가 너무나 인간적인 꾀 속에 빠져 있는 태도 같기도 하다. 초목이나 벌레나 동물들이 어디 그런 계산을 하던가? 그래서 그들은 지금 피해를 입고 있지만 결국 그들은 인간보다 오래 살 것이다.

자연 속에서 아무 꾀도 부리지 않고 그날그날을 일하면서 그 자연과 더불어 살아가는 농민들의 삶에서 길게 내다보지 않는 것 같으면서 실은 가장 길게 내다보는 자연의 섭리를 따르는 지혜를 발견한다. 그리고 입신출세식 삶의 방식과는 전혀 달리 다만 그때그때를 온몸으로 정직하게 살고 있는 어린이들의 순수한 모습에 우리들의 희망을 걸어본다.

• 1980

사라진 농촌 문화

그저께 이웃집에 갔다가 마당 한쪽에 조그만 못이 그대로 버려진 것이 있기에 주인에게 거 못을 그냥 두지 말고 고기라도 기르면 어떤가요? 하고 말했다. 그랬더니 그렇잖아도 양어를 계획하고 있다면서 며칠 뒤 칠성시장에 가서 미꾸라지를 사서 비닐봉지에 넣어 와야겠다고 했다.

"미꾸라지를 칠성시장에 가서 사와요?"

"그렇잖고 어디 가 구한다등교?"

정말 그렇다. 이제는 미꾸라지 한 마리도 도시의 시장에 가서야 볼 수 있다. 봇도랑마다 그 흔하던 미꾸라지들이 씨조차 없어진 지가 오래다. 그런 것을 이제 새삼 깨닫고 놀라는 내가 바보 같은 사람 아닌가.

미꾸라지 얘기를 하자니 또 생각나는 게 있다. 바로 며칠 전에 상주에 갔다가 거기 새로 지어 놓은 민속관이란 델 들어가 보았다. 그 안에는 지게, 키, 쟁기, 디딜방아, 바소쿠리……등, 우리들 대부분이 그 속에서 살아온 농촌의 여러 가지 농사 연모들이 이제는 한갓 구경거리로 진열되어 있었다. 그것들을 보고 세월이 이렇게 달라졌는가 새삼 놀랐다. 그리고 나 자신이 그런 민속관이나 박물관 안에 진열된 것처럼 느껴져서 서글픈 생각을 금할 수 없었다.

수천 년 동안 우리 민족의 삶을 이어오던 농경문화가 불과 10여 년 정도의 사이에 일시에 싹 없어져서 민속관에 들어가 버리고 대신 비닐 플라스틱 문화가 온 세상을 휩쓸고 있다는 것은 정말 어처구니없는 일이다. 대관절 유교고 불교고 다 어디로 가 버렸는가? 동양의 정신이란 무엇이었던가? 이렇게 허무하게 인간 정신이 물질에 정복되다니!

미꾸라지나 메뚜기가 없어진 것은 언젠가 다시 살아날 수도 있다는 기대가 간다. 그러나 논밭과 산천에 묻히고 있는 비닐과 농약병 조각들을 어떻게 할 것이며, 그런 것을 조금도 마음 아파하지 않는 인간 정신의 오염과 타락을 어찌할 것인가?

아이들이 과자를 사 먹고 비닐봉지를 길에고 도랑에고 운동장에고 할 것 없이 함부로 버리는 것이 하도 마음 쓰여서 반상회 때 마을에 나가 제발 아이들 과자나 빵 사 먹이지 말아 달라고 했다. 아이들과 땅을 지키는 것이 우리들의 첫째 할 일이라 했다. 그랬더니 한 젊은 아버지가 하는 말이 이랬다.

"과자와 빵을 먹어야 아이들이 도시 아이들같이 몸도 튼튼해지고 얼굴도 허옇게 돼요."

이쯤 되고 보니 나 같은 사람은 손을 들어야 할 판이다. 이렇게 철저하게 도시 지향적인 농민들이니, 미꾸라지고 메뚜기고 그런 것 없어진다고 누가 서글퍼하겠는가?

다듬잇돌이나 등잔, 화로, 밥그릇은 말할 것도 없고 쇠죽통까지도 골동품으로 완상하면서, 특수한 기능 보유자들이나 연출하는 민속놀이들을 구경하는 우리들도 얼굴이 허옇게 살이 오른 자신들을 은근히 기뻐하고 있는 것은 아닌지 모르겠다.

• 1982. 8

이원수 선생

선생님, 기어코 떠나셨습니까?

꿈에도 잊지 못하시던 이 땅의 어린이들을 그대로 두시고, 스스로 신앙이라고까지 말씀하시던 아동문학을 그만두시고, 하셔야 할 너무 많은 일들을 다 중단하시고 기어코 떠나셨습니까? 선생님의 온화하신 얼굴이 눈앞에 보입니다. 부드러우신 음성과 손길이 그대로 느껴집니다. 그 어린이 같으신 몸짓이 눈에 선합니다.

선생님, 선생님은 이 땅의 아동문학 60년을 홀로 달리신 고독한 분이셨습니다. 선생님은 불의와 부정에 결코 타협하지 않는 고결한 동심을 끝내 버리지 않음으로써 항상 세속의 무리들로부터 소외당하는 자리를 만족하게 여기시며 살아오셨습니다. 그러나 선생님은 항시 민족과 어린이의 편에 섬으로써 우리의 아동문학을 알맹이가 있는 것으로 만드셨고 서구의 것의 흉내로부터 벗어나 우리 민족의 문학이 되도록 하셨습니다.

선생님, 선생님은 우리 아동문학의 동산을 지켜오신 너무나 커다란 한 그루의 나무였습니다. 우리는 당신의 가지에 매달리고 그 그늘 아래서 비바람을 피하며 살았습니다. 우리의 어린이들은 그 무성한 잎들 속에 깃들여 하늘을 나는 새들같이 선생님의 품에 안겨 자라왔습니다. 그런데도 우리는 하늘로 뻗어오른 나무의 높이를 몰랐고, 가지와 잎들의 위용을 보지 못했습니다.

그 누가 당신의 뿌리의 깊이를 짐작했겠습니까?

평생을 어린이와 함께 가난하게 사시고, 어린이와 함께 멸시를 받으시고 고난을 받으셨던 선생님은 형언할 수 없는 마지막 한 해의 병고 속에서도 항상 웃으셨고, 겨우 손을 움직이시는 상태에서도 어린이들을 생각하는 눈물겨운 시를 쓰시는 정신력을 보이셨습니다. 운명하시는 그 순간까지 자신보다 남을 걱정하시고 남의 건강을 기뻐하시는 초인의 정신력을 보여주셨습니다.

선생님, 선생님의 이런 모습은 저희들에게 너무나 커다란 감동과 가르침을 주십니다. 그것은 민족과 어린이를 위해 글을 쓰는 작가의 정신 속에는 언제나 선생님의 넋이 깃들어 살아 계시다는 것입니다. 그리고 선생님의 글을 읽는 모든 어린이와 어른의 마음속에 선생님은 살아 계시다는 것을 믿게 합니다.

선생님, 이 땅의 어린이의 영원한 아버지가 되시는 선생님, 선생님은 결코 돌아가신 것이 아닙니다. 모든 이 땅의 어린이들 속에 영원히 살아 계십니다. 선생님은 해마다 봄이면 복숭아꽃, 살구꽃, 진달래꽃들과 함께 이 땅 어디에서든지 피어나실 것이고, 겨울이 되면 바람 부는 벌판에 옷 벗은 나무로 서서 추워서 떨고 있는 어린이들에게 힘을 주실 것입니다. 또한 흰 눈으로 내려 어린이같이 연약한 보리 싹들을 포근히 덮어주실 것입니다. 선생님, 선생님은 겨우 며칠 전에 쓰신 것같이 저 들판의 새들이 되시어 이 겨울을 지키고 계시는 것이 아닙니까.

선생님, 산다는 것과 죽는다는 것의 다름이 무엇입니까? 10년, 50년 의 시간 차이란 도대체 무엇입니까? 우리 모두 머지않아, 실로 눈 깜박 할 사이에 선생님 곁에 갈 것입니다. 그리고 지금 이 순간에도 우리는 한 그루 나무가 되고 눈이 되고 새가 됨으로써 선생님과 함께 또 모든 어린이와 함께 참된 생명을 누릴 수 있을 것이라 믿습니다.

선생님, 부디 이 땅에서 모든 살아 있는 것들 속에 빛나게 길이길이 살아주십시오.

• 1981. 1. 27

어른들이 부른 동요

어제 졸업식 날은 참 유쾌했다. 겨우 20명의 졸업생을 둘러싸고 재학생·학부모·교직원들이 한 교실에 앉아 올리는 졸업식은 겉치레라든지 공연한 엄숙함 같은 것이 없었던 것은 물론이다. 졸업생 대표의 인사말이 시작되고부터는 여학생들의 울음 소리로 온통 식장이 차 버린 것도 어쩔 수 없는 분위기였던 것이다.

식이 끝나자 그 자리에서 또 졸업생들을 가운데 앉혀 놓고 집에서 가져온 떡과 막걸리로 석별의 정을 나누었다. 여기서는 마을 사람들과 뒤늦게 찾아온 대의원 한 분까지 자리를 같이했다. 점심은 라면이었다. 옛날부터 있어온 '사은회'라기엔 너무나 간소하고 또 순수했다. 역시 송별회랄 수밖에 없었다.

송별의 자리엔 이윽고 노래판이 벌어졌다. 아이들이 부르자 어른들이 따라 부르게 된 것이다. 흔히 졸업생들이 베푸는 사은회 때면 6년

동안 교실에서 배운 노래는 간 곳 없고 어디서 배웠는지 유행가 판이 벌어지고, 졸업하는 날이 유행가를 마음대로 부를 수 있는 해방의 날처럼 되는 것이 상례가 되어 있는데, 이 자리는 전혀 사정이 달랐다.

내가 미리 사회하는 어느 졸업생 아버지에게 아이들 앞에서 난잡한 노래를 부르지 않도록 주의한 탓도 있었는지 모르지만 어른들이 돌려가며 부른다는 것이 모두 아이들이 부르는 동요였으니 언제나 어른들 입에서 유행가만 들어온 나로서는 여간 유쾌한 일이 아니었다.

나이 많은 부모들이 옛날 어렸을 때 학교에서 배웠던 노래를 생각해 낸 것도 한층 흥취를 돋우었다.

저 산 너머 새파란 하늘 아래는
그리운 내 고향이 있으련마는……

이건 그리 옛날 것도 아니어서 어느 어머니가 서서 부르자 모두 따라 불러서 합창이 되고 말았다. 동심으로 돌아가 아이들과 함께 노래를 부르는 어른들의 얼굴은 참으로 오랜만에 주름살이 활짝 펴진 듯했다. 그들은 그리운 어린 시절을 회상하며 행복에 잠겼던 것이다. 나도 한 곡을 불렀다.

딸랑딸랑딸랑
서쪽 하늘로 불 끄러 가자.
마당 쓰는 할아버지 빗자루 메고
밥하는 엄마 부지깽이 들고
우리 애기 숟갈 메고 앞장을 서서

가자 가자 가자,

서쪽 하늘로 불 끄러 가자.

　이건 내가 학교에도 들기 전, 마을의 동사 방에서 밤에 램프 불을 켜
놓고 배우던 야학에서 불렀던 것이다. 동요를 지은 사람도 곡을 붙인
사람도 누군지 모른다. 나는 가끔 학생들 앞에서 이 노래를 불러주고
는 제목이 무엇이냐고 물어보는데, 그때마다 맞게 대답하는 아이가 하
나도 없었다. 어제도 그랬다.

　물론 나도 이 노래 말이나 곡은 자신 있게 외우고 부른다고 생각하
지만 제목이 무엇으로 되어 있었던가는 전혀 기억에 없다. 기억에 없
지만 이 노래를 들으면 누구나 쉽게 알 것이라 믿었던 것이다. 아이들
이 이 노래의 제목을 모르는 것은 이 노래의 뜻과 맛을 모르는 것이다.
왜 이 동요의 뜻을 모를까? 그 이유를 몇 가지 생각해 본다.

　첫째는 아이들이 동요 · 동시의 감상 교육, 즉 문학 교육을 제대로
받지 못했기 때문이다.

　둘째는 요즘 아이들은 시험 준비 공부가 아니면 텔레비전이나 만화
에 매달려 있다. 하늘과 땅의 자연 현상을 직접 보고 그 자연 속에서
살아가던 아이들은 없어졌다. 날씨조차 하늘을 쳐다보지 않고 텔레비
전을 들여다봐야 안다. 인간이 기계같이 되어 버렸고 상상을 하고 창
조를 하는 능력을 잃어버렸다.

　셋째, 이것은 동요다. 저녁놀을 쳐다보았을 때 저절로 우러난 시심
을 노래한 것이라기보다 어른의 머리로 만들어낸 재미있는 말이다.
"저녁놀은 타는 불같다"라는 상투적인 비유를 전제로 하여 그 다음은
다만 재미있는 웃음거리가 될 얘기를 전개해 나가고 있을 뿐이다. 그

래서 이 '저녁놀은 타는 불'이란 상식의 토대가 아이들의 머리에 박혀 있지 않으면 여기 나오는 모든 서술이 죄다 황당한 것이 되고 만다. 아이들이 이 동요를 모르는 것은 당연하다.

이 세 가지 중 어느 것일까? 첫째와 둘째는 교육하는 환경이 잘못된 것이라 보는 것이고, 셋째는 동요 자체가 신통치 못하다고 보는 것이다. 세 가지 원인이 다 맞을 것도 같다.

세 가지 중 어느 것이든 모두 어른들의 잘못이다.

나도 실상 어렸을 때는 그 노래를 다만 곡조가 흥겨워 불렀을 뿐이지 부르면서 저녁놀을 눈앞에 그려보지는 않았던 것 같다.

저녁놀이라고 깨달은 것은 아주 어른이 된 뒤라고 생각한다.

또 어느 졸업생 아버지가 부른 것──.

오동나무 비바람에 잎 뜨는 이 밤
그리웁던 내 동무가 모였습니다.
이 비가 그치고 날이 밝으면
그리웁던 내 동무가 떠나갑니다.

이것은 1930년대에 나온 노래다. 그때 경향 각지에 있던 10대·30대의 젊은 동요 작가들이 한 번은 울산에 있는 동요 작가 서덕출 씨(이분은 불구의 몸으로 평생 집 밖을 나가보지 못했다고 한다)를 찾아가서 그를 위로하면서 밤을 지내는 중에 호롱불을 둘러싸고 합작으로 지은 것이 이 노래라고 한다. 그 후 이 노래는 곡이 붙여져서 전국의 교회와 야학방에서 불려졌던 것이다.

나는 오랜만에 이 노래를 이런 산골에 사는 농사짓는 사람의 목청을 통해 들으면서 무척 즐거웠다. 좋은 동요나 동시는 사람의 마음을 평생 아름다운 감정으로 젖게 해준다. 그런데 반세기 전 일제 식민지 때 아동문학을 하던 사람들의 문학하는 태도와 오늘날 문인들의 글 쓰는 태도가 비교되어 서글픈 생각이 들었다.

요즘은 글을 써도 원고지 한 장을 돈으로 따진다. 어쩌다 문인들의 모임이 있어 오랜만에 멀리 있던 사람들끼리 얼굴을 대해도 기껏해야 투표로 임원 선거나 하고 형식적인 광고 같은 것을 할 뿐이다.

세미나니 강연회니 하는 것도 내용이 공허하다. 문학에 관한 진지한 토의나 의견 교환이라곤 거의 없다. 무슨 떠벌리기 행사가 끝나면 신문에 광고 내는 것이 고작이다. 아동문학 작품이란 것이 아이들이 읽을 수도 없는 것을 자랑스레 쓰는 친구들도 허다하고, 합동 작품집은 어른들끼리 나눠 가지면 그만이다.

전국의 아동작가들 수가 2백도 넘을 것 같은데, 아이들이 즐겨 읽을 동화나 동시가 한 해에 몇 편쯤 나올까? 꿈도 노래도 없이 아이들은 어른이 되어가고 있다. 진정 그 옛날이 그립다.

송별회는 〈고향의 봄〉의 합창으로 끝났다.

오랜만에 즐거운 졸업의 날이었다.

• 1978. 4

인간의 길

"선생님, 우리 아 글씨가 이 모양입니다."

어느 농사꾼이 자기 집 아이가 쓴 공책을 펴 보이면서 말했다.

"요새 아이들은 공부란 게 말짱 책 베껴 쓰는 걸로 됐지요? 글쎄 이 놈아가 집에만 오면 숙제한다고 책 베껴 쓰는 게 일입니다. 1학년 땐 글씨가 반듯했는데 3학년인 지금은 무슨 글자인지 알 수가 없다니까요. 더러 야단을 치다가도 노상 엎드려 애쓰는 게 가엾기도 해서 버려 둡니더."

만약 학교의 선생님들에게 왜 숙제를 그렇게 많이 내는가, 또 수업 중에 글자 쓰기를 많이 시키는가 물어본다면 그들대로 이유를 말할 것이다.

숙제가 없으면 공부를 안 한다든지, 부모들이 그걸 바란다든지, 그렇게 해야 시험점수가 오른다든지, 수업도 조용히 진행된다든지 등등.

또 그 이유들이 선생님들로서는 지극히 당연하고 논리적이라 할 수도 있다.

교육 현실을 보는 이 두 가지 서로 다른 처지는 그 어느 쪽이 옳은가? 무식한 농민의 말이 옳은가? 전문적인 교육을 받고 전문적인 직무를 수행하는 교육자의 말이 옳은가? 내가 보기로는 교육을 받지 못한 농민의 소박한 의견이 백번도 더 옳다.

더 예를 들어본다. 어느 학교에서 교육 상황을 공개하는 행사가 있었다. 참관하러 간 사람들 중에는 교직에 있지 않은 분도 몇이 있었다. 마침 교문을 들어서니 교실 바깥 벽에다 제비들이 집을 짓고 있어서, 여름이 다 되었는데 이렇게 지각한 제비들도 있는가 싶어 흙을 물어 나르는 모양을 잠시 쳐다보고 있는데, 그 학교 선생님 한 분이 나오더니 이렇게 말했다.

"저놈들이 또 짓고 있네요. 날마다 장대로 제비집 뜯는 게 일인데……."

참관자들은 별일 아니란 듯이 다른 곳으로 가 버렸다. 내가 하도 기가 막혀 멍하니 서 있는데 옆에 있던 한 분이 말했다.

"제비집은 뜯지 말고 그냥 두시면 좋겠네요."

그분은 농협의 ㅅ씨였던 것이다.

한 가지만 더——.

어느 가을날 면내의 학교장들, 기관장들이 모였던 자리에서 운동회 얘기가 나왔을 때, 지서장 ㄱ씨가 이런 말을 하던 기억이 난다.

"어느 학교 운동회에 갔더니 엄마와 함께 달리기란 경기가 있었지요. 경기가 진행되고 있는데 한 아이가 도중에 달려가지 않고 울고 있기에 알고 보니 엄마가 없는 아이였어요. 그 아이는 그 운동회가 얼마나 가슴 아픈 날이 됐을까요. 그런 경기는 안 했으면 싶어요. 어머니 대신 아버지나 아저씨, 아주머니 손이라도 잡고 갈 수 있게 하든지 하면 좋지만."

교육과는 거리가 먼 자리에 있는 사람들이 교육을 전문으로 하는 사람보다 더 교육을 바로 보고 걱정하는 이런 현상을 어떻게 설명할 수 있는가?

이것은 말할 것도 없이 오늘날 산업사회의 특징인 인간 소외의 현상으로 풀어야 할 것이다. 자기가 맡은 전문분야만 들여다보는 데서 필연적으로 오게 되는 비인간화의 경향은 모든 분야에 나타나고 있다. 앞에서 교육의 비인간화 현상의 일단을 말했지만, 농협의 일이고 농민의 일이고 경찰의 일이고 교회의 일이고 다 그러할 것이다.

이제 문학을 말해 보자. 옛날에는 사랑방에서 한 사람이 책을 읽으면 방에 앉아 있는 모든 사람들이 듣고 즐겼다. 어른들은 아이들에게 옛이야기를 들려주었고, 아이들의 입에서 불려지고 전해지던 것이 동요였다. 문학은 민중들이 창조하는 것이었다. 그런데 지금은 농민들이 소설은 읽지도 않는다. 도시의 서민들도 안 읽는다. 소설의 내용은 물론이고 거기 씌어진 말이나 문장이 너무 유식하고 '전문화'되었다. 시는 흔히 고등교육을 받은 이들조차 알 수 없다고 한다. 그런데도 시를 쓰는 이들은 그럴듯한 변명을 한다.

문학이 왜 이렇게 되었는가? 문학 속에 갇혀 있기 때문이다. "나는 시인이니까 시만 쓰면 된다. 정치고 경제고 역사고 그런 것 생각하는 것은 불순하다." 이래서 시가 어렵게 되고 말장난이 되는 것이다. 이것이 문학의 비인간화 현상이다. 그래서 "난 시를 잘 몰라요" 하는 농사꾼의 소박한 말이 시를 신묘하게 해설하는 문인보다 더 시를 바로 보는 경우가 있는 것이다.

지금 아동문학이 큰 문젯거리가 되어 있다. 동화고 동시고 안 읽힌다. 시시한 내용, 아이들의 현실과는 아무런 상관이 없는 게으른 작가들의 안이한 생각, 거기에다 공연히 멋을 부려서 까다롭게 써 놓은 문장──독서를 즐기는 어른들도 그런 것을 참고 읽을 수 없는데 아이들이 어찌 읽겠는가? 하다못해 옛날의 호랑이 얘기나 도깨비 얘기를 읽었으면 읽었지 창작 동화나 동시는 안 읽는다. "재미가 없어요" 하고 동화책을 팽개치고, "시시해요" 하고 동시집을 거들떠보지도 않는 아이들의 태도는 백번도 당연한 것이다. 아동문학이 이렇게 된 것은 아동문학 작가들이 아동문학 속에 갇혀 있기 때문이다.

우리가 인간 소외 현상을 극복하려면 자기의 전문분야에만 갇혀 있지 말고 전체를 내다봐야 한다. 인간사회의 참모습을 파악해야 한다. 역사와 사회를 외면할 때 결코 인간답게 살 수 없다. 철학이 없이 동시고 동화를 쓸 수 없는 까닭이 여기에 있다. 교육도 마찬가지다. 언제나 전체를 보는 시점을 확보하고 전체를 통찰하는 현명한 정신을 가지려고 애쓰지 않으면 저도 모르는 사이에 비인간화의 울안에 갇혀버린다.

인간을 키워가고 인간의 정신을 다루는 일에 관여하는 이들은 진정한 의미의 '아웃사이더'가 되어야 할 것이다. '아웃사이더'야말로 인류의 역사를 구원할 수 있는 이들이 아닌가.

• 1982. 3. 24

문학 · 예술 단체의 문제점

우리 나라에는 전국 규모의 예술인 단체로서 예총(藝總)이 있다. 문인협회도 이 예총 안에 들어 있는 것이다. 한 나라에 문학 · 예술의 단체가 하나밖에 없다는 것은 정상적인 현상일 수 없다. 정당이 하나밖에 없는 나라의 정치가 문제되듯이, 종교가 하나밖에 없는 나라에서 신앙의 자유가 문제되듯이, 예술도 문학도 단체가 하나뿐이라면 문젯거리다. 이것은 어떤 물건을 만들고 팔고 하는 수단을 한 개인이나 회사가 점유하고 있을 경우를 생각해 보면 누구나 쉽게 수긍할 것이다. 예총과 그 산하의 여러 단체들, 그 단체들의 전국 각 지부가 일으키고 있는 여러 가지 문제들의 근원은 바로 여기에 있다.

다른 단체들의 내막은 나로서 잘 모르니 문협 얘기부터 하기로 한다.

문협은 문인들의 총집결체로서 그 임무가 막중하지만 불행하게도 할 일을 제대로 못하고 있다. 대관절 문인들이 글만 쓰면 되는 것이지,

왜 단체를 만들어 야단이냐? 그러나 문인단체가 있어야 할 까닭은 다음 몇 가지 할 일을 생각하면 알 수 있다.

① 회원들의 친목, ② 권익 옹호, ③ 작품 발표의 자리 마련, ④ 문학 수련, ⑤ 외부로 확산시키는 운동.

한국 문협은 이 다섯 가지 중 그 어느 한 가지도 만족스럽게 해온 것이 없다. 그래서 이제는 '유명무실한 단체'가 되고 '문단 파벌이나 조성하는 단체'로 외면되기도 한다. "그래도 없는 것보다는 낫다"고 말하는 사람도 있지만.

문협이 이렇게 된 까닭은 무엇보다도 문협이 비민주적으로 운영되기 때문이다.

그 가장 현저한 예는 여러 해 전 문협이 정관을 고쳐서 일반 회원들의 임원 선거의 권리를 박탈해 버린 일이다. 몇 해 만에 한 번씩 모이는 총회는 멀리 떨어져 있던 회원들이 한자리에서 만나 서로 인간적 정을 나누는 기회도 되었던 것인데, 그럴 수도 없이 되었다. 정관을 고친 이유인즉, 너무 많은 사람이 한자리에 모여 회의를 하자니 소란스럽고 과도한 선거열풍이 일어 여러 가지 불미스러운 일들이 생겨난다는 것이었다.

그러나 이것은 말도 되지 않는 핑계다. 천 명도 더 모이는 회의장에서 회의가 조용히 진행되고, 혹은 일사천리로 척척 일이 진행된다면, 그런 회의가 어찌 정상적이겠는가? 어느 정도 떠들기도 하고 질서가 없어 보이는 것이 오히려 당연하다. 또 선거 때문에 불미스러운 일들이 일어난다는 것도 잘못된 생각이다. 불미스러운 일은 그 선거를 공명정대하게 치르지 않기 때문에 일어나는 것이다.

얼마 전 문협 대구 지부 창립총회가 있었다. 사실은 경북 지부의 이름을 대구 지부로 바꾸는 일에 불과했지만, 그 회의장에서 얼마쯤 의견 교환과 논란이 있었던 것은 오히려 있을 만한 일이었고, 회의 진행과 그 결과가 미리 걱정했던 것보다는 뜻밖에 잘 되었다는 것이 참석자들의 공통된 소감이었던 것 같다. 나도 '대구 문인사회에 양식이 살아 있구나' 하는 느낌을 받았다. 전부터 여러 가지 부끄러운 얘기만 전해 들어왔는데 정말 다행이라 여겨졌다.

그러나 내 욕심이 너무 지나쳤는지 모르지만 아직도 이래서는 안 되겠다는 생각을 했다. 오랜만에 모인 문인들의 모임이 한마디로 '지부장 한 사람을 뽑기 위해 모인 것이구나' 하는 인상이 들었기 때문이다.

문인단체가 해야 할 일은 너무나 많다. 그것을 다같이 걱정하고 의논해야 할 것이 아닌가.

한 사람의 리더를 뽑으면 다 됐다는 태도는 그 단체가 병 들 소지를 구성원 전체가 스스로 만들어 놓은 것이 된다. 지부장이고 회장이고 하는 사람은 단체를 위해, 회원들을 위해 봉사하는 사람이다. 회원 위에 군림하는 사람일 수 없고 단체가 그 단체의 장을 위해 있는 것도 아니다.

문협 지부에 이어 예총 지부도 총회를 가졌다. 그 현장을 나는 보지 못했지만 예총도 지부장 뽑는 행사가 된 모양이다. 그리고 문협과 무용협회 대의원들이 퇴장을 하고 나머지 대의원만으로 선거를 했다고 하며 여러 가지 반갑지 못한 뒷얘기가 나돌고 있다.

예술단체·문인단체의 이런 비민주적인 운영의 전통은 그것이 고질이 되어 이제는 치유하기 어려운 상태에까지 와 있는 경우가 허다하다.

그리고 이런 병폐는 지방에 흩어져 있는 모든 문학 서클에 만연되고 있어 심히 우려된다. 특수한 예외가 있기는 하지만 문인들의 서클이나 단체의 장은 대체로 장기집권이다. 대개 임원 개선 때는 전임자의 적당한 조치에 의해 어물어물 '유임'으로 넘겨 버린다.

그러다가 일부 각성한 회원들이 이를 시정하여 정당한 선거 절차를 밟으려 하면 그때는 온갖 음성적인 수단을 써서 득표공작을 한다. 문단 파벌은 이래서 생긴다. 대관절 지부장이고 회장의 자리를 언제까지나 독점하고 싶어하는 이 못된 버릇은 어디서 배웠는가? 글을 쓰고 예술을 창조한다는 사람들이 그런 일은 못하더라도 단체 하나 민주적으로 운영하는 것만은 정직하게 실천해 보여야 할 것이 아닌가?

현재 문인단체나 서클에서 하고 있는 가장 두드러진 일은 기관지나 동인지의 발간이다. 그런데 이런 기관지, 특히 지방에서 내는 동인지의 대부분이 일반 상업지의 흉내를 내어 만들어지고, 중앙 문단 지향적인 편집을 하고 있다. 회지나 동인지의 발간 비용을 어떤 특수한 분의 지원에 의존할 경우 그 독지가와는 매우 불편한 관계가 성립되는 것이 상례다. 이래서 순수해야 할 작품집에 정계 인사의 이름이 광고되고 엉뚱한 상품광고가 나온다. 예로부터 우리의 선비들은 가난 속에 살면서 지조를 팔지 않았음을 자랑으로 여겼다. 선거자금을 받아 수백 페이지의 화려한 작품집 내는 것을 부끄럽게 여겨야 하고, 단 몇십 페이지의 프린트판 동인지라도 깨끗이 내는 것을 자랑스럽게 여겨야 할 것이다.

이제 우리의 양식이 그 어느 한 모퉁이를 자리잡게 된 기회에 모든 비뚤어진 것을 바로잡도록 하는 선비 정신을 발휘할 만하다. 그러나 예총이고 문협이고 그밖의 모든 문인 서클들이 제 노릇을 하자면 아직도 앞길이 요원한 것 같다.

그것은 외부와의 대결에 의한 문제 해결보다도 오히려 우리들 내부에서 각자의 마음속에 도사리고 있는 비문학적 · 비예술적 · 비인간적 요소들과의 싸움에서 우선 이겨야 할 일이 시급하고 매우 어려운 과제가 되어 있기 때문이다.

• 1982. 4. 9

웅변에 대하여

　　　　　　　　　　　🍃　　말을 잘하는 사람을 보면 부럽
다. 내가 말을 못하기 때문이다. 그런데 말을 잘하는 사람이 싫은 때가
있다. 이런 경우가 더 많다. 일반적으로 말을 잘하는 사람은 믿기지 않
는다는 생각이다.

　교도소에서 오랫동안 죄수들을 접촉한 경험이 있는 분한테서 들은
얘기다. 살인을 한 이른바 흉악범들은 거의 예외 없이 그 마음이 지극
히 단순하고 솔직하단다. 이런 사람이 어떻게 그런 끔찍한 범죄를 저
질렀을까 의심이 들 정도란다. 그리고 교도소에서 가장 다루기 어렵고
질이 나쁜 사람은 사기범이라는 것이다.

　정말 그렇겠다는 생각이 든다. 사람을 죽이는 일은 대개 감정이 순
간적으로 폭발해서 그것을 스스로 억제하지 못하는 단순 솔직한 성격
을 가진 사람이 범한다. 반면에 자기의 행동을 면밀히 계산하는 지능
적인 사람은 그 행동 다음에 올 것이 무엇인가를 잘 알기 때문에 흉기

를 휘두르는 졸렬한 짓은 안한다. 사기꾼들은 흉기 아닌 다른 것으로 사람을 괴롭히고 남의 피를 말리는 짓을 지능적으로 하는 것이다.

나는 여기서 결코 살인자를 옹호하려는 것이 아니다. 다만 지능적으로 남을 속이는 행위의 악랄성과 그것이 사회적으로 미치는 해독이 큼을 말하고 싶은 것이다.

말을 팔아먹는 사람에 대해서 우리는 경계해야 한다. 예를 들자면 정치가 · 목사 · 교육자 등등이다. 말과 글을 쓰는 문인들도 귀한 일을 하지만 한편 국가와 민족을 팔아넘기는 수가 역사상에 있었다.

말을 할 때는 그 말의 알맹이가 무엇인가 하는 것이 가장 중요하다. 그 다음에는 말의 요지를 어떻게 알기 쉽게 효과적으로 상대방에게 전하는가 하는 기술 문제가 따른다. 기술이나 태도는 말의 알맹이에 따라 결정된다. 그런데 내용이 아무것도 아니거나 이상야릇한 것이면서 기술과 태도만을 크게 강조한다든지 교묘하게 꾸며 보이는 말이 있다. 요즘 성행하는 소위 웅변이 바로 이것이다.

우리들은 오랫동안 속이 빈 웅변이 횡행하는 시대를 살아온 것 같은데, 특히 요즘에 와서 더욱 그런 생각이 든다. 그래서 나는 언제부턴가 남들이 하는 말의 알맹이에는 애당초 관심이 없고 말하는 태도만 보는 버릇이 생겼다.

흔히 라디오에서 흘러나오는 종교인들의 설교를 들으면 그 넘쳐나는 듯한 자신만만함에 어리둥절해진다. 더러는 높은 자리에서 사람들을 내려다보고 마구 꾸짖고 호령하는 듯하여 말하는 사람의 오만한 모습이 눈에 선하다. 이런 분들의 말에서는 겸허란 미덕을 찾아보기가 지극히 어렵다.

교육자들은 (말 아닌 행동으로 많은 희생을 하기는 하지만) 어째서 그렇게도 자화자찬이 많은가? 교문에다 "선생님, 고맙습니다"란 플래카드를 걸어 놓은 것이 예사로 여겨질 만큼 교육자들의 자랑도 당연한 것으로 된 것 같다.

정치가들이야 옛날부터 그랬으니 말해 무엇하랴. 문인들— 특히 아동문학인들은 아이들 앞에서 서로 작품을 추켜세우는 것을 '평론'이라고 알고 있는 형편이다. 세상은 바야흐로 속이 빈 말로 꽃이 핀 시대가 된 것 같다. 어른이 이러니 아이들이 어찌 다를 수 있겠는가.

동화대회란 것이 있다. 연사로 나선 아이들이 어울리지도 않는 목소리에다가 억지로 과장해 보이는 손짓·몸짓으로 흡사 연극을 하듯 하는 것인데, 그런 것을 볼 때마다 아이들이 가엾다는 생각을 금할 수 없다. 어른들이 아이들에게 들려주는 동화대회가 되어야지 어째서 아이들을 그렇게 해서 괴롭히는지 한심하다.

동화대회보다 한층 더 나쁜 것이 웅변대회다. 학교대표로 뽑힌 선수들이 한결같이 어른들의 말을 외우면서 고래고래 고함을 지른다. 그것은 결코 말이 아니다. 보기에도 딱한 무용이요, 비참한 연극이란 느낌이다. 어떤 학생은 수없이 우려먹은 어느 웅변집에 나온 글을 외우고, 어떤 학생은 가난한 자기 집의 기막힌 얘기를 (물론 거짓말로) 하면서 눈물이 나서 견딜 수 없다고 바락바락 악을 쓰듯 고함친다. 그리고 모든 연사들은 하나같이 이따금 이렇게 호소하는 것을 잊지 않는다.

"이 꼬마(이 어린이, 이 소녀)는 만장의 여러분께 눈물로 외치는 바입니다!"

이럴 때가 웅변의 절정이다. 연사는 혼신의 힘으로 목소리를 짜내어 두 팔을 들어올리면서 기를 쓴다. 그러면 그때마다 관중으로 앉아 있던 학생들은 기계적으로 짝짝 손뼉을 치는 것이다. 말에 감동해서가 아니라 그런 놀라운 연극을 해 보이는 것이 우스워서 그러는 것임은 박수를 치는 학생들이 모두 히죽히죽 웃고 있는 것을 보면 알 수 있다.

학생들의 웅변이 꽃피는 5월과 6월.

아이들이 왜 이 모양으로 되어 버렸는가? 아이들을 왜 이 꼴로 만드는가?

아이들이 쓰는 글이 또 아이들의 웅변을 닮아가고 있다. 날마다 집에서 쓰는 일기는 착한 일을 한 것같이, 효도를 한 것같이 쓴다. 어쩌다 교실에서 쓰게 되는 글도 어른들의 교훈을 그대로 되풀이한다.

기껏 자유스럽게 쓴다는 것이 한갓 우스갯거리 같은 얘기다. 신문 잡지에 나오는 글의 대부분은 남의 것을 모방한 것이다. 글이란 자기의 마음과 생활을 쓰는 것이 아니라 머리로 꾸며 만드는 거짓말이라고 알게 되었다.

며칠 전 어느 아이의 일기를 보다가 새삼 정신이 번쩍 났다.

"나는 일기 쓰기가 지긋지긋하게 싫다. 그래도 두들겨 맞는 것보다는 낫다."

이 아이는 그래도 정직하게 썼다. 이 일기를 담임선생님이 읽는다면, 왜 이런 글을 썼나? 자랑거리를 써야 한다고 나무랄지 모른다. 일기를 쓰기 싫은 것을 쓰기 싫다고도 쓰지 못하게 하면 얼마나 더 쓰기가 싫어질 것인가?

빈 말과 빈 글이 난무하는 시대에는 차라리 입을 다물고 글도 쓰지 않는 것이 옳을지 모른다. 그러나 아이들이 잘못 자라나고 있는 것만은 가만히 보고 있을 수 없다. 이것만은 서투른 말이라도 더듬더듬 이렇게 지껄여야 될 것 같다.

• 1982. 6. 11

학생들과 농촌 봉사

얼마 전 토요일 오후 시내로 오는 직행버스를 탔을 때다. 뒤쪽 좌석에 젊은이들이 한 패 앉고 서고 하여 노래를 부르고 손뼉을 치고 기성을 지르면서 야단법석을 치는데 어찌나 시끄럽고 그 부르는 노래가 저속 경박한지 참 듣기가 거북했다. 다른 승객들도 더러 뒤를 돌아보고는 얼굴을 찌푸렸지만 아무 말이 없었다. 안내양이 떠들지 말아달라, 조용히 해달라고 몇 번이나 말했지만 그들은 도리어 안내양을 놀리고 있었다. 이런 경우 승객들이 모두 참고만 있는 것은 세상살이에서 별의별 일을 다 참아야 하는 슬픈 습성이 들어서 그렇기도 하지만 차를 타면 어차피 우리는 당하는 것 아닌가. 젊은이들이 안 떠들면 운전사가 틀어 놓은 카세트의 유행가를 귀 아프게 들어야 하는 것이다.

버스가 이따금 정류소에서 쉴 때마다 그 젊은이들은 내려가 소주를 사와서는 마셨다. 이 가뭄에 어디 물 마른 냇바닥에 가서 고기라도 잡아먹고 놀다오는 도시의 놈팡이들이겠지 했더니 발악을 하듯 질러대는 노래가 어떤 것은 학교의 교가가 아닌가 싶은 것도 들리기에 다시 뒤를 돌아보니 아가씨들도 몇이 끼어 있었다. 혹시 농촌 봉사를 갔다 오는 학생들이 아닌가 하는 생각이 들었지만, 그러나 설마 대학생들이 이럴 수가 있는가?

버스가 시내에 들어서자 그때야 조용해졌다. 정류소에서 먼저 내린 나는 그 젊은이들의 정체가 궁금해서 나오는 그들을 기다렸다. 남녀 모두 10명쯤 됐을까? 배낭을 지고 혹은 가방을 들고 나온다. 나는 맨 뒤에 내린 한 아가씨에게 물었다.

"벌써 봉사활동 갔다오는군요?"

"예, 봉사활동 마치고 옵니다."

"어느 곳엘 갔지요?"

"○○에 갔어요."

"어느 학교지요?"

"○○입니다."

○○는 전문대학 이름이다. 대체 이런 학생들이 농촌에 가서 봉사활동을 했다니 무슨 일을 한 것일까?

지난해 일이 생각난다. 전임지 ○○군의 어느 벽촌에 있을 때 서울과 지방도시의 두 곳에서 학생들이 봉사활동을 하러 왔다. 그중 지방도시 학생들의 얘기인데, 그들이 다녀간 뒤에 마을에 가서 학생들을 어떻게 생각하는가 물었더니 한 마을 사람이 이렇게 말했다.

"고추밭에 약을 쳐준다기에 시켰더니 건들건들 밭고랑을 다니기만 하지 약을 제대로 뿌려야지요. 결국 약만 없애고 다시 쳐야 했지요. 풀도 못 뽑고 귀찮기만 해요. 제발 봉사단 학생들 안 왔으면 좋겠어요."

이 학생 봉사단 대표가 하루는 학교에 찾아왔던 것이다.

"내일 밤 동민 위안잔치를 열까 하는데요. 운동장 좀 빌려주셔요."

"위안잔치라니 어떻게 하는 거지?"

"떡하고 음료수 같은 걸 준비하고 있어요. 노래자랑 같은 것도 해 보일까 합니다."

나는 좀 수긍이 안 가는 점이 있어서 의견을 붙였다.

"운동장 쓰는 거야 문제없지. 그런데 학생들도 대개 농촌 출신일 테고 부모님한테 학비 얻어와서 어렵게 지낼 것인데 떡이고 뭐고 사올 것까지 있을까? 꼭 생각이 있으면 음료수나 간단히 준비하는 게 어떨까? 술은 물론 안 되고."

이랬더니 학생 대표 말이 "예, 우리도 그런 것쯤 잘 알아요" 하고 가버렸다. 그 태도로 보아 "지도교수님도 그런 말 안 하는데 건방지게 우리한테 뭘 가르친다고?" 하는 것이 분명했다. 그 동민들 위안한다는 밤에 나는 학교에 없었다. 다음날 동료 직원들의 얘기가 이랬다.

"어젯밤에 선생님들이 모두 나와봤더니 참 기가 막혔어요. 노래고 춤이고 대학생들이 하는 게 얼마나 저질인지 차마 볼 수가 없어서 그만 저희들은 그 자리를 피해 나와 버렸습니다."

나는 그 말에 분노를 느꼈다. 농·산촌에는 그래도 아직 늙은이들을 도와 고된 농사일을 참으면서 살고 있는 청소년들이 조금은 있다. 이 청소년들이 도시에서 온 대학생들의 이런 꼴을 보고 자신의 삶과 세상을 어떻게 생각했을까? 국민학교 선생님들이 "차마 볼 수 없었다"고할 정도라면 얼마나 '저질'이었을까?

대학생들의 농촌활동이 다 이런 것은 아니다. 같은 지난 여름, 서울 어느 교회에 소속된 학생 단체에서 온 30여 명의 여학생 봉사단은 아마 이런 활동으로서는 하나의 모범이 될 만했다. 그들은 아침부터 저녁까지 마을 사람들이 그만두라는데도 쉬지 않고 땀투성이가 되어 논밭의 잡풀을 뽑았다. 마을에 폐를 끼친 일은 추호도 없었다. 그래서 지도교수도 없이 찾아온 학생들을 처음에는 경계하던 당국에서도 마음을 놓았고 "제 입장이 참 곤란하게 됐어요" 하던 동장님도 나중에는 동민들과 함께 학생들을 극찬했던 것이다. 몇 가지 일화까지 남긴 이 학생들은 너무나 훌륭해서 나 자신도 많이 배웠다고 생각한다.

여기서 나는 서울과 지방의 학생을 대조해서 문제를 삼으려는 것이 아니다. 지방의 학생이라고 해서 다 그런 것은 아닐 것이다. 다만 학생들의 농촌 봉사활동의 뜻을 한 번 생각해 보고 싶다.

학생 봉사단이 방학 때 농촌에 가는 것은 시원한 공기나 마시고 자연을 즐기기 위해서라고 말할 사람은 없으리라. 더구나 농민들에게 도시의 팔자 좋은 학생들의 모습을 보여주기 위해서라고 할 사람은 없을 것이다. 농민들의 어리석음을 깨우쳐주는 것이 목적이라고 할 사람도 없겠다. 그런데 내가 보기로는 그들이 표방하는 것이야 어찌 되었든 결과적으로는 위와 같은 것이 되어 버린 경우가 많은 것이 분명하다.

학생들이 농촌에 가서 농민들과 함께 땀 흘려 일하는 기회를 갖는 것이 바람직한 것은 그런 체험을 통하지 않고서는 인간의 삶을 전체적으로 이해하고 파악하기가 매우 어렵기 때문일 것이다. 그렇다면 이것은 봉사가 아니라 어디까지나 귀중한 학습이요, 실습이다. 농촌에 가면 일자무식의 농민들도 학생들 앞에서는 선생이 되어야 하는 까닭이 여기에 있다. 어찌 돼먹지 못한 노래나 양춤으로 농민들을 놀라게 해서 쓰겠는가?

• 1982. 7. 27

출판기념회 이래도 좋은가

언제부터 있었던 것인지 몰라도 출판기념회란 것이 있다. 문인이나 학자들의 저서가 출간된 것을 기념하기 위한 모임이다. 대관절 글을 쓰는 사람이 책을 냈으면 그걸 책방에 내어놓고 독자들이 자유롭게 사서 읽도록 하면 될 것이지 출판기념회란 무슨 짓인가? 그러나 옛날에 천자책 한 권을 다 떼면 떡을 해 먹었듯이, 한 권의 책을 저술한 노작의 값어치를 생각해 보는 기회를 갖는 것이 나쁘다고 할 수 없다. 그래서 이런 풍습이 생긴 모양이다.

출판기념회는 첫째 책이 나온 것을 많은 사람들에게 알리고, 다음에 친지와 선후배들에게 책을 나눠주며, 또 한 가지 책에 대한 평가를 받는 데 그 뜻이 있다 하겠다.

그러니 이 행사는 저자를 위한 것인 동시에 지우(知友)와 독자를 위한 것이다. 결코 저자 한 사람의 영광을 위한 자리로 끝날 수 없으며, 참가자들이 책을 사주거나 부조를 하는 모임으로 그칠 수 없다. 책을 통해 저자와 지우, 독자들이 서로 만나고 그리하여 저자로서 혹은 독자로서 해야 할 어떤 문화적 사명을 확인하는 기회가 되도록 하는 것이다.

출판기념회에는 참석자들이 일정한 회비를 낸다. 그 회비는 그 모임에서 나눠 받게 되는 책값과 간단한 연회비로 충당된다. 이러한 출판기념회의 운영 형태는 그것이 저자와 독자 모두를 위한 문화적 행사임을 잘 말해 주는 것이다.

그런데 언제부터인가 이런 순수한 출판기념회의 행사가 많이 변질이 되었다. 출판기념회가 문학 창작이나 학문 탐구의 성과를 축하하고, 그 참 내용을 이해하고, 혹은 보급하는 계기가 되기보다 저자의 경력과 저작물을 일방적으로 과시하고 선전하는 자리가 된 것 같다. 그리고 갈수록 이런 경향이 심해지는 느낌이다.

저자의 사회적 지위를 과시하는 듯한 거창한 집회, 국회의원 입후보자의 경력 선전을 방불케 하는 저자의 약력 소개, 감사패와 꽃다발 증정, 아이들의 노래 동원, 저자에 대한 공허한 예찬……등등, 이런 출판기념회가 전국의 어느 도시에서도 있었다는 것을 나는 많이 들었고, 또 실제로 보기도 했다. 마치 기념 행사의 규모와 그 요란함의 정도에 따라 저자의 사회적 인기나 가치가 결정되는 것처럼 알고 있는 문인들이 적지 않은 것 같다.

그런데 이렇듯 얼굴이 찌푸려지는 출판기념회가 흔히 아동문학인들에 의해 이따금 열리고 있는 사실에 주목하지 않을 수 없다. 이것은 아동문학 작품과 아동서적이 정상적인 상품 유통 질서에 의해 독자들에게 읽히지 못하고 있는 상황에서 그 원인을 찾아볼 수 있는 일부 아동문인들의 작품의 저질적 경향과 비정상적인 문단 처세의 일면이라고 볼 수 있다.

특히 이런 아동문학인들이(대부분 교직자들이라) 학부모들을 상대로 자기의 저서를 팔기 위한 수단으로 출판기념회를 연다는 말이 있고, 학부모들의 찬조금을 노려 기념회 안내장을 대량으로 돌린다는 얘기도 있는데, 이런 일이 사실이 아니기를 바란다. 이런 소문이 돈다는 것은 결코 반가운 일이 아니다.

언젠가 서울의 세종문화회관에서 호화판 출판기념회를 열었던 것도 어느 동시인의 짓이었다. 작품이 시원찮은 작가, 문학정신을 상실한 저질의 문인일수록 비문학적인 행사에 관심을 가지고 자기를 내보이려고 하는 것이다.

"서울이나 부산이나 광주 같은 도시에서는 교직에 있는 아동문인이 책만 냈다 하면 몇천 권쯤은 문제없이 팔 수 있다."

이런 말을 오래 전부터 듣고 있다. 지금도 그럴 것이다. 그런데 책을 아이들(어른들)이 사주든 안 사주든 책방을 통하지 않고 교실에서 선생님이 판다는 것은 적어도 현재 우리 나라의 교육 상황으로서는 크게 잘못된 일이다.

더구나 요즘같이 아이들의 삶의 세계와 인연이 없는 글, 그래서 도무지 아이들에게 읽히지 않는 글을 동화니 동시니 하여 고운 책으로만 만들어내고 있는 형편에서 선생님이라는 자리를 이용해서 이런 책을 팔거나 읽기를 강요한다면 이것은 예사로운 일이 아니다. 아이들이 독서를 싫어하고 문학을 멀리하도록 하는 일을 아동문학인이 솔선해서 하는 죄를 범하지 말아야 하겠다.

나는 최근 ㄱ읍에 있는 시인 ㅊ씨를 알게 된 것을 무척 기쁘게 생각한다. ㅊ씨는 얼마 전에 시집을 한 권 냈다. 그는 매우 가난하게 살면서도 그 시집을 한 권도 책방에조차 내놓지 않았다. 이유인즉 심혈을 기울여 쓴 시집을 상품으로 팔 수 없다는 것. 그래서 그 시집을 꼭 볼 만한 이들에게만 기증해 주었다는 것이다.

그 시집의 기증을 받은 사람 가운데 ㅊ씨의 옛 은사 한 분이 있어 반갑고 고맙다는 편지를 보내왔다. 그런데 편지 받은 며칠 뒤 그 은사가 고급 관리로 취임했다는 신문기사를 읽고 ㅊ씨는 그만 그 편지를 찾아내어 찢어 버렸다고 한다.

이만한 정신이 있고서야 시를 쓰고 문학을 할 수 있겠다는 생각이 든다. 일정한 수입이 없는 가난한 문인이 이러한데, 버젓한 직업을 가지고 있는 문인이라면(더구나 아이들을 위한다는 교육자요, 아동작가라면) 더러 책을 내어 봉사할 만도 하지 않은가.

시시한 책을 책방에 내어놓는 나 같은 속물이야 부끄러워 말도 못할 판이지만, 아동문학이란 이름으로 읽을 수도 없는 책을 함부로 만들어 아이들에게 직접 판다는 것은 열 번도 더 뉘우쳐야 할 일인 줄 안다. 출판기념회를 떠벌려 자기 선전으로 입신하려는 짓거리와 함께.

모든 사람들의 삶이 제각기 다른 양상으로 비뚤어진 모습을 보이고 있는 것이 지금의 시대 상황이다. 그리하여 온갖 행동을 규제하는 말들이 귀를 아프게 하지만, 진정 우리의 정신을 맑게 하는 말은 없다. 이런 때에 우리는 정신을 바짝 차리고 항상 자신을 채찍질하지 않으면 어느새 저도 몰래 오염되어 혼탁한 무리들 속에 자신을 잃고 하루살이의 춤을 추게 된다. 정말 서로 타이르고 일깨워야 할 일 아닌가?

• 1982. 8. 19

말과 글의 어지러움

계명(啓明)대학을 말할 때 '계—
명'이라고 길게 발음하지 않고 짧게 발음하면 '개명(開明)'이 되거나
'계명(鷄鳴)'이 된다. 그런데도 틀리게 발음하는 사람이 많더니 이제는
이 학교의 이름을 바르게 소리 내는 이가 극히 드물게 된 것 같다.

요즘 '의식개혁(意識改革)'이란 말이 많이 쓰인다. 이것도 '의—식'
이라고 말해야 제대로 뜻이 통한다. 그런데 거의 모든 사람들이 '의'를
짧게 소리 내어 '의식(衣食) 개혁'이라 말하고 있다. 이와 같이 한자말
을 잘못 발음하는 예는 얼마든지 들 수 있을 것이다.

이러한 한자말의 잘못된 발음은 해방 후 한글을 위주로 쓰게 됨에
따라 일어난 혼란이라고 보기 쉽다. 그러나 근원을 따져서 정확하게
말하면 우리의 선조들이 너무나 오랫동안 우리의 말글을 멸시하고 남
의 나라의 말글을 숭상해 왔기 때문에 어쩔 수 없이 물려받게 된 죗값
이라 해야 할 것이다.

외국 말글 숭상의 부끄러운 역사는 조상을 나무랄 것 없이 지금도 여전히 계속되고 있다.

여기 어느 야학생이 쓴 글을 소개해 본다.

어느 날 나는 시내 백화점에 들어가 T셔츠를 고르고 있었다. 이것저것을 고르고 있는데 외국 손님이 들어왔다. 아마 T셔츠를 사러 왔나 보다.

상점 주인은 이것저것을 자꾸 내놓았다. 외국 손님은 자꾸 그것들을 꺼려했다. 그러면서 서투른 한국말로 이렇게 영어가 씌어 있는 것 말고 한글이 새겨져 있는 T셔츠는 없느냐고 하는 것이다.

아! 하고 갑자기 뒤통수를 때리는 게 있었다. 나는 그것을 보고 정말 느낀 점이 많다. 왜 어째서 외국 사람은 한글 T셔츠를 찾는데 우리는 한글을 외면하나……

어찌 T셔츠뿐이랴. 신발이고 모자고 가방이고 공책이고 모조리 영어 글자로 된 딱지가 붙어 있다. 어린애들 장난감은 더 기가 막힌 꼴이다. 이건 분명 넋이 빠져 버린 민족 아닌가.

더욱 슬픈 일은 이러한 우리 자신의 참모습을 흔히 외국 사람들을 통해서야 깨닫게 된다는 사실이다.

남의 나라 말글을 정신없이 좋아하는 태도는 한편 제 나라 말글을 멸시하고 학대하는 모습으로 나타난다.

모든 학교에서 한글을 가르치고 익히기를 서른 여덟 해 동안 하여 왔건만 아직도 우리 국민 대다수는 맞춤법을 정확히 모르고 낱말의 띄어쓰기를 잘못하고 있다. 가르치는 선생님들부터 그렇다. 결코 한글이 어려워서가 아니다. 생각이 없는 것이다. 머리 싸매고 남의 나라 글 배우려고 하는 반의 반만 힘썼더라도 모든 중고등학교 졸업생들이 어느 정도 정확하게 한글로 자기의 느낌과 생각을 표현할 수 있을 것이다. 아니, 국민학교 졸업생들도 그럴 것이다.

우리 말글에 대한 학대는 글을 전문으로 쓴다는 일부 문인들의 글 쓰는 경향에서 또 다른 모습으로 나타나고 있는 것을 본다.

강아지 소리가 대문 닫히는 소리에 매달려갔다. ○○는 얼른 사라져가는 그 소리의 끝을 붙잡았다.

어느 신춘문예 당선 동화에 나온 문장이다. 동화작가들의 이러한 말장난은 얼마든지 그 예를 들 수 있다. 이것은 모국어를 우롱하는 짓이라 판단된다.

말장난은 동시에서 더 현저하다.

뻐꾸기 소리가 / 메아리에 걸려 / 허공에 떴다

숲속에 묻힌 솔방울 소리 몇 개씩 귓바퀴에 걸어두고

이런 걸 문학으로 아는 모양이니 한심스럽다. 아이들이 읽도록 써 보이는 글이 이 꼴이니 그 아이들이 어찌 제대로 쓰겠는가?

어느 소녀의 편지글 첫머리가 이렇다.

섭리에 따르는 계절의 순서 앞에 낭만을 만끽하는 앙상블 아니면

속죄하는 참회의 몸부림, 오직 찢어진 하늘 조각을 마구 흩날리며
계절을 반항하듯 낙엽은 날아갔나 봅니다.

이건 '기체후 일향만강' 식보다는 한층 더 악화된 상태가 아닌가. 국
민학교 분교장에서 소박한 시를 쓰면서 자란 아이가 학교를 졸업한 뒤
문인들의 글을 읽더니 이런 꼴이 돼 버렸다.

우리의 말과 글을 부끄럽게 쓰고 있는 또 다른 경우는 구호와 간판
을 함부로 내거는 일이다. 한동안 각 관공서나 단체에서 걸핏하면 내
걸던 온갖 구호는 참 많이 줄어들었지만 아직도 다 없어졌다고 할 수
없다. 더러 시골의 마을 앞을 지날 때면 제발 저런 간판은 세우지 말았
으면 싶은 것이 길가에 커다랗게 서 있다.

학교나 절·공원 같은 데는 흔히 나뭇가지에 '자연보호'라는 표찰
이 달려 있는데, 그걸 달아놓은 철사가 나뭇가지에 파고들어가 있기
예사다.

언젠가 각 학교마다 '2등은 싫다!'란 구호를 학생들이 모두 쳐다보
는 자리에 커다랗게 써서 걸었던 때가 있었다. 아무리 체육을 장려했
기로서니 이렇게 천박한 구호를 교육을 한다고 하는 학원에다 게시했
다는 것은 분명히 우리 교육자들의 수치스런 행적으로 앞날을 위해서
도 한 차례 반성할 필요가 있다.

말과 글이 어지럽게 되었다. 말의 혼란은 의식의 혼란이고 의식의
혼란은 삶의 혼란이다. 말과 글은 틀리지 않게 써야 하고, 흉내를 내지
말아야 하고, 장난삼아 쓰지 말아야 한다. 그리고 획일적으로, 강압적
으로 써서도 안 된다.

실체가 없는 말, 감동이 따르지 않는 말, 삶에서 유리된 쭉정이 같은

말이 허공에 난무하는 사회가 되지 않도록 우리 모두 말을 순화하기에 힘써야 하겠다. 말의 순화는 삶의 순화다.

• 1982. 8. 9

교육자의 열등감

어느 때 영국의 찰스 2세는 버스비 박사의 교실을 방문했다. 그러나 버스비 박사는 눈썹 하나 까딱하지 않고 모자를 쓴 채 교실 안을 활보했다. 그러자 찰스 2세는 모자를 벗어 팔 밑에 끼고서 공손히 그의 뒤를 따라 걸었다. 나중에 찰스 2세가 문간에서 작별을 고하려고 하자 그때서야 박사는 찰스 2세에게 정중히 아뢰었다.

"폐하, 소신이 저지른 오늘의 불경을 용서해 주시기 바랍니다. 만일 소신의 학교 어린이들이 이 나라에서 소신보다도 위대한 사람이 있다고 믿으면 소신은 결코 이 어린이들을 지도할 수가 없을 것이기 때문입니다."

아침에 ㅅ교수의 수상집을 펴 놓고 마침 이 대문을 읽고 있는데 신문사에서 전화가 왔다. 오늘 ㅈ신문 7면에 나온 기사 제목에 '지방 행사 때 국민학교장 우대를' 하는 것이 있으니 그걸 보고 소감을 적으란 주문이었다. 곧 신문을 구해 보았더니 "옛날 우리가 시골에서 자랄 때는 그 고장에서 국민학교 선생님이나 교장선생님은 학생들 생각에 제일 훌륭하고 높은 분으로 여겼고 학생뿐 아니고 학부형들도 그렇게 알고 존경했다……"라는 자세한 대통령 담화문이 기사로 나와 있다. 제할 일도 못하고 있는 우리 교원들로서 너무나 고마운 말씀이 아닐 수 없다.

오늘날 우리 교육이 제대로 안 되는 가장 큰 원인의 하나가 교원들이 열등감을 가진 때문이다. 이 열등감은 특히 국민학교 교원의 경우가 심하다. 그 까닭은 사회적 · 물질적 대우가 다른 직종에 비해 박하다는 데 있다. 요즘은 농촌 사람들조차 교원들을 대수롭잖게 여기게 되었다. 그러니 도시의 교원들이 거리에서 자기가 가르치고 있는 아이들을 만나 인사를 받고 난처한 표정을 짓는 것이 당연하다.

모든 가치가 물질로, 금전으로 환산되고 겉모양으로 등급이 매겨지는 세상이 되었다. 어린 학생들이 선생님을 우러러보도록 하려면 무엇보다도 교원들의 처우가 개선되어야 한다. 특히 농어촌 도서 벽지의 교원 우대책이 시급하다. 보수 문제는 말할 것도 없고, 무슨 행사 때 교장들이 말석에 앉게 된다는 일도 시정되어야 할 것이다. 한 나라의 임금이 교실에 찾아왔는데도 선생님은 모자를 쓰고 어깨를 펴고 교실을 활보하고, 그 임금님은 모자를 벗고 공손히 따랐다는 얘기— 이와 비슷한 교육 일화는 어느 나라에도 있었던 것이다.

우리 어린이들이 참된 교육을 받기 위해서는 학교에 찾아오는 장학사고 교육장이고 교육감이고 어떤 사람이든지 선생님 앞에 머리를 숙이고 꼼짝못하는 광경을 어린이들에게 보여주어야 한다. 행정하는 사람들이 교육자 위에 군림하지 않도록 해야 하겠고, 특히 말썽 많은 공문 지시와 과도한 사무 부담으로 교육자들을 괴롭히고 사기를 떨어뜨리는 일은 고쳐져야 한다.

그러나 나는 이러한 외부적이고 물질적인 면의 대우 개선만으로 교원들의 열등감이 완전히 해소되리라고는 믿지 않는다. 그런 것은 결국 상대적인 것이기 때문이다. 무엇보다도 중요한 것은 교육자로서의 신념과 긍지를 지니는 일이다. 그리고 입신출세식 관점에서 벗어나는 일이다.

며칠 전 나는 한 동료로부터, 그가 다른 여러 동료 교장들에게 내 책을 읽으라고 권했더니 그들이 모두 "적어도 교수나 박사쯤 되면 모르지만 우리같이 산골에 있는 교장이 쓴 거 뭐 읽을 게 있는가" 하더라는 말을 들었다. 이렇게 자기 자신을 열등시하는 교장들이 무슨 교육을 하겠는가? 모멸은 남들로부터 받기 전에 자기 스스로 하는 것이다. 맨 끝자리에 앉아 있더라도 조금도 부끄러워하지 않고 열등감을 갖지 않고 자랑스럽게 자기 일을 해야만 교육이 된다.

아이들을 윗자리에 앉도록 하기 위해 서로 다투는 교육을 해서는 안 된다. 끝자리가 중요하다. 고급 관리나 사장보다 농사꾼이 더 중요하다. 좀더 정확히 말하자면 윗자리고 끝자리고 없는 것이다. 입신출세식 교육을 지양해야 한다.

나는 지금 꽁보리밥에 된장 반찬이 부끄러워 점심밥을 안 가져와서 점심을 굶는 아이들의 문제를 해결하지 못하고 괴로워하고 있다. 꽁보리밥을 가져와도 당당하게 내어 놓고 먹는 아이들이 되도록 해야만 비로소 교육이 이뤄질 것이고, 그렇게 되도록 우리가 하는 모든 교육 방법을 다시 검토해야 할 것이다.

• 1979. 6

제4부

꼴찌를 기르는 교육

우리는 왜 사랑을 잃었는가

지난해 여름 대학생 농촌 봉사단이 학교에 와서 국민학생들을 지도하는 것을 본 일이 있다.

그 대학생들은 아이들의 심리나 발달 정도 같은 것을 몰라서 그랬겠지만, 가르치는 방법이 아주 서툴렀다. 가령 음악이라면 곡조가 아이들 정도에 맞지 않고 너무 음정이 높거나 어려운 것을 가르치고 있었다. 중학생이나 부를 노래를 국민학교 저학년들에게 가르치려고 하는 것이 딱하기도 했다. 또 쉬는 시간도 없이 그 무더운 한여름에 두 시간이고 세 시간이고 연달아 교실에 데리고 있기 예사였다. 그런데 참 신기하게 느낀 것은 아이들이 평소와는 판이하게 열심히 배우고 선생(대학생)을 잘 따르고 있는 사실이었다. 담임교사가 지도했더라면 20분도 그대로 계속하지 못해 교실 여기저기서 웅성거리는 말소리가 들릴 것이고, 그래서 교사가 크게 고함을 지르거나 호령을 해서 억압적 통제 방법을 썼을 것인데, 이건 몇 시간을 그렇게 계속해도 아이들을 매로 때리는 일은 물론이고 꾸중하는 일도 없었다.

평소에는 학습에 흥미가 없어 억지로 자리에 앉아 있던 아이들도 눈빛을 반짝거리면서 학습에 열심히 참여하고 있는 모습을 보고는, 대체 아이들의 태도를 이렇게 바꿔 놓은 것이 무엇인가를 생각하지 않을 수 없었다. 언제나 대하는 선생님이 아니고 낯선 사람이 가르치기 때문일까? 배우는 내용이 교과서를 떠난, 좀더 재미있고 자유스러운 것이기 때문일까? 그런 점도 있으리라. 그러나 그것만으로 아이들의 태도가 그처럼 달라졌다고는 도저히 생각할 수 없었다.

나는 대학생들이 아이들과 같이 노래하고 운동장에서 뛰고 놀고 하는 것을 보고는 곧 그 비밀을 알아낼 수 있었다. 바로 이것이구나! 하고 깨달았다. 대관절 저렇게 열심인데야 아이들이 안 따를 수 없겠구나 싶었다. 역시 교사가 될 수 있는 첫째 조건이 바로 이 열성이었고, 교육이 이뤄지는 첫째 조건이 사랑이었구나! 새삼 깨닫게 되었다.

언젠가 교회학교 교사들의 수련회에 가본 일이 있다. 사흘 동안의 일정으로 된 수련회에 참석한 주일학교 선생님들이, 10분간의 휴식 시간조차 아깝다고 강사 선생님을 불러다가 노래와 무용을 열심히 배우고 있는 감동적인 광경을 보았다. 그 주일학교 교사들은 평소 월급도 없이 가르치고 있는 것이고, 출장 여비도 없이 자기 돈으로 멀리서 온 것이다. 우리들 학교 교원은 출장 여비를 받는 강습회에도 마지못해 시간이나 때우는 경우가 흔한 것이 숨김없는 실정이 아닌가.

내가 있는 곳에서 멀지 않은 지방 도시에 가톨릭으로 소속되어 있는 무슨 실기교육원이란 교육기관이 있다. 낮에 직장에서 일하는 학생들에게 고등학교 정도의 학력을 목표로 주산·타자와 같은 실기 지도와 인간교육을 하는 야간학교다. 학생들한테서 공납금을 일절 받지 않고 선생님들은 일절 보수가 없다. 그런데 여기 나와 봉사하고 있는 시내의 중고등학교 선생님들이 그렇게 열심일 수 없다. 그들은 월급을 받고 종일을 근무하는 직장보다 밤에 보수 없이 가르치는 이 야학교에 더 애착을 가지고 있는 듯했다. 그들은 교육을 하는 참맛을, 교육자로서의 기쁨을 그 야학교에서 누리고 있는 것이었다. 물론 그 실기교육원의 학생들은 선생님들을 진정으로 믿고 존경하며 따랐고, 다른 어떤 시내의 고등학생들보다도 인간적인 성장을 하고 있다고 생각되었다.

교육자에게는 지식도 있어야 하고 그 지식을 전달하는 기술도 갖춰야 하지만 그런 것보다 더 중요한 것은 아이들을 참된 인간으로 키워보고 싶어하는 열성이다. 사랑과 열정이 없으면 어떤 지식도 기능도 권위도 다 헛된 것이고, 오히려 아이들을 해칠 뿐이다.

오늘날 우리 교육자들은 불행하게도 교육을 해보려는 정열을 잃은 것 같다. 사랑이 식어 버렸다. 정열 대신에 가르치는 요령과 기술만이 남아 있고(문제되고), 사랑 대신에 이해를 따지는 차가운 장삿속이 지배하게 된 것 같다.

우리는 본디 기계도 노예도 아니었다. 아이들을 싫어하는 사람이 교사가 되기를 바랐을 리가 없다. 우리는 어린이와 같이 평생을 살기 원했던 것이다. 어린이를 위해 모든 것을 바쳐도 좋다고 결심했던 것이다. 지금도 그런 마음에 변함이 없다. "봉급이 오르지 않아도 좋으니 제발 아이들만 열심히 가르치도록 해주었으면 좋겠다" 이런 말을 하는 사람을 나는 수없이 대해 왔다. 얼마나 착한 선생님들인가! 세계 어느 나라에 이런 선생님들이 또 있겠는가 싶다. 참된 교육의 자리가 그리워 퇴근 후에 다시 보수도 없는 야학에 나가고 학생들에게 교육자로서의 사랑을 쏟고 있는 이들을 생각해 보라. 우리의 민족 교육은 일제 시대나 오늘날에나 이런 순수한 교육 정신을 가진 분들에 의해 이뤄져 왔던 것이다.

교육자들이 사랑을 포기하고 비인간화의 길을 가도록 강요받고 있는 것이라면 이것은 분명히 민족 교육의 위기라 할 수밖에 없다. 교육자를 이와 같이 몰아가고 있는 것이 무엇인가? 나는 여기서 이 문제를 논하고 싶지 않다. 그것은 이미 누구나 다 잘 알고 있는 문제다. 다만 우리 교육자들이 행정에만 전적으로 책임을 미루고 마는 태도에 한마디 반성을 붙이고 싶다. 행정이란 것이 우리들 교사와는 절연되어 있고, 우리들과는 전혀 대립되기만 하는 힘으로만 인식하는 것은 생각해 볼 일이다. 그 행정을 맡은 사람도 학교에선 남 아닌 교육자 아닌가. 또한 그 행정 공해를 우리가 어느 정도 정화하고 저지하고 혹은 완화하거나 해소하여야 하는데도 불구하고 우리들 자신이 게을러서, 또는 지혜가 모자라서, 혹은 자신들의 저급한 이익을 추구하기에 몰두하면서 더욱 그 공해를 일으키는 데 솔선하여 아이들을 희생시키고 있는 경향이 없다고 하기 어렵기 때문이다.

무슨 대외적 행사에 나가 상을 타고 이름 내기에만 열중하고, 표창의 대상이나 되고 싶어하고, 그릇된 지시에 의견의 상신도 없이 맹종하기만 하고, 근평 점수를 잘 받으려고 겉꾸미기에 치중하는 따위는 모두 아이들에게 등을 돌리는 불순한 태도이며 기계로 전락한 비인간적 교직자의 모습이다.

어느 시대고 그러하지만 특히 오늘날의 교육자는 탁류를 거슬러 올라가야 할 운명을 안고 있다. 탁류를 몸으로 막아내는 역사의 둑 역할을 하지 않고는 교육자가 될 수 없음을 명심해야 한다.

• 1980. 9

꼴찌를 기르는 교육

그 극성스럽던 과외공부가 이제 조용해졌다. 안하는 것이 아니고 못하게 된 것이다. 방학이 되어도 새벽같이 집을 나가 밤늦게야 돌아오던 학생들이 얼마나 좋아할까? 일요일에도 온종일 도서관에 갇혀 시험공부를 하던 아이들의 그 누렇게 뜬 얼굴, 찌푸렸던 이마가 활짝 펴지고 웃음이 가득 넘칠 것을 생각해 본다.

그러나 너무 좋아할 건 없다. 이제부터 아이들이 참된 인간으로 존중되면서 귀한 '사람 되는 공부'를 해야 할 터인데, 반드시 그렇게 되리라고 낙관만 할 수 없는 것 같다. 우선 이 과외공부란 것을 우리 모두가 자각해서 그만둔 것이 아니고 타율적으로 없애야 된 것에 문제가 있다. 우리가 하여온 짓을 한 번 확인해 보자. 아무리 세상이 그렇고 학교 졸업장 아니면 출세의 길이 막혀 사람 노릇 못한다고 하더라도 아이들의 몸과 마음이 병 들도록 들볶고 채찍질하기에 정신이 빠져 있었다는 것은 어느 나라 어느 시대에도 없었던 광태였음에 틀림없다. 농사짓는 사람 얘기 들으니 이웃 논에 비료를 자꾸 뿌려 벼가 무럭무럭 자라나는 걸 보면 샘이 나서 자기 논에도 무턱대고 비료를 주게 되어 농사를 망치는 일이 흔히 있다고 한다. 아이들 공부시키는 짓도 이와 같아서, "어린애를 너무 지나치게 공부시켜 성적 올리는 것이 우선은 자랑거리가 되어 기분이 좋을지 모르지만 나중에 대학에 갔을 때는 그만 창의력이 없어 큰 공부를 못하게 되고 사람이 쪼그라져 버린다"고 하면서 교육을 이해하는 듯한 사람도 여전히 자기 아이를 과외공부로 몰아붙이면서 "모두가 시키는데 우리 아이만 안하면 불안하다"고 하는 것을 흔히 보았다. 이게 모두 미치광이 놀음이 아니고 무엇이었던가? 도시에서 산간벽촌에까지 무섭게 번져갔던 이 정신적 질병을 스스로 깨달아 고치지 못했다는 것은 아무리 특수한 사회의 상황 때문이라고 하더라도 두고두고 생각해 봐야 할 것이다.

다음에 또 한 가지 문제는 학교 교육 자체가 올바른 방향으로 나아가지 못하고 시험준비, 점수따기, 이름내기의 교육으로 되어왔다는 사실이다. 학교 교육이 교문 밖의 그것과 다름없이 (어떤 면에서는 질이 더 낮은) 한갓 '과외공부'로 떨어져 있었던 것이 아닌가 깊이 반성해 봐야겠다. 국민학교 1학년 아이들이 오후 늦게까지 교실에 잡혀 있어야 하고, 집에 가면 교과서 베껴 쓰는 숙제로 밤잠을 제대로 못 자고, 나날의 일과가 일제 고사에 대비한 시험문제 풀이의 수업으로 진행되고 있었던 상태는 어떻게 해서든지 개선되어야 할 앞으로의 과제다. 만약 학교 교육의 실질적인 방향 전환이 이뤄지지 못할 경우 앞으로 학교란 곳은 학생들에게 더 불행하고 비뚤어진 삶을 강요하는 곳이 될지 모른다. 그 까닭은 지금까지 교문 밖에서 하여온 과외공부에서는 적어도 어느 정도 자발적인 면이 없지 않았으며, 그래서 가령 재수생들이 다투어 나가고 있는 학원 같은 경우에도 가르치는 사람과 배우는 사람 사이에 어떤 정신적인 유대를 느낄 수 있었던 것이다. 그러한 과외공부를 못하게 되었으니 이제부터 우리는 그들의 기대를 학교 안에서 채워줄 수 있어야 한다. 그들의 생활이 충만할 수 있도록 과외 교습소보다 역시 학교란 곳이 우리가 살아가는 보금자리이며 재미있는, 참된 공부를 하는 곳이구나, 하는 느낌이 들도록 해주어야 하는 것이다.

과외에 몰두하고 시달리고 있던 아이들의 마음을 사로잡아 끌어가려면 그러한 과외 교습소에서 하던 방식의 교육을 흉내내어서는 불가능하다. 아무리 우리가 시험준비 지도에 고심하더라도, 일반적으로 말해서 학원이나 강습소에서 선발된 지도기술자들에 따를 수는 도저히 없기 때문이다. 만일 학교 교사들이 이런 시험준비 지도기술에서 모자라는 점을 체벌이나 그밖의 강압적 수단으로라도 보충하려고 한다면 그야말로 교육의 파탄이 올 수밖에 없다. 그렇다면 우리가 아이들을 이끌어갈 수 있는 힘을 어디서 찾을 것인가? 그것은 오직 학교 교육의 본연의 자세로 돌아가는 것, 곧 아이들의 생활을 가꾸고 북돋워주는 길밖에 없을 것이다.

교육이란 무엇인가? 경쟁을 수단으로 하고 점수따기를 목표로 하는 것이 교육일 수 없다는 사실은 이제 누구나 뼈저리게 생각했을 것이다. 우리 나라의 교육 이념이 '홍익인간'이다. 그러니 교육의 목표는 선한 마음을 가꾸고 바른 행동을 익히도록 하는 데 있어야 하겠는데, 지금까지는 이와 반대로 꾀부리고 수단 잘 쓰는 사람을 길러왔던 것이다.

수단과 방법을 다해서 남을 이겨내게 하고 출세를 하게 하는 교육관, 교육 풍조를 이 기회에 고칠 수 없을까? 최소한 도로 남에게 해를 안 끼치는 생활을 하는 사람을 기르는 교육을 했으면 싶다. 가만히 앉아서 머리로 남을 부리는 사람이 아니라 몸으로 일하는 사람을 키우는 것이 참교육이다. 돈벌이에 혈안이 되는 사람이 아니라, 정직하고 성실하게 살아가는 사람이 되도록 가르쳐야 한다. 일등보다 꼴찌가 되어도 떳떳하게 살아가는 사람이 되도록 해야겠다. 이런 교육이 아니고는 앞으로의 역사를 타개할 길이 없다.

우리는 어떻게 해서라도 윗자리와 앞자리를 악착같이 서로 다투는 삶의 태도를 아이들에게 물려주지 말아야 한다. 경쟁을 수단으로 하는 교육 방식을 긍정하는 사람의 주장은 이렇다. "그래도 경쟁에서 뽑혀 나오기 때문에 뛰어난 사람이 나온다"고. 이들은 그 뛰어난 사람만 보았지, 뛰어날 수 없었던 그밖의 모든 사람을 보지 못한다. 전체를 볼 능력과 볼 '정신'이 없는 것이다. 더구나 이런 경쟁에서 선발된 그 극소수의 사람조차 인간적으로는 지극히 불행하다 하겠으니 그밖에 선발되지 못한 모든 사람의 불행이야 말할 나위도 없다. 우리는 이런 경쟁 상태를 지금까지 가령 미술대회고 음악경연이고 백일장 등의 예능 실기를 겨루는 행사에서도 얼마든지 기막히게 보아왔고, 그러한 경쟁의 결과가 인간정신을 비뚤어지게 하는 심각한 교육 문제가 될 수 있음을 알고 있는 것이다.

경쟁을 그만두면 모두가 꼴찌 상태로 될 것이 아닌가? 그렇다. 필경은 일등도 꼴찌도 없이 모두가 손잡고 함께 나가도록 하는 것이 바람직하다. 이렇게 모두가 함께 손잡고 살아가도록 하기 위해, 그런 때가 오기까지 우리들은 '꼴찌를 위한 교육' '꼴찌를 기르는 교육'을 해야겠다고 생각한다.

• 1980. 11

아이들이 미워지는 까닭

—ㅈ선생님께

ㅈ선생님. 지난 5월에 보내신 편지의 답장을 이제야 씁니다. 그 편지에서 선생님은 우리 나라 대부분의 교사들이 당면하고 있는 매우 심각한 교육 현장의 문제를 제기하셨습니다. 나는 어떻게 해서라도 그 문제를 많은 교사들과 함께 논의해 보고 싶었는데, 기회가 없었습니다. 그래 이제는 어쩔 수 없이 나 한 사람의 소견이라도 대강 말해야 할 처지가 된 것입니다.

선생님의 긴 편지글의 요지는 한마디로 아이들이 미워졌다는 것이었습니다. 교사로서 참 어처구니없는 말이었습니다만 용기 있는 고백이었다고 봅니다.

선생님은 몇 년 전에 서울의 어느 대학을 나오신 것으로 압니다. 그리고 아동교육에 대한 간절한 뜻과 희망을 품고서 교사채용시험을 치른 다음 서울 시내 국민학교에 발령을 받으셨다고 들었습니다. 이처럼 평생을 아이들을 위해 일하면서 살겠다는 각오로 교단에 선 분이, 이

제 겨우 1년이 지났는데 아이들이 미워졌다니 이럴 수가 있습니까? 선생님의 편지글의 첫머리가 이렇습니다.

선생님, 선생님도 아이들이 미운 적이 있었나요? 우리가 아이들에게 바라는 것은 무엇일까요? 시험 백 점 받는 것, 학부모가 부지런히 봉투 들고 오는 것─. 오늘 이런 심각한 의문에 빠져들었습니다…….

그러고 나서 선생님은 교단에서 나날이 정성을 다해 아이들을 지도하고 있는데도 그 아이들은 선생님을 몰라주고 제멋대로이며, 선생님을 곤경에 빠뜨리기만 한다고 했습니다. 아이들에게 들려주기 위해 책을 읽고 기록해 두기도 하고, 시간이 나면 지진아들을 남겨 지도하고, 착실하고 우수한 아이들에게는 책을 사주고, 형편이 어려운 아이들을 물심양면으로 도와주고, 70명의 아이들에게 늘 웃음으로 대하면서 골고루 사랑을 주고 싶어했고, 결과보다 과정을 중시하고, 교사가 칭찬받기 위해 아이들을 이용하여 들볶는 일을 하지 않았고, 시험 점수보다 "공동체 의식을 갖고 모두 참여하는 어떤 정신을 심어주려고" 애쓰고……선생님의 나날의 교단생활은 그 편지글이 아니더라도 어느 정도 짐작하고 있었습니다. 그런데 그처럼 알뜰히 보살피고 가꾸어주는 선생님을 아이들은 왜 몰라주는가요? 아이들에게 배신당했다고 생각하는 정황을 선생님의 편지 내용에서 찾아봅니다.

매주 부모님들의 도장을 받아오도록 하는 '안전 카드', 매월 도장을 받아오게 하는 '생활반성 카드', 집에서 읽고 감상문을 쓰게 해서 돌려받는 학교 도서, 이런 것들의 회수가 다른 반에서는 잘 되는데 선생님

반에서는 잘 안 된다는 것입니다. 그래서 아마 교장선생님한테서 꾸중도 많이 들으셨겠지요. 선생님은 한 번도 백퍼센트 회수해 본 적이 없어 골치를 앓고 있는데도 다른 반처럼 방과 후 아이들을 집으로 돌려보내어 다시 가져오게 하지는 않았다지요.

아이들은 갈수록 태만해져 가고 있었습니다. 야단치다 그만두겠지 하는 마음인지, 아이들은 다 그런지, 안 가져온 학생이 많아 안타까워지는데도 아이들은 전혀 안타까운 표정이 아닌데 저는 놀랐고 실망했습니다. 내가 너희들을 얼마나 아끼고 사랑하는데……해도 관심도 안 두는 표정입니다. 저는 아이들을 때렸습니다. 미워졌습니다. 너무도 메마른 아이들, 고마워할 줄 모르는 아이들…….

나는 이 대문을 읽고 아이들에게 '배신당한' 선생님의 처지에 충분히 공감하면서도 한편 아이들한테서 유리되어 가고 있는 우리 나라의 수많은 교사들의 비극적 상황을 눈앞에 직시하는 것 같아 비통한 심정을 금할 수 없습니다.

여러 가지 카드와 도서의 배부며 기록이며 회수란 것이 교육 현장의 질서유지를 위해 고안한 지혜롭고 편리한 방법일지 모릅니다. 그러나 교육의 성과나 교사의 근무 태도, 성실성을 카드나 도서의 회수율로써 (시험 점수나 입상 성적도 마찬가지) 그 척도를 삼을 때 문제는 생겨나는 것입니다. 교사의 길은 두 갈래입니다. 그 하나는 아이들의 순수함과 창조적인 삶을 도와주는 길이고, 다른 하나는 형식의 완벽함과 획일적인 질서와 외면의 아름다움을 교육이라 믿고 그런 것의 실현을 위해 애쓰는 길입니다. 앞의 길은 희생이 따르지만 영광의 길입니다. 그러나 많은 교사들을 따라 뒤의 길을 선택했을 때, 그 교사는 아이들로부터 떠나게 되고, 비참한 월급쟁이로 전락하고 맙니다. 아이들의 순수함을 지키는 방파제의 역할을 하지 못한다면 교육자라 할 수 없습니다.

이래서 아이들을 믿지 못하고 그들에게 어떤 불순한 목표를 강요하는 처지에 설 때, 교사는 아이들을 멸시하게 되고 미워하게 됩니다. 그리고는 이렇게 생각하지요.

"우리 나라 교육 풍토, 우리 나라의 교육 형편에서 자율이란 너무 사치스러운 말인지도 모릅니다. 우리 국민은 자율이란 그 소중한 말의 의미를 알지도 못할 뿐더러 누릴 자격도 없는지 모릅니다. 한 반에 70명이나 수용하고 있고, 모든 여건이 고르지 못한 우리 형편엔 자율보다는 일방적인 지시와 반강제성을 띠는 것이 더 어울릴지도 모르겠습니다."

그리하여 아이들을 미워하고 부모들을 원망하고 백성들 전체를 멸시하는 어처구니없는 생각에 빠지는 것이지요. 참으로 무서운 일입니다.

그러나 ㅈ선생님, 나는 이런 말들이 선생님이 너무나 교육 현장에서 시달리다 보니 일시적인 감정의 폭발로 나온 것인 줄 압니다. 선생님은 그 글의 마지막에 가서 교육에 이해가 없는 학부모들, 최선을 다하고 있는 교사들을 몰아붙이기만 하는 감시 감독자들의 얘기를 하셨는데, 그런 모든 주변의 상황들이 선생님으로 하여금 아이들을 미워하게 한 것이라 봅니다. 선생님 말씀대로 "아이들이 무슨 죄가 있습니까? 모두 어른들의 잘못"이지요.

따지고 보면 도대체 미움이란 사랑이 없이는 생겨날 수 없습니다. 사랑이 너무 지나치면 미움도 생깁니다. 너무 욕심을 내지 마세요. 성급한 기대를 하지 마세요. 앞으로도 책과 카드의 백퍼센트 회수를 바라지 마세요. 그런 것이 획일적으로 착착 철저하게 된다면 그 속에서 자라나는 아이들이야말로 불행하다는 것을 알아주셔야 합니다. 교사의 희생이 아이들의 행복을 가져옵니다. 우리가 아이들에게 바랄 것은 인간스러운 느낌과 생각을 가지고 개성과 창조적 재질을 발휘하는 일입니다.

지면이 좁아 충분히 쓰지 못했습니다. 잘못된 말이 있으면 지적해주세요. 글짓기 지도 지금도 하고 있습니까?

나는 항상 아이들의 글에서 귀하고 값진 것을 얻어내고 있습니다. 이 겨울에 선생님의 교실에 웃음이 넘치길 빕니다.

• 1980. 12

6만 대 1의 영광
—국민학교 교사가 되고 싶다는 류군에게

류군, 편지 받고 너무나 감격했습니다. 현직에 있는 교사들이나 대학생들로부터 편지를 받는 일은 가끔 있지만, 국민학교 교사가 되고 싶다는 고등학생으로부터 편지를 받은 일은 처음입니다. 일반적으로 고등학교 졸업생들은 교육대학에 진학하기를 싫어하고 부끄러워한다고 하며, 학업에 낙오된 사람이 아니면 군대의 복무나 학비의 혜택을 받고 싶어 어쩔 수 없이 교대를 지망하는 학생들은 열등감을 가지고 남들에게 자기의 진로를 숨기려 한다고 듣고 있습니다. 그런데 류군은 일류 고등학교에서 학업 성적도 우수하고 가정 형편도 괜찮다고 했습니다. 더구나 아직 2학년에 있으면서 "교대에도 찾아가 보고, 서적도 보고, 여러 가지 사실도 알아보고 하여 지금은 결심을 굳히고 있습니다"라고 했으니 실로 놀라운 일입니다.

"저는 1학년 말부터 교사가 되고자 하는 마음을 먹었습니다. 중고등학교 교사도 아니고 국민학교 교사를, 도시보다는 낙도나 산골의 자원 교사를 말입니다."

기왕 교사가 될 바에야 상급학교 교사를 원하고, 대학 교수라도 되고 싶어하는 것이 젊은이다운 소위 '대망(大望)' '대지(大志)'가 아니냐는 입신출세주의를 극복하지 못한 선생님들의 충고도 당연히 있었을 것입니다. 교대를 희망하는 졸업생이 6백 명 중에 1명 꼴로 있다는 그 학교에서는, 정신이 좀 돈 사람이라는 친구들의 비웃음도 들었을 줄 압니다. 그러나 류군의 결심이 결코 일시적인 이상주의의 몽상에 사로 잡힌 상태에서 된 것이 아니라는 것은 편지글에서 충분히 알겠습니다. 낙도나 산골의 교사로 가고 싶다는 뜻도 잘 이해하겠습니다.

"제가 국민학교, 중학교를 거쳐 지금까지 보고 듣고 경험한 바로는 인간의 교육에 있어서 가장 중요한 것은 아동 교육이라고 생각합니다. 지금의 학생들이 가지는 여러 가지 문제점은 바로 아동 교육에서 보다 확고한 정신적인 받침 위에 지식이 세워지지 않았기 때문이라 봅니다. 보다 나은 인간을 사회에 배출하기 위해서 아동 교육에서 지식보다는, 어떤 지식이 세워지더라도 흔들리지 않고 유혹되지 않는 아주 좋은 정신적인 주춧돌이 필요하지 않을까 생각해 봅니다."

정신적 주춧돌을 아이들의 마음 바탕에다 든든하게 놓아주는 일을 하기 위해 국민학교 교사가 되고 싶어하는 류군은 훌륭한 교육관을 가졌습니다. 류군의 신념과 용기에 머리가 숙여집니다. 부디 그 꿈을 가꾸어주세요.

그러면 류군이 조언을 바라는 세 가지 문제에 언급하겠습니다.

첫 번째 문제는, 그토록 확신을 가지고 나아가려고 하는 길이지만 "일류 고등학교이기에 선생님이나 친구들로부터의 이야기에서 조금은 흔들리고 있는 마음을 발견하고 간혹은 열등감 비슷한 감정이 생기려고 합니다"라고 한 것인데, 인간이기에 그런 느낌은 당연하겠지요. 그러나 결코 흔들리지 마십시오. 입신출세적 사고방식으로 살아가는 한, 개인적으로나 사회적으로나 우리들은 영원히 구제받을 길이 없다는 것을 알아야 합니다. 돈과 명예와 권력에 매여 있는 한, 우리는 자유를 얻지 못합니다. 스스로 철학을 세워 어린이들과 함께 살고 싶어하는 류군은 6백 대 1이 아니라 6만 대 1도 되고 남을 귀한 존재입니다. 6만 대 1의 자랑과 영광을 생각하십시오. 이 경우에 역사를 움직이는 것은 6만이 아니라 1입니다. 모든 거짓과 비뚤어짐과 비굴함을 박차고 소신 대로 살아가는 것만이 스스로를 살리고 민족을 살리는 길입니다.

다음 문제는 "저는 감정에 있어서나 여러 면에서 교사의 자질이 보이는 것 같은데, 예능 방면에 조금 무딘 것 같습니다"라고 하여 걱정한 일입니다. 참으로 알뜰하고 고마운 생각이며, 교사의 자질을 깨달은 것도 반가운 일입니다. 그런데 예능 방면에 무딘 것은 큰 문제가 아닙니다. 예능의 소질이란 누구든지 노력하면 어느 정도는 다 닦여집니다. 조금도 염려 마세요. 설령 조금 무딘 정도가 아니라 아주 무디다고 해도 교육에 열과 성의만 있으면 다 해결을 할 수 있습니다. 내가 알고 있는 선생님 중에 글씨를 아주 못 쓰는 분이 있는데, 이분이 뜻밖에도 담임 아동들에게 붓글씨 특별 지도를 하여 한 해 뒤에는 얼마나 잘 쓰게 하였는지 한 아이도 빠짐없이 붓글씨 책에 실려 모든 사람을 놀라게 한 사실이 있습니다.

세 번째 문제는 "제가 교육계에 발을 들여 놓았을 때, 말로만 들어온 여러 가지 모순점에서 저 자신이 과연 지금의 꿈을 펼쳐 나갈 수 있을지 조금 의문스럽습니다. 특히 여러 가지 제약과 통제를 받으면서 말입니다"라고 한 것인데, 이것은 중대한 문제입니다. 교사가 되기 위해 교대에도 찾아가 보고 책도 읽고 그밖의 여러 가지 사실을 알아보았다는 류군이 이와 같은 우려를 한 것은 당연합니다. 그리고 류군이 우려한 근거가 불행하게도 우리 교육계에는 충분히 있습니다. 그러나 애당초 우리는 장미꽃을 뿌려 놓은 탄탄대로를 콧노래를 흥얼거리며 걸어가기 위해 이 길을 택한 것은 아닙니다. 우리 나라의 교사들이 세계 어느 나라의 교사보다도 더 괴로움을 당하고 있다면 우리들이야말로 세계에서 가장 영광스러운 자리에 있다 할 것입니다. 만약 우리 교육에 아무런 문제가 없고, 모든 것이 잘 되고 있다면 훌륭한 인재를 필요로 하지도 않을 것이고, 지혜로운 젊은이를 부를 필요도 없을 것입니다. 아이들이 모두 행복하게 자라나고 있는 곳에서는 우리들이 할 일이 없습니다. 아이들과 민족이 불행한 상황에 놓여 있기에 6만 대 1의 영웅을 요구하는 것입니다.

류군, 부디 그 신념과 용기를 잃지 말아주세요. 단재 신채호 선생을 존경하고 있다는 류군이 새벽 1시에 썼다는 그 편지를 받고 나는 너무나 기뻐 눈물이 날 뻔했습니다. 암담한 세월을 한숨만 쉬면서 살아온 나 자신이 너무 부끄럽습니다. 류군의 편지는 문장도 좋았지만, 처음부터 끝까지 그처럼 흐트러지지 않고 한결같이 쓴 글씨만 보아도 류군의 성격과 인품과 의지 같은 것을 잘 느낄 수 있었습니다. 나는 류군이 마지막에 "진정 인간으로 태어나 뜻있는 일을 하고 싶고, 한국의 페스탈로치가 되고 싶습니다"라고 한 대로 위대한 교육자가 될 것을 굳게 믿습니다. 류군과 같은 젊은이가 있는 것은 분명히 우리 모두의 자랑입니다. 그 순수한 마음은 모든 사람을 비춰주는 빛입니다. 부디 건강하시고 종종 편지 연락 있기를 바랍니다.

• 1981. 3

우리는 십자가를 진 사람
─교직을 떠나려는 선생님께

ㄱ선생님, 몇 차례나 보내주신 편지 잘 받았습니다. 어린이들을 위해서 괴로워하시는 선생님의 심정을 잘 이해하겠습니다. 그리고 귀여운 어린이들과의 동심의 생활을 꿈으로 그리면서 학교를 졸업한 후, 교단에 선 지 아직 1년도 못 된 지금에 벌써 교직을 그만두고 싶다는 선생님의 술회가 얼마나 비통한 심정에서 나온 것인지도 충분히 짐작하겠습니다.

선생님이 그동안 당하신 현장의 여러 가지 괴로운 일들 중에서 몇 가지 중요한 것을 여기 들어봅니다. 첫째는 학력고사에서 한 반의 성적 차례를 다투기 위하여 70명의 어린이들을 숙제와 시험 문제 풀이 수업으로 들볶는 선생님들 속에 끼어, 그래도 어린이들의 몸과 마음을 지켜야겠다고 생각하고 어린이 편에 서다보면 어느새 못나고 무능한 교사가 되어 윗사람들뿐 아니라 학부모들로부터도 지탄을 받는다는 것이었지요. 두 번째는 클럽 활동의 어떤 부서에서 지도한 어린이들을 대외적으로 있는 빈번한 경쟁적 행사에 참가시켜야 하고, 그런 데서 상을 못 타게 되니 항상 죄를 짓는 것 같은 심정이고, 윗사람들도 노골적으로 못마땅하게 여기면서 때로는 불러다 꾸중까지 한다고 하셨습니다. 세 번째는 학부모들이 보내오는 봉투에 대한 고민이었습니다. ……보내오면 돌려주고, 또 보내면 돌리고……. 이래서 자꾸 돌려주니까 몇 달 뒤에는 그만 오게 되었는데, 그러면서도 학부모들은 자기를 별루 믿어주는 것 같지 않으니 혼자 버림받은 사람이 된 기분이라 했습니다. 그리고 네 번째는 이밖에도 여러 가지 문제 때문에 자기가 믿고 있는 어린이 교육을 도저히 그대로 실천할 수가 없다는 것이었습니다.

ㄱ선생님, 교육 현장에서 전개되고 있는 이런 문제들은 선생님만이 당하시는 고통이 아니고 모든 교사들이 당하고 있는 현실입니다. 다만 농어촌의 벽지에서는 앞에서 든 세 번째의 문제가 없는 대신 다른 문제가 있습니다. 거기서는 겨우 대여섯 분의 선생님들이 과중한 사무에 시달려 정신을 딴 곳에 빼앗기고 있습니다. 그리고 중고등학교에서는 다시 또 하나 문제가 있습니다. 교사들이 학생들을 강압적으로 통제하고 획일적인 지시 명령으로 행동하게 하는 것을 가장 효과적인 교육의 수단으로 즐겨 쓰고 있는 것입니다. 이것은 중고등학교의 선생님들한테서 들을 것도 없이 중고등학교의 교문 앞을 지나가기만 해도 잘 느낄 수 있는 사실입니다. 국민학교에서도 학생 수가 많은 학교일수록 획일적인 통제가 심합니다만, 중고등학교가 한층 더합니다.

ㄱ선생님, 나는 선생님이 호소하신 여러 가지 문제점을 두고 여기서 일일이 해결 방책을 제시할 틈도 능력도 없습니다. 다만 가장 확실한 것은 우리가 아무리 괴로움을 당하더라도 어린이들을 버려서는 안 된다는 것입니다. 교직 그 자체가 성격에 맞지 않는다면 모르지만 애당

초 천직이라고 택한 이상 예기치 못했던 고난이 거기 숨어 기다리고 있다고 해서 그것 때문에 딴 길로 옮겨가려는 것은 옳지 못한 생각인 줄 압니다. 우리의 사회에서는 어떤 일도 괴로움 없이 해낼 수 있는 일이 없으며, 만일 그런 직업이 있다면 양심이 마비된 사람만이 앉아 있을 수 있는 자리일 것입니다.

많은 젊은이들이 현실을 너무 모르고 교육을 안이하게 생각하고서 교사가 되려고 하는 것은 아닌지요. 교육대학에서는 현실을 보여주지 않고 공중에 뜬 이론만을 가르쳐 젊은이들에게 달콤한 꿈을 미화하고 있는 것 같기도 합니다. 마치 아동문학 작가가 되고 싶어하는 사람에게 동심만 가지면 다 된다고 말해 주는 것이나 다를 바 없습니다. 동심 속에 파묻혀 저 혼자 즐겁게 살아간다는 것은 어린이들을 버리고 스스로 어린애로 퇴화하는 것을 말합니다. 어린이와 함께 괴로워하면서 그들의 순수함을 지켜 나가는 벅찬 일을 희생적으로 하는 사람만이 참된 동심을 지닐 수 있습니다. 선생님도 학창 시절에 천진난만한 동심 속에 들어가 그들과 함께 노래하고 뛰놀기만 하면 교육이 되는 것이라고 생각하지는 않았는지요? 그러나 교육이란 어린이를 비인간으로 만들려고 하는 모든 힘과 끊임없이 맞서서 어린이의 생명을 지켜주는 노력이 없이는 결코 이뤄질 수 없습니다. 교육의 기술로서 가장 귀중하게 여겨야 할 것은 어린이들이 개성과 창조력을 발휘할 수 있도록 교사가 지혜로운 말과 행동으로 그들을 옹호해 주고 그들의 방패가 되어주는 일입니다. 교직자는 동심에 빠져 꿈같이 살아가는 직업의 사람이 아니라 그 동심을 지키는 십자가를 진 사람입니다.

그런데 ㄱ선생님, 선생님이 최근에 보내온 편지를 읽고 나는 하마터면 그만 사표를 내라고 답장을 쓸 뻔했습니다. 차라리 동화작가가 되든지, 아니면 수녀라도 되라고 권할 뻔했습니다.

　며칠 전 우리 반 아이들이 너무 시끄럽게 떠들어, 전교에서 제일 소란한 반이라고 교장선생님이 교실에 들어오셔서 한 시간 동안 수업을 전폐하고 벌을 세우고 호통을 치셨는데, 그중 제일 가슴 아픈 말은, 이 반 아이들은 하는 짓이 짐승 같다는 말이었어요. 그 시간 이후 우리 반 아이들은 좀 조용해지고 내가 야단치면 전보다 훨씬 겁먹은 얼굴로 순종해요. 그날 나는 교장실에 불려가 교사로서 최악의 지탄을 받았어요. 내 딴에는 사랑으로 가르치자, 가르치자, 매일 맹세하면서 80명 가까운 아이들을 대해 온 것이 알고 보니 빈 껍질 교육이었나 봐요. 그렇지 않고서야 어찌 짐승 같은 아이들이 될 수 있겠어요. 이젠 나의 결함과 성격과 자질 부족으로 교사직을 그만두어야 할까 봅니다.

　ㄱ선생님, 그러나 용기를 내셔야 합니다. 나는 여기서 다른 말은 할 수 없고, 다만 어린이들을 지키다가 죽어간 어떤 분의 이름을 들고 싶습니다. 2차대전 때, 독일군에 의해 가스로 학살당한 어린이들에 앞장서서 "나를 먼저 죽이라"고 하며 그 자신에 대한 구명(救命)의 제의도 거부하고 스스로 죽음을 택한 폴란드의 의사요, 교육학자인 야누스 코르차크의 이름(《인간의 소리》, 115~117쪽)은 어린이를 위해 십자가를 지고 있는 모든 교사들의 고통을 덜어주고도 남을 만합니다. 그리고 어린이에 대한 무한한 믿음을 우리의 가슴에 심어주는 코르차크의 다음 말을 잘 음미해 주시기 바랍니다.

우리가 어린이에 대하여 아무리 강요하더라도 어린이의 천성에 깃들어 있는 건전한 오성(悟性)이나 인간적인 의욕을 어떤 사악한 방향으로 복종시키지 못한다는 것은 인류의 장래를 위해서 참으로 다행한 일입니다.

• 1981. 4

기를 살리는 교육

할아버지 때부터 기독교를 신봉했던 우리 집은 그 때문에 족보와 가문을 자랑하던 집안에서 따돌림을 당해 같은 마을에 있지 못하고 멀리 이사를 가서 살았다. 그래서 나는 어렸을 적부터 일가친척의 촌수를 댄다든지, 인사를 갖추는 일에 서툴렀고, 더구나 제사를 차리는 의식 같은 것에 무지했다. 때문에 어쩌다 집안사람들 앞에 나서게 되면 한풀 꺾였고, 어른들은 흔히 아무것도 아닌 것을 가지고 형식만 까다롭게 하여 그것을 엄격하게 지키는 걸 자랑삼았다.

예배당과 서당을 비교해 본다. 어렸을 때 다니던 예배당의 그 하얀 회벽과 녹슨 양철 지붕의 건물은 가난한 농촌 아이들을 안아주는 따스한 보금자리였다. 그런데 서당이란 곳은 들어갈 때부터 소리를 죽이고 머리를 조아려야 하는 곳이 아니었던가. 대체 유교라는 것이 아이들 기를 죽이는 것에서부터 시작하는 것이 아닌지 의심스럽다. 아이들이 이해할 수 없는 온갖 형식의 예법을 강요하면서 기를 죽여 놓는다.

얼마 전 오랜만에 고향에 갔더니 한 집안 어른이 내 초라한 모습을 보고 말했다.

"교장이 그런 산골짝에서 자취를 한다니 가치가 없어."

이 양반들의 윤리는 오늘날의 황금과 입신출세식 질서에 잘도 적응하고 있는 것이다.

그런데 기독교도 참 많이 변했다. 지난해 가을 ㄷ시의 어느 예배당에 들어갔다가 나는 크게 놀랐다. 예배당 안이 어찌나 넓은지 수천 명을 수용할 것 같았다. 예배가 시작되자 기도를 인도하는 장로님의 목소리가 마이크를 통해 울렸다. 그 목소리가 얼마나 크게 골을 울리는지 기도고 뭐고 정신이 멍멍했다. 기도의 내용이 또 온몸을 오그라들게 만들었다. 정말 이런 데 들어와 기가 죽지 않을 사람이 있을 것 같지 않다. 정면 양편 벽에 행정관청의 그것과 너무도 흡사한 구호가 걸려 있는 것도 놀랄 수밖에 없었다.

사람들의 기를 죽이는 것은 종교나 기성의 윤리뿐 아니다. 시골 사람들이 어쩌다 관청에 볼일이 있게 되면 옷차림을 단단히 해서 가는데도 영락없이 기가 죽는다. 요즘은 관공리들이 많이 친절해졌지만, 그래도 관청은 관청이라 자세가 높고 또 머리를 굽실거리며 죄송하게 여겨야 하는 온갖 조건이 있다.

도시는 시골 사람의 기를 죽인다. 시골 사람이 도시에 가면 어디가 어딘지 모른다. 깊은 산골에는 토담집마다 문패를 달아야 했는데 도시에는 어디를 가야 하는지 표시가 없다. 차도 탈 줄 모르고 화장실도 어디 있는지 찾기 힘들다. 엘리베이터를 타기도 겁난다. 우선 기차에 오르면 식당에도 양식밖에 없어 먹기 거북스럽다. 이래서 시골 사람은 아무리 잘난 척해도 도시에 가면 표가 나서 우선 소매치기꾼한테서부터 봉변당하게 마련이다.

그럼 학교는 어떤가? 흔히 교문을 들어서면 커다란 사자나 호랑이가 입을 딱 벌리고 금방 달려들 듯이 눈을 부릅뜨고 있는 학교가 있다. 또 무슨 동상이 떡 버티고 서 있는데 그것은 손에 창을 잡고 있는 무관이기도 하고 어깨에 총을 멘 군인이기도 하다. 그 무관이나 군인이야 나라를 구한 위인일 테지만, 어쨌든 교문에 들어서자마자 그 육중한 형상이 사람을 압도하는 느낌을 주는 것은 사실이다. 또 교문 아취에 대한 것인데, 어떤 행정관은 "아취문만은 돈을 많이 들여서 큼직하게 만들 필요가 있다"고 하면서 그 이유로 학생들에게 문화적 압력을 주는 효과를 말했지만, 나는 그와는 반대의 생각을 가지고 있다. 대관절 교문에 들어서는 아이들에게 압력을 주어야 교육이 될까? 그것은 먼저 아이들의 기를(생명을) 죽여 놓고 그 아이들을 기계로 만들고 싶어 하는 교육 방법이다.

국민학교 입학하는 아이들이 면접날 생전 처음으로 학교에 갔을 때 그를 맞아주는 선생님의 입에서 어떤 말이 나와야 할까?

"오, 넌 참 활발하구나" "넌 정말 착해 보이는데" 하고 웃어주는 것과, "까마귀같이 손에 때가 끼었구나" 하고 말해 주는 것과는 하늘과 땅의 차이가 있다. 앞의 말을 들은 아이는 선생님이 자기를 알아준다 싶어 학교에 나오는 것이 기쁠 것이고, 뒤의 말을 들은 아이는 기가 죽고 자기를 열등시할 것이 뻔하다. 이래서 자신을 잃은 성격은 그 아이의 평생을 좌우해 버릴지도 모른다.

"열까지 세어 봐요. ……그걸 못 세니?"

학교에 들기도 전에 수를 세게 하고, 못 세면 머리가 나쁜 아이로 낙인을 찍는, 이런 사람 잡는 교육은 하지 말아야 한다.

시골 학교에 부임한 선생님이 가난한 아이들을 보고, "촌놈들은 할 수 없어. 고무신을 신고 다니다니"라고 말하거나, "중학교에도 못 가는 바보들" "수학여행도 갈 줄 모르는 병신들" 하고 예사로 내뱉는다면 어찌될 것인가? 구두를 신은 외국 아이를 보면 절하고 책가방이라도 들어다 줄 판 아닌가? 아이들의 기를 죽이는 말을 아무 생각 없이 예사로 토해 내는 어른은 아이들을 학살하는 죄악을 범하는 사람이다. 교직은 그래서 실로 두렵고 또 두려운 직업인 것이다.

기(氣)란 말을 사전에서 찾아보면 생활 활동의 힘, 원기, 정기, 생기, 기력 등으로 풀이되어 있다. 기는 바로 생명 그것이다.

아이들의 기를 살리는 일이 민족을 살리는 일이다. 기를 살리는 것이 교육이라면, 기를 죽이는 것은 무서운 민족적 범죄 행위라 할 수밖에 없다.

• 1981. 5

몰입자와 국외자

"○○씨 인기가 어떻습니까? 당선 권내에 들어갑니까?"

"글쎄요, 저는 한마을에 있는 데다가 바로 그 사람이 제 외사촌이라서 도무지 모릅니다. 선생님은 소문을 들어서 잘 아시겠죠. 어떻습니까?"

"저도 바깥엔 전혀 나가지 않아서 모릅니다."

이것은 국회의원 선거를 며칠 앞둔 어느 날, 두 마을 사람이 버스 안에서 만나 나눈 대화다. 내가 이 대화를 옆에서 듣고 새삼 느낀 것은, 무슨 일이든지 그 안에 들어가 열중하면서 바깥에 나와보지 못하는 상태에서는 자기가 하고 있는 일의 진상을 온전히 파악할 수 없다는 것이다. 집안에만 살았을 때 그 집 전체 모습을 모르고, 마을 안에만 살 때 그 마을의 모습을 모르고, 한 나라도 마찬가지다. 이것은 누구나 쉽게 깨닫는 진리다.

내가 또 최근에 절실히 느끼고 생각한 것이 있다. 무엇을 전문으로 연구하거나 전업으로 하는 사람들이 자기들끼리 모여서 의논하고 행사를 치르고 하는 것을 옆에서 보면 왜 그 모양으로 시시하고 형편없는가? 문인들의 모임이 그렇고 목회자들의 모임이 그렇고 교육자들의 모임이 그랬다. (정치가들, 경제인들도 다 그렇겠지.) 오히려 국외자들이 더 진상을 잘 파악하여 정곡을 찌르는 말을 하는 수가 많았다.

한 가지 일에 집착해서 거기서 전혀 빠져 나올 줄 모르는 몰입자들은 자기들만이 그 방면에 절대 권위를 가지고 있다고 굳게 믿는다. 그래서 그들이 그 속에 깊이 빠지면 빠질수록 어떤 비인간적인 모습을 드러내어 바깥에서 볼 때는 마치 술이나 마약에 중독된 상태로 비친다. 잘 살피면 우리 사회에서 이런 중독자들이 얼마나 많은가! 하필 어떤 종교의 광신자들뿐 아니다. 정치인이고 문인이고 학자고 교육자뿐 아니다. 관리나 사무원은 말할 것도 없고 언론인, 법관, 기업인들에게서 장사꾼과 농사꾼에 이르기까지 다 이런 딱한 모습을 얼마만큼씩은 보여주고 있다.

농사꾼들이야 그럴라고? 할지 모른다. 그러나 요즘 어디 진정한 농사꾼이 있는가? 곡식에다 농약을 마구 뿌리는 농사꾼들의 손은 버스 문간에서 내리는 사람들의 등을 밀어내는 안내양의 손과 다름없이 기계가 되고 말았다.

문학자들 중에는 소위 순수한 것을 내세우는 사람이 많다. 문학은 인간을 위한 것이 되어서는 안 되고, 문학의 독자성·자율성을 지키기 위해서 아름다운 글만 쓰는 재주를 보여야 한다는 것이다. 이런 사람은 인간 소외의 현상을 긍정적으로 보고, 스스로 비인간적인 상태를 만들고 있는 대표적인 예가 될 것이다.

만일 교육자들이 나는 아이들이 어떻게 살고 있는지, 그들이 커서 어떤 인간이 될지, 그런 것은 생각할 필요가 없고 다만 교과서로 열심히 수업을 해서 시험 점수를 올리고, 사무나 알뜰히 처리해서 근무 성적을 올리면 그만이라고 생각한다면, 그런 정도의 양심 속에 갇혀 있다면, 그는 인간을 기르는 교육자가 아니라 기계를 만들어내는 또 하나의 기계가 될 것이다. 이것이 오늘날 우리가 살고 있는 사회다.

좀더 전반적인 사람들의 풍조를 말해 보기로 한다. ㄷ시에서 ㅇ시까지는 2백 리 길인데, 완행버스로 2시간 50분이 걸리고 직행으로는 2시간 20분이 걸린다. 그래서 이 두 도시를 내왕하는 사람들은 완행을 안 타고 모두 직행을 탄다. 완행은 좌석이 많이 비기 예사고 직행은 언제나 만원이라 서서 가야 하는데도 직행에만 몰린다. 그러다가 최근에는 그 직행보다 30분이 더 빠른 무정차 버스가 생기고부터는 승객들이 모두 무정차를 타게 되었다. 무정차를 타려면 그 추운 겨울날에도 10분에서 20분 동안을 서서 독한 가스를 마시며 기다려야 한다. 결과적으로 종착지에 닿는 시간이 직행보다 때로는 오히려 늦는 수가 있는데도 사람들은 텅 빈 직행은 거들떠보지도 않고 모두 무정차만 타려고 한다. 이것은 사람들이 30분이면 걸어갈 수 있는 곳을 차를 타려고 몇 시간이나 기다리고 있는 심리와 같다.

왜 이렇게 되었는가? 우리가 편리한 문명의 도구를 이용하는 것은 보다 가치 있는 것을 생산하고 건강한 생활을 하기 위함일 것인데, 이와 같이 편리한 것만 다투어 찾으면서 다른 것을 보지 못하기 때문에 어느덧 그 편리함 자체가 목적이 되어 버렸다. 그리하여 그 결과는 우리 자신도 모르는 사이에 비생산적이고 불건강한 상태로 타락되고 만 것이다. 산골 마을에서 깨끗한 물을 두레박으로 떠올리던 샘물을 메워

버리고 많은 돈을 들여서 상수도 시설을 해서 부엌에서 수도꼭지만 틀면 물이 솥 안에 쏟아지도록 해 놓고는 TV를 보며 잘살게 되었다고 생각하는 것도 마찬가지다. 우리는 여기서 뭇사람들의 비뚤어진(중독된) 삶의 모습을 보게 된다. 현대 사회는 어쩌면 거대한 정신병자들이 우글거리는 수용소인지도 모른다.

자기가 하는 일에만 몰두하는 사람 가운데 우리가 긍정할 수 있는 사람이 전혀 없는 것은 아니다. 어떤 특수한 부류의 사람에게서는 비인간적으로 타락되지 않는, 거의 기적적인 삶을 보여주는 수가 있다. 불행한 사람들을 위해 평생을 바쳐 봉사하면서 자신을 희생하는 사람인데, 지극히 드물지만 이런 사람이 있는 것이다. 자기 속에 갇혀 있는 사람들이 자기와 남과의 사이에 벽을 두껍게 쌓고 있는 사람이라면 이런 사람은 그 벽을 만들기는커녕 자신이 남의 세계에 들어가 사는 것이다. 고행을 낙으로 삼아 살아가는 이런 사람은 정말 훌륭하다. 그러나 아무리 훌륭하다고 해도 인간과 인간 사이에 쌓여지고 있는 벽을 무너뜨리는 일을 하기에는 너무나 무력한 존재다.

우리에게 필요한 것은 각자가 갇혀 있는 그 보이지 않는 벽 속에서 나오는 일이다. 자기의 세계를 포기하는 것이 아니다. 자기의 세계를 가지되 항상 한 발자국쯤 나와 자기를 살피고 그리고 남들과 함께 전체 세계를 이해하려고 하는 것이다. 이것이 오늘날 우리가 인간으로 구원받을 수 있는 길이다. 목사는 교회 밖에 나와보아야 하고, 교육자는 아동과 아동의 부모가 되어보아야 하고, 학자는 농민이나 노동자가 되어보고, 정치가는 평범한 시민이 되어보고, 문인은 글을 읽을 줄도 모르고 책을 사볼 수도 없는 사람이 되어보고……이렇게 해야만 비로소 각자가 하고 있는 전문적인 일이 비인간화되지 않고 제대로 수행될 것이다. 이웃과 세계를 보고 끊임없이 자기를 성찰하여 탈피하는 가운데서 자신의 세계를 개척해 가는 일, 이것이 빼앗긴 인간을 되찾아 가지는 길이다. 인간을 지키고 키워가야 할 교육자들이 그 누구보다도 앞서 자신의 인간적 삶을 회복해야 할 것은 물론이다.

• 1981. 6

정직한 교육

정직이란 바르고 곧은 마음이
요, 그 마음이 그대로 말과 행동에 나타남을 말한다.

사람은 나이가 어릴수록 정직하다. 일반적으로 어른보다 학생들이
더 정직하지만, 그 학생 중에서도 고등학생보다 중학생이 더 정직하
고, 중학생보다 국민학생이, 국민학생 중에서는 1학년이 가장 정직하
다. 1학년보다 유치원생이 더 정직하고, 유치원생보다 유아원생이 더
정직하다. "어린이가 아니면 하늘나라에 갈 수 없다"고 할 때, 이 어린
이는 어른들의 거짓에 물들지 않은 어린 사람을 말한다.

사람은 어려서는 정직하지만 차츰 나이 들수록 거짓을 배워간다. 인
간의 역사를 생각할 때 원시사회에서는 거짓이 거의 없었던 것 같은
데, 소위 문명이란 것이 발달할수록 거짓이 늘어가고 거짓이 복잡해지
고, 거짓이 교묘해져서 거짓 아닌 것처럼 보이게 되었다. 현대의 문명
은 거짓투성이일지 모른다. 서구 문명이 세계를 정복한 과정은 거짓이

정직을 정복한 역사라 할 수 있다. 인간이 만들어낸 사회의 체제, 모든 관념의 체계들이 과연 정직성을 바탕으로 한 것인지 의심해 볼 필요가 있다.

학교의 교육은 어떤가? 교육의 목표가 거짓말을 하고 거짓 행동을 하게 하는 데 있다고 말할 사람은 아무도 없을 것이다. 우리는 아이들을 정직한 사람으로 기르기 위해 교육을 한다. 그런데 상급생이 될수록 정직함을 잃어가는 것이 사실이라면 교육은 실패한 것이라 볼 수밖에 없다.

여기서 학교와 사회와의 관계를 생각하게 된다. 학교에서는 정직을 가르치지만 졸업 후 사회에 나가면 거짓을 배운다고 말한다. 이 말은 일단 긍정할 수 있다. 학생들이 졸업하면 학교에서 통하던 그 정직성은 그만 아무 쓸모없이 되고, 흔히 비웃음거리조차 된다. 그래서 그들은 다시 인생의 초년병으로 사회— 곧 거짓을 배우는 공부를 하게 되는 것이다. 정직을 배우던 학교를 나와 허위를 배우는 사회학교에 새로 입학하는 것이다. 학교 공부와 사회생활의 이와 같은 이질성·부조화성을 어떻게 보고 어떻게 해결해야 하는가?

학교도 사회 속에 들어 있는 하나의 기관이다. 그러니 문제의 근원은 학교보다 사회에 있는 것이고, 사회를 바로잡는 것이 근본적인 해결책이다. 그러나 교육의 목적은 사회를 개선하고 개조해 가는 데 있는 만큼 교육 자체에도 당연히 문제가 있다고 보는 것이 옳다. 그 문제란 무엇인가?

내가 보기로는 교육이 사회에서 격리되어 있는 것이 잘못이다. 교육은 사회의 진상을 정직하게 알려야 한다. 이 세상이 장미꽃을 뿌려 놓은 꿈같은 이상향이 아니란 것을, 오히려 거짓되고 병든 사회란 것을 알려서, 그 속에서 바르게 살아가는 길을 찾고 바르게 살아갈 수 있는 힘을 길러야 하는 것이다. 이것이 살아 있는 교육이요, 정직성을 기르는 교육이다. 그렇지 않고 바깥은 사나운 폭풍우 천지인데, 온실을 만들어 그 속에서 키운다면 교육일 수 없다. 아이들의 눈을 가리는 교육이다.

다음에 교육의 현장에서 반성되는 몇 가지를 들어본다. 선생님들이 교실에서 수업 중에 이따금 되풀이하는 말이 있다.

"알았지요?"

무엇을 열심히 가르치다가 가끔 그 가르친 내용이 얼마나 아이들에게 잘 학습되었는가를 확인하고 싶어서 하는 반문형식의 말인데, 이 말에 학생들은 일제히 "예!" 하고 대답하는 것이 상례가 되어 있다. 그러면 선생님은 기분이 좋아져서 그 수업을 진행하는 것이다. 그런데 아이들이 모두 "예!" 했지만 실상은 결코 모두 안 것이 아니다. 그중에는 아직 이해를 못한 아이가 몇 사람은 반드시 있지만, 그들은 따라서 "예!" 하지 않을 수 없다. "알았지요?"는 사실은 묻는 말이 아니라 "알았지요!" 하는 교사 자신의 감탄사요, 대답을 강요하는 구령인 것이다. 이러한 교사의 반문과 아동의 일제답은 1학년의 처음부터 잘도 훈련되어 있는 일반적인 수업 진행 형태가 되어 있다. 아이들의 거짓말은 이런 데서 아무런 거리낌없이 오히려 교사를 만족시켜 주는 행동으로 싹트고 자라나는 것이다.

숙제란 것이 있다. 이것이 어찌나 많은지 아이들은 집에서 놀 틈이 없고, 동화책도 못 보고, 잠도 못 잘 판이다.

"우리 집 애는 4학년인데 잠도 못 자고 교과서를 베껴 쓰고 있어서 내가 돋보기를 끼고 밤늦게까지 엎드려 써주는 날이 많습니다."

두어 해 전 어느 장학관님이 하시던 말씀이다. 이런 숙제뿐이 아니다. 해마다 있는 창의 창안 공작전이니 무슨 전시회니 하는 데에 아이들 이름으로 출품되는 작품의 대부분이 아이들의 것이 아니라는 사실은 적어도 학교 선생님들은 다 알고 있다.

거짓말이라면 글짓기가 빠질 수 없다. '효행일기'라고 해서 날마다 생활을 반성하고 뉘우치게 한 것처럼 쓰게 하는 학교가 흔하다. 이렇게 해서 충효교육을 잘한 것처럼 일기장들을 전시해 보이는 짓들에는 이맛살이 저절로 찌푸려진다. 아이들은 즐겁게 뛰어노는 데서 자라나는 것이고, 자기가 한 것을 정직하게 쓰는 데서 참인간이 되는 것인데, 어쩌자고 이렇게 거짓 글을 쓰게 할까? 또 뭐니뭐니하는 제목으로 현상모집을 하는 행사에 응모하도록 공문 지시가 내리면 모든 아이들이 수난을 당한다. 거짓 얘기를 꾸며내야 하는 것이다. 당선작이란 것도 거짓 글이 나오기 일쑤다. 설령 어쩌다가 정직하게 쓴 작품이 나온다고 하더라도, 한 편의 좋은 글을 얻기 위해 수만 명의 아이들에게 거짓을 쓰게 하는 것은 결코 교육일 수 없다.

정직은 어른이 아이들에게 가르쳐서 알리는 것이 아니다. 그것은 아이들이 본래 가지고 있던 심성이다. 본래 가지고 있던 것이 침해되지 않도록, 짓밟히지 않도록 보호하고 지켜주는 것이 교육이다. 이미 아이들의 정직성이 많이 짓밟혔다면 지금부터라도 살려주는 교육을 해야 한다. 정직성을 회복하려면 획일적 지도 방법을 버려야 하고, 자유와 창조의 정신을 심어주지 않으면 안 된다.

• 1981. 4

교사와 수업

학교에서 아이들을 가르치고 있는 교육자로서 하루의 시간 중에 가장 긴장되어 있어야 할 중요한 때가 뭐니뭐니해도 수업시간이다. 그래서 이 시간만은 미리 계획을 세워서 가르칠 것의 요점이 무엇이며, 무슨 얘기를 들려줘야 하고, 아이들은 어떻게 활동하도록 해야 하는가, 준비물은 무엇인가를 적어 결재까지 맡는다. 문교부에서 교과서를 국정으로 만들고, 시간 배당 기준을 법으로 정해서 무슨 과목은 일주일간에 몇 시간씩 가르치라고까지 하고 있는 것도 수업 시간의 중요함을 말해 주는 것이다. 수업은 교사의 생명이요, 수업 시간은 그 생명을 지키는 시간이라 하겠으니, 그 옛날부터 교육계에서 이름이 났던 사람들이 다 수업의 명수들이었음은 당연하다 하겠다.

그런데 요즘에는 사정이 아주 달라져서 수업을 잘해 보려고 애쓰는 사람이 도무지 없어 보인다. 교안은 장학사들에게 보이기 위해 쓰는 것이 되었고, 수업보다 더 중요한 일이 생겨서 교사들에게 수업은 2차적인 것으로 여겨지게 된 것 같다. 물론 수업을 잘한다고 이름난 사람도 없다. 이름을 내려면 무슨 연구발표를 잘하거나 무슨 전시자료를 근사하게 만들어내야 한다. 혹은 특수한 아이들에게 어떤 기능을 가르쳐 대외적 행사에서 상을 타게 하면 된다. 수업 같은 것은 교육대학을 나오면 벌써 모두 다 그 능력을 인정받고 있는데 잘하고 못하고가 어디 있는가. 교원 자격증이 있으면 그만 아닌가 하는 태도다.

이래서 어느새 수업을 서로 비판하는 것이 금기 사항처럼 되었다. 남의 수업을 보고 잘못된 점을 충고하는 것은 아주 케케묵은 옛날에나 있었던 연구수업이라 한다. 연구수업이란 말도 앞뒤의 단어를 바꿔 놓은 수업연구라 해서 제법 그럴듯한 형식이 주장되고 있지만 수업연구고 연구수업이고 교사들이 싫어하는 것은 사실이다. 학교 월중 행사표에 들어 있는 수업연구가 실효를 거두고 있는지 의문스럽다. 장학사들이 학교에 장학지도를 나왔을 경우에도 학습지도의 새로운 방향이라든지 보다 나은 지도법에 대한 일반적인 조언이 위주가 되고 참관한 수업에 대한 구체적인 지적 비판은 되도록 피하려는 경향이다.

수업의 실제를 문제 삼지 않고 점잖게 일반 학습지도의 원리라든지 아동심리 문제 같은 것을 얘기해 주는 것은 분명히 교사들의 환심을 사고 또 그런 것이 훌륭하고 진보된 장학지도같이 여겨진다. 과연 그럴까?

우선 지금까지의 수업 현장을 솔직하게 얘기해 보자. 도시고 농촌이고 시험 점수 올리기 위해 교과서를 외우고 쓰게 하고 혹은 시험 문제를 풀게 하는 수업을 하여 온 것이 일반적 추세가 아니었다고 말할 사람이 누구인가? 가르치는 과정이야 어찌되었든지 점수를 올리는 결과에만 열중하고 있었던 것은 세상이 다 아는 사실이다. 이런 상황에서, 우리가 양심을 가진 교육자들이고 행정가들이었다면 당연히 교실의 현장이 문제되어 준엄한 비판정신을 발휘했어야 할 일인데 오히려 반대로 그것이 외면당하고 은폐되어 왔던 것이다. 70년대에 들어와서 점수 따기 경쟁이 절정에 이르러 아이들을 그토록 괴롭히고 비뚤어지게 만들고 있던 바로 그 시기에, 종전까지 해오던, 수업을 서로 솔직하게 얘기해 주던 '연구수업'이 '수업연구'로 바꿔져 수업에 대한 비판이 기피되고, 그 대신 무슨무슨 학습이니 하여 온갖 허울좋은 지도 이론으로 교육을 미화하고 있었다는 것은 무엇을 말하는가? 이것은 두말할 것도 없이 오늘날의 인간을 비인간화하는 산업사회가 우리 교육계마저 예외 없이 변질시켜 교육을 상품으로 만들었다는 것을 말해 주는 것이다. 우리 교육자들의 정신이 물질에 지배되어 살아가는 사회에서 그 물질을 이겨낼 만큼 강인한 것이 못되고 필경 거리에서 장사하는 이들과 다름 없는 꼴이 되고 말았다는 것을 말해 주는 것이다.

우리가 크게 반성해야 할 문제 중의 하나가 바로 이것이다. 교육자들은 가장 핵심적인 업무를 소홀히 하여온 것이다. 지금부터라도 수업이 우리에게 가장 귀중하고 자랑스러운 기술임을 확인해야 한다. 수업을 잘하는 사람이 우러러 보이도록, 그런 사람이 우대받는 교육계가 되도록 해야 한다. 그러기 위해서 수업을 서로 보아주고 충고해 주는 기풍이 이뤄져야 한다. 그것은 케케묵은 풍습이 아니라 진정한 교육정신을 찾아 가지는 가장 진보된 교육자적 태도다. 심각한 현장의 문제를 덮어두고 서로 적당히 칭찬해 주는 것은, 교육을 빛내는 것도 교육자를 우러러 보이게 하는 것도 아닌, 다만 타락된 현상일 뿐이다. 비판정신만이 부패를 막는 소금이 된다는 것은 여기서도 진리인 것이다.

이제는 수업을 연구할 필요도 없고 남들한테 조언을 받을 필요도 없다고 생각하는 사람은 이미 교사가 될 자격을 상실한 사람이다. 나는 학교를 졸업한 지 얼마 되지 않은 선생님들이 수업을 할 때 지극히 상식적이고 기초적인 수업 태도조차 제대로 안 된 것을 가끔 보았는데, 이런 분들은 또 충고를 받아들이지 않았다. 우리 선생님들이 차츰 이 모양으로 되어간다면 어찌 되겠는가? 이게 모두 누구의 책임일까?

그런데 최근에 참 훌륭한 교사 한 분을 만났다. 그분은 학교를 나와 올해 6년째 교단에 서고 있는데, 하루는 밤에 숙직실에서 수업 얘기를 나누다가 내가 묻는 말에 대해 이렇게 대답하는 것이었다.

"저는 지금까지 남의 수업을 본 일은 여러 번 있었지만 훌륭한 수업이라 생각된 것은 한 번도 못 봤습니다. 그리고 연구수업도 몇 번 했지만 잘못된 것을 바로 말해 주는 분이 없어서, 어떻게 하면 잘해 볼까 하고 생각한 끝에 녹음기를 교실에 갖다 놓고는 수업이 끝난 다음 들어봤더니 여러 가지 깨닫게 된 것이 많았습니다."

교육계에 여러 해를 근무하면서 남의 훌륭한 수업을 한 번도 못 봤다면 이 얼마나 불행한 일인가? 이런 사람이 훌륭한 수업을 하려고 애쓰는 것은 마치 아름다운 그림을 한번도 본 적이 없는 사람이 아름다운 그림을 그리려고 하는 일만큼이나 어려운 일이라 아니할 수 없다. 나는 이 젊은 교사의 얘기를 듣고 우리 교육계의 원로나 선배들이, 훌륭한 수업의 본을 젊은이들에게 보여주지 못한 데 대해 깊은 죄책감을 느껴야 되겠다고 생각했다. 그리고 바로 훌륭한 수업을 보여주는 일이 장학의 최고 기술이요, 형태라고도 생각했다.

이렇게 하면 어떨까? 수업을 잘하는 분을 뽑아 한 교육청에 한 사람씩이라도 배치해서 그분들이 학교마다 다니면서 아이들의 학습을 재

미있게 인도하는 감동적 수업을 보여주도록 하는 것이다. 그런 제도를
만들어주었으면 하는 생각인데, 어린애 같은 망상일까?

• 1981. 7

수업의 비결

비결이라고 하니 무슨 굉장한 비법 같은 것이라도 있는 듯 여겨지는데, 그런 것이 아니고 누구도 생각할 수 있는 상식 정도의 얘기다. 수업의 비결에는 세 가지가 있다.

그 첫째는 점잖은 태도로 수업을 해 보이려 하지 말고, 차라리 서툰 수업을 하라는 것이다. 점잖고 보기 좋고 근사하고 멋있는 수업을 할 생각을 말아야 한다. 그것은 아이들을 위한 것이 아니고 구경꾼들을 위한 것이다. 알맹이가 차 있는 수업이 아니고 겉모양을 내보이기 위한 수업이다. 그러나 참관자들을 의식할 여유가 없이 아이들에게만 정신이 팔려 열중하는 수업은 흔히 서툴러 보인다. 이런 정직한 수업을 하려면 수업의 목표를 확실히 파악해서 그 목표에 도달하기 위해 모든 힘을 모아야 하는 것이다. 일부러 서툴게 보이는 것은 물론 아니다. 좀 더 정확하게 말하면 서툴다든지 익숙하다든지 하는 바깥에서 보는 수업자의 모습 같은 것은 염두에 두지 말고, 그런 것을 아주 무시해 버리는 태도다. 남들이 볼 때 서툴다는 느낌이 들어도 좋다는 태도로 수업에 임하는 것이다. 이것이 참된 수업을 창조하는 교사가 첫째로 가져야 할 마음의 자세다.

서툴게 한다는 말에서 생각나는 것이 피카소의 말이다. 피카소의 그림을 나는 좋아하지만 그림 이상으로 그의 말이 재미있다. 그는 말했다. "나는 날마다 서툴게 그림으로써 구제받는다"라고. 그래서 그가 마지막에 도달한 것이 아프리카의 동굴 같은 데 새겨 놓은, 원시인들이 그린 단순한 동심적인 그림의 세계였던 것 같다. 하필 피카소의 경우뿐 아니다. 그림이든 공작품이든 글이든 수업이든 우리가 그 무엇을 창조하려고 할 때는 남들이 보면 지극히 서툴러 보인다. 서툴러 보이는 것이 당연하다. 매끈하고 예쁘장하게, 혹은 자신을 가지고 대담하게 그려 놓은 선이나 형태는 예외 없이 상투적인 모방과 획일화된 형식으로 만들어진 것이다. 흔히 "침착하고, 능숙하고, 점잖고……" 어쩌고 하는 인사말로 칭찬받는 그런 수업은 실상은 내용이 빈 쭉정이요, 보이기 위한 수업인 것이다.

둘째는 아이들의 눈을 가지라는 것이다. 아이들의 눈으로 칠판을 보고 판서를 볼 수 있어야 하고, 아이들의 눈으로 교사 자신을 볼 수 있어야 한다. 아이들의 눈으로 책을 읽고, 교실 안팎의 모든 환경과 시설을 보고 듣고 느끼고 생각할 줄 알아야 한다. 특히 수업을 할 때는 잠시도 아이들의 눈과 위치를 떠나서는 안 된다. 물론 아이들 속에 빠져서 교사 자신을 잃어버려서도 안 된다. 교사라는 인간은 자신의 눈과 아이들의 눈—겹눈을 가진 존재라고 할 수 있다.

뒤편에 앉아 있는 아이들이 알아보기 힘들도록 자그마한 글자로 판서하는 버릇을 고치지 않는 선생님이나, 아이들이 이해하기 곤란한 어려운 말로 얘기하는 선생님, 아이들이 쳐다볼 수 없는 높은 벽에다 글 짓기 작품 같은 것을 붙여 놓는 선생님, 이런 선생님들이 있다면 아이들의 눈을 가지지 못했기 때문이다. 교단에 서서 판서한 것을 교편으로 가리키면서 얘기를 할 때, 그 자신의 몸에 가려져서 교실 한쪽 줄의 아이들은 거의 모두 선생님이 무엇을 써 놓고 무엇을 가리키고 얘기하는지 고개를 뻗쳐서 보려고 해도 볼 수 없도록, 그런 자리에 언제나 서 있는 선생님을 더러 보게 된다. 이런 경우 아이들이 "선생님, 안 보입니다"라고 말할 수 있어야 할 터인데, 안 보이면 안 보이는 대로, 단념을 했는지 수업 자체에 관심이 없는지 가만히 앉아 있으니 답답한 노릇이다. 교사가 아이들의 눈을 가져야 한다는 것은 교사의 자격으로 갖춰야 할 기본적인 요건이라고 할 수 있다.

셋째는 교안에 매이지 말라는 것이다. 교안은 짜야 하겠지, 혹은 짜는 것이 좋겠지. 그러나 반드시 교안대로 해야 하는 것이 아니다. 실지는 그대로 할 수 없는 경우가 더 많다. 수업을 진행하다 보면 뜻밖의 사태가 벌어지기 일쑤다. 이럴 때 임기응변으로 대처하는 지혜가 있어야 하는 것이다. 가장 흔히 일어나는 일은 수업 중 교사의 물음에 전혀 예기치 않던 답변이 아동으로부터 나오는 일인데, 이런 발언일수록 개성적이고 창의적인 것으로 귀중히 여겨야 하겠다.

어느 교실에서 무슨 식물을 뿌리째 뽑아다 잉크에 담가 놓고 그 결과를 기다리는데, 30분 동안이나 아이들을 가만히 앉아 있게 한 것을 보았다. 왜 그동안 각자가 가지고 있던 돋보기로 그 식물의 잎이라도 관찰하도록 하지 못했을까? 하다못해 손가락무늬를 들여다볼 수도 있지 않았던가? 어느 학교에서 공개한 수업을 참관했을 때는, 아이들이 모두 교실에 들어갔지만 수업 시간이 되지 않아 시작의 신호를 기다려 모든 교실의 아이들이 오랫동안 인형 같이 앉아 있는 것을 보기도 했다. 아이들을 기계로 만들어 놓고 무슨 교육을 한다고 말할 수 있겠는가?

이상의 세 가지 — 서툴게, 아이들의 눈을 가지고, 자유로운 태도로 교사가 수업을 하고 있는가, 그렇지 못한가 하는 것은 아이들의 태도를 보아도 알 수 있다. 교사의 창조적인 수업은 그대로 아이들의 창조적인 학습을 뜻하기 때문이다. 아이들의 주의가 한 곳에 집중되어 있거나 아이들이 그 무엇에 열중해 있으면 그 모습은 그대로 교사의 모습이다. 이와는 달리 아이들이 인형같이 가만히 앉아 교사가 지시하는 대로만 움직인다면 그런 수업은 이미 죽은 수업이다. 아이도 죽고 교사도 죽은 무덤같이 고요한 교실이 되어서는 안 된다.

반드시 모든 교과가 다 그렇다고는 할 수 없지만, 수업이 창조적으로 되고 있는가 그렇지 못한가는 아이들의 공책으로도 짐작할 수 있다. 한 반 아이들의 공책이 똑같은 내용으로 씌어져 있다면 그 아이들은 획일적인 학습과 피동적인 베껴쓰기밖에 못하고 있는 불행한 아이들이다. 이런 아이들의 공책일수록 깨끗하다. 그런데 아이들 스스로 조사하고 기록하고 창의적으로 쓰는 공책은 얼핏 보아 지저분한 것이 당연하다. 무엇이든지 겉모양 깨끗한 것으로 그 가치를 판단해서는 안 된다. 공책을 열심히 검사했다는 자취를 보이기 위해 담임교사나 학부모의 도장을 될 수 있는 대로 많이 찍어 보이는 경향도 있는 모양이니 이게 다 무슨 짓인가.

교사들이 성실한 태도로 수업을 할 수 있도록 하려면 공문지시나 감시 감독으로는 불가능하다. 근무평정도 효과가 없을 것이다. 그런 외부적 통제 방식으로는 교육을 한층 더 겉치레 꾸미기의 타락된 길로 몰아갈 뿐이다. 교사들의 교육 정신의 각성은 오직 양심에 호소하는

수밖에 없겠고, 교사들을 잡무에서 해방시키고, 물질적인 대우를 충분
히 해주는 길밖에 결단코 없을 것이다.

• 1981. 8

제비집과 학교

어느 학교에서 교육 연구 공개 행사가 있어 그 학교 교장선생님의 안내로 학교 안팎의 시설물을 둘러보던 때였다. 콘크리트 교사의 바깥벽과 처마 몇 군데에 제비들이 집을 짓느라고 흙을 물어다 나르고 있는 것이 눈에 띄어 이상하게 여겼다. 그때가 7월에도 하순이 되었으니 말이다. 내가 있는 학교에서도 복도 천장에 제비집이 있는데 벌써 새끼를 다 날려보내고 다시 두 번째 새끼들을 키우느라고 부지런히 먹이를 물어 나르는 것을 보고 왔던 것이다. 한여름이 다된 이제사 묵은 집터에 흙을 물어 날라 집을 짓고 있다니, 이렇게 지각한 제비들 아니면 게으른 제비들도 있는가 싶어 쳐다보는데, 안내하던 교장선생님이 제비집을 가리키며 이런 말을 하는 것이었다.

"한 이틀 내가 너무 바빠서 안 봤더니 저렇게 또 흙을 붙여놨네요. 뜯어 놓으면 또 짓고, 또 뜯어 놓으면 또 짓고 합니다. 참 지독한 놈들이지요. 몇 달 전부터 날마다 장대로 제비집 뜯는 게 일입니다."

아, 그랬던 것이구나! 그래서 저렇게 지금도 흙을 물어와 집을 만들고 있구나. 어쩌면 한번쯤 교장선생이 출장을 가버린 사이 집이 완성되고 알까지 낳았는지도 모르지. 그 알들도 집과 함께 박살이 나고 말았는지도 모르지. 앞으로 어찌 될까?

그러나 짓고 허물고 하는 이 불행한 싸움은 끝없이 되풀이될 수 없는 것만은 확실하다. 제비들은 너무나 약하고, 집을 지어야 할 시간도 한정되어 그 시한이 곧 닥쳐오고 있는 것이다. 지어도 지어도 뜯기고 마는 이 무서운 형벌이 어디서 무슨 이유로 내려지는지 알 수도 없이 그들은 결국 어느 날 아침 허물어진 보금자리 위에 기진해 떨어지겠지.

날마다 아침부터 그래도 희망을 품고 지푸라기며 진흙을 정성으로 뭉친 건축의 재료를 쌓아 올리던 그 오묘한 보금자리가 무시로 어떤 포악한 힘으로 파괴되어 조각조각 땅에 떨어지던 그 자리에, 드디어 그들은 피를 토하고 떨어져 죽을 것이 아닌가. 죽어서 인간의 잔인성에 항의할 것이 아닌가…….

나는 참다못해 한마디 했다.

"교장선생님, 제비집 있는 것 더럽게 생각하지 마시고, 오히려 자연스러운 풍경으로 아름답게 보시면 안 됩니까? 뜯는 것도 여간 수고가 아니지요. 자연보호한다고 나뭇가지에 애써 새 집도 만들어 달아주는 판인데, 제비가 불쌍하지 않아요? 벌써 새끼들을 날려보낼 땐데요."

"깨끗한 벽에 제비집 붙은 게 흉하고, 제비똥 떨어지는 것도 더러워요."

"제비똥이 없어도 아이들은 하루 몇 번씩 청소를 해야 할 것인데요……."

"안 돼요. 내가 이 학교에 있는 한, 절대로 제비집은 그냥 안 둡니다!"

교장선생님의 말씀은 단호했다. 그래서 문답은 끝이 난 것이다. 나는 그날 그 학교 아이들의 교육 상황을 보고 듣고 했지만 머릿속에 들어온 것은 아무것도 없었다. 그 학교를 나와서도 우울한 생각을 떨쳐 버릴 수가 없었다.

제비집을 뜯는 그 교장선생님은 우리 교장들 가운데서 결코 성격이 별난 분이 아니다. 오히려 너무나 성실하여 평소에 학교를 알뜰히 가꾸려고 늘 애쓰는 분이다. 교육 행정이란 측면에서 볼 때는 모범 교육자라 할 수 있을 것이다. 교육을 잘해 보이려고 하자니 학교를 깨끗이 관리하려는 것이고, 학교를 깨끗이 보전하려면 제비집 같은 것은 지저분하게 보이니 뜯어 없애야 하는 것이다.

어찌 이 학교뿐이랴? 대한민국의 국민학교에서 콘크리트 건물에 제비집을 짓는 것을 뜯지 않고 그대로 두는 학교가 과연 얼마나 있을까? 바로 내가 있는 학교에서도 교실 들머리 복도 천장에 지어 놓은 제비집을 대부분의 선생님들이 날마다 원망스럽게 쳐다보는 것이다.

개인의 주택에서 추방당한 제비들은 자연보호 간판이 세워지고 흥부와 놀부의 민화를 교과서로 가르치고 있는 학교를 찾아왔지만, 학교에서는 더 한층 잔인하게 쫓겨나게 되었다. 학생들이 교과서는 시험 점수 따기 위해 외우고 쓰는 것쯤으로 알고, 집에 가면 슬레이트 지붕 밑에 있는 제비집을 더럽다고 헐어 버리고 싶어할 것이 너무나 당연하다.

제비집은 과연 더러운 물건인가? 콘크리트 벽에 페인트칠을 한 것은 아름답고 제비집은 더럽다는 이 '아름다움'의 기준은 어디서 연유한 것인가? 이것은 장학 행정을 하는 분들이 학교에 찾아오면 겉모양반듯하고 깨끗한 것만을 찬양하고 그런 것으로 교육의 실적을 평가하기 때문임이 분명하다.

사람의 손으로 만들어져 함부로 쓰고 아무데나 버려져서 온갖 해를 일으키고 있는 추악한 물건들, 사람의 몸에서 나온 배설물들, 이런 것들보다 제비의 똥이 더 더럽다는 눈과 코는 어디서 어떻게 길들여진 것일까?

우리가 두려워해야 할 것은 인간이 자연을 배척하여 그것을 정복하고 멸살하고서 그 자리에 빌딩을 세워 놓고는 그것을 문명이라 자랑하는 일이다. 그것은 인간의 마지막이 온 것을 너무나 잘 말해 준다. 그러나 더 한층 두려운 것은 그 자연을 까닭 없이 미워하고 살육 정벌하는 잔인성을 아이들에게 가르치는 짓이다. 물질에 의한 인간정신의 마비 상태, 경화 상태가 이에 이르렀다는 것은 실로 두렵고 또 두려운 것이다.

• 1981. 8

기념사진

어떤 기회에 여러 사람이 한자리에 모이게 되면 헤어지기 전에 기념으로 사진을 찍는 수가 흔하다. 그리고 이럴 때 사람들은 서로 가운데 자리를 차지하고 싶어한다. 어떤 사람은 꼭 자기가 그 자리를 차지해야만 되는 것처럼 항상 가운데로 용감하게 진출해서 턱 버티어 앉거나 서 있는 것을 보게 되는데, 이런 사람이 예외 없이 속물이라는 것은 두말할 나위도 없다.

물론 여러 사람들 가운데 특히 나이 많은 분이 있어 그분을 가운데 모시고 찍는 경우에는 지극히 자연스럽고 아름다운 모습으로 보여진다. 마치 가족 사진에서 할아버지 할머니를 가운데 모시고 그 둘레를 아들딸들, 며느리들, 손자 손녀들이 에워싸고 있는 것과 같다. 그런데 누가 나더러 "속물 한 사람 골라주시오" 하고 주문한다면 나는 기념사진을 가져오라고 해서 그 사진의 앞자리 한가운데 어깨를 으쓱 올리고 두 다리를 쩍 벌리고 앉아 있는 젊은이를 찾아내어 "바로 이 사람이 속물의 대표자입니다"라고 말할 것이다.

　교직에 있으면 아이들과 함께 사진을 찍게 되는 일이 가끔 있다. 특히 졸업 기념사진은 한 해에 한번씩 꼭 찍는다. 나도 그럭저럭 졸업생들과 함께 찍은 것이 서른 몇 차례 되는 셈이다. 그 사진들 속의 내 자리는 젊었을 적에는 대개 한쪽 가나 뒤쪽이었는데, 최근에는 앞자리 가운데를 차지하게 되었다. 나이가 많아졌구나 하는 생각이 들어 서글퍼지기도 한다.

　그런데 이 졸업 기념사진 속의 나는 몇 해 전부터 다시 한쪽 갓자리로 옮기게 되었다. 밀려난 것이 아니라 진출한 것이요, 거기가 진정 내 자리임을 발견한 것이다. 가운데에는 아이들을 앉히고 내가 뒷자리나 한쪽 가에 서니까 다른 선생님들도 모두 따르게 되고, 그래서 아이들을 가운데 두고 어른들이 빙 둘러 지켜 서 있는 졸업 기념사진이 된 것이다.

　학생들과 선생님들이 같이 사진을 찍는다고 할 때, 중고등학교나 대학은 몰라도 국민학교에서는 어린이들을 가운데 앉히고 어른들이 바깥쪽에 서서 찍는 것이 좋을 것 같다. 그것이 자연스럽다. 어린이들을 높이 받드는 교육의 정신도 그런 데서 나타날 수 있을 것 아닌가. 더구나 요즘의 농촌 학교란, 졸업생들이 30명이면 많은 편이고 겨우 여남은 명밖에 안 되는 학교가 흔하다. 이런 학교에서 선생님들이 앞자리 가운데 떡 버티고 앉고 아이들이 그 둘레에 서 있다고 할 때, 이것은 어딘가 잘못됐음이 분명하다. 학교 교육의 모순이 이런 데서도 느껴지는 것 같다.

　제대로 하지도 못하는 교육을 졸업 사진 하나 가지고 그럴싸하게 내보이려 한다면 나야말로 장사꾼이요, 속물 중의 속물일 게다. 다만 이러한 허울이라도 찾아 가지려는 노력이 교육의 참모습을 영영 잊어버리지 않으려는 자그만 몸부림에 이어지는 것이라고 변명해 본다.

우리가 옛날부터 해오던 것으로 으레 그렇게 하고 있고 해야 할 것으로 알고 있는 것들을 잘 살펴 새로운 눈으로 보면 마땅히 고쳐야 할 것이 한두 가지가 아니다.

학교의 건물 양식과 교실의 위치 같은 것도 그 한 가지 예가 될지 모른다. 가령 직원실을 가운데 두고 각 교실을 그 직원실에서 한눈으로 내다보고 통제하기 편리하도록 배치한 것은 일제식 학교 건축양식이라 할 수 있지 않을까? 내가 생각하고 있는 이상적인 학교의 교실은 (도시는 그렇게 될 수 없지만) 숲속에 여기저기 한 채씩 단독으로 배치된 교실이다. 그런 교실을 설계해서 짓는다는 것이 우리 나라의 경제적인 여건으로 보아 매우 어렵겠다는 현실을 모르는 바 아니다. 그러나 엄청난 돈을 들여 운영하는 귀족적인 학교도 있는 모양이다. 적어도 현재와 같은 획일적 · 통제적 교육에나 알맞은 건축양식, 교실 배치는 한번 생각해 볼 일이 아닌가 한다.

• 1981. 9

교직, 그 보수와 지위

교직에 들어온 지도 그럭저럭 40년이 가까워온다. 내 이력서에는 중단 기간이 세 번 있다. 그것은 다른 시·도로 옮기거나 다른 교육기관으로 옮기기 위해서 그랬던 것이지, 교육 자체가 싫어서 사표를 낸 일은 없다. 내가 교직을 그만두었으면 하고 생각한 때도 있었지만, 그런 경우에도 경제적인 이유나 사회적인 지위에 불만을 가지고 그런 생각을 한 적은 없다.

최초에 교직을 택한 동기도 아이들을 가르치면서 아이들과 같이 살아가는 것이 내 할일이라고 생각했기 때문이다. 말하자면 교직을 천직으로 깨달은 것이다.

그러기에 나는 어떤 때에도 봉급이 적다고 마음속으로 불평해 본 기억이 없다. 광복 직후, 그리고 6·25 직후에 하숙비를 내기 힘들었을 때도 나보다 가난하게 살아가는 사람들, 최소한도의 건강조차 유지하기 어려운 식생활을 하면서 살아가는 사람들과 비교해서 그래도 나는 덜 어렵게 살아가는 편이었던 것이다. 그리고 교원들이 정상으로 봉급을 받게 된 뒤로는 주로 농촌 지방에서 근무하였는데, 농민들의 생활과 비교해서 내 넉넉함이 늘 미안하고 죄스럽기까지 하였던 것이다.

그렇다고 내가 농민들을 위해 조금이라도 도움되는 일을 하였나 하면 그렇지 않다. 그저 그렇게 살아온 것이다. 교직자 중에서는 보수가 적다고 자주 불평을 하는 이가 있다. 이런 사람들은 어느 회사의 간부가 되어 있는 동창생의 봉급과 비교하고, 어느 장사하는 친구의 월수입을 얘기하면서 '교직은 형편없는 직업'이라는 식으로 말한다. 틀린 말은 아니다. 보수 면에서 보다 더 많은 수익을 올릴 수 있는 직업은 많을 것이다. 그러나 우리가 살아가는 이 사회에서 물질의 소유나 수입의 등차를 생각한다면 한이 없을 정도다. 인간의 물욕 그 자체가 끝이 없는 것이다. 우리는 여기서 적어도 물질에 관해서만은 위를 쳐다보지 말고 아래를 내려다볼 필요가 있다. 위니 아래니 하는 말은 맞지 않을 것 같다. 아무튼 우리는 정신적으로는 위를 쳐다볼 것이고 물질적으로는 나보다 더 곤궁한 사람을 바라보면서 살아가는 것이 현명한 삶의 길이다. 무엇보다도 교직이라는 본질에서 생각할 때, 우리는 이런 삶의 길을 가야 하는 사람이라고 본다.

또 한 가지는 교직자의 사회적 지위에 관한 문제다. 한때 교육자들이 사회적으로 푸대접받는다고 하여 행정 당국까지 관심을 표명한 일이 있다. 가령 지방의 어떤 행사 자리에서 다른 관서의 장보다 학교의 교장을 앞자리에 앉히자고 하는 등의 의견이다. 내가 보기로는 참 대수롭잖은 문제로 어지간히들 모두 열을 올린다는 느낌이다. 앞자리고 뒷자리고 그게 무슨 문제랴? 오히려 그런데 관심을 기울여 자리다툼을 하는 자체가 학생들에게 사회적 계급을 의식하게 하고 입신출세식 처세관을 가르치는 것 아닌가? 경우에 따라서는 무슨 관서의 장이고 사무원이고 농민이고 다 앞자리에 앉히고 교육자만 뒷자리나 끝자리에 앉는 것이 참된 교육자의 자세를 보여줄 수 있는 훌륭한 태도가 아닌가 생각한다.

같은 교직 안에서도 계급을 의식하는 것은 좋지 않다고 본다. 평교사, 주임교사, 교감, 교장, 과장, 국장, 교육감……이것이 교직의 계급이 될 수는 없는데, 현실은 그렇지 않은 것 같다. 교실에서 아이들을 가르치는 사람 말고는 다 어느 만큼씩 교직에서 본질적으로 멀어져 있는 사람들이다. 이러한 비본질적인 면에 관심을 갖는 일은 순수한 교육자적 정신을 포기한 사람이라 할밖에 없다.

그런데 우리가 사는 이 사회는 모든 것이 물질에 의해 그 값이 매겨진다. 교원의 사회적 지위가 낮아진 것도 따지고 보면 물질적 보수가 다른 직업에 견주어 낮기 때문에 그렇게 된 것이다. 앞에서 나는 교원들이 보수가 적다고 불평하는 것이 잘못이라고 말했다. 그러나 이 말은 교원들의 대우가 보다 더 나아져서 유능한 인재가 교육계에 모이고 따라서 교육자의 사회적 지위가 저절로 높아져서 교육이 잘되는 것을 결코 부정하는 말이 아님은 말할 것도 없다.

• 1982

어린이 마음

다산(茶山)의 시에 다음과 같
은 것이 있다.

밤 깊은 울타리에 호랑이 나타나니
고요한 산중에 우레 같은 울음소리

소년 홀로 사립문 밀치고 나가
시내까지 쫓아가서 개 빼앗아 돌아오네.

• 송재소 옮김, 《다산시선(茶山詩選)》

한밤중 호랑이가 물고 가는 개를 아이가 따라가 빼앗아오다니 이런
일이 있을 수 있는가. 그러나 다산이 거짓말 시를 썼다고는 생각되지
않는다. 이 시는 1887년, 그러니까 약 1백 년 전에 쓴 것이지만, 실은

나도 20년쯤 전에 재미있는 호랑이 얘기를 들었다. 상주 어느 깊은 산골에서 한 어린이가 날마다 학교에서 집으로 돌아갈 때 호랑이를 데리고 다녔다는 것이다. 이 얘기는 사실을 확인한 그 어린이의 담임선생님한테서 들은 것이지만, 지면이 없기에 여기 자세히 못 적는다.

그러나 더 놀라운 뱀 얘기가 있다. 바로 우리 학교 ㅂ선생이 들려준 것이다. ㅂ선생이 어렸을 때 한번은 어머니가 세 살이 된 동생을 뒤란 멍석 위에 앉혀 놓고 잠시 채마밭에 간 사이에 일어난 일이란다. 어디서 굵다란 뱀 한 마리가 아이 곁으로 기어왔다. 아이는 그 뱀을 만지고 놀다가 끌어안았다. 뱀은 아이의 몸을 감고 좋아했고, 아이는 뱀과 장난을 쳤다. 어머니가 밭에서 돌아오니 아이는 "엄마, 이거 봐" 하고 좋아서 못 견디는 얼굴이었다 한다. 어머니는 까무러칠 뻔했다. 어른이 나타난 걸 보자 뱀은 어디론지 달아나듯 사라져 버렸다는 것.

어린이의 마음은 하늘과 땅에 닿는 것이며, 하늘과 땅 사이에 있는 모든 생명에 통하는 것이다. 어린이의 순박한 마음, 사심(邪心) 없는 마음은 우리가 가장 흉악하다고 말하고 흉측스럽게 여기는 호랑이나 뱀들까지도 어린이가 되게 순화시키는 것이다.

두어 해 전에 ㄱ시에서 있었던 일이다. 2월의 어느 날, 두 어린이가 책가방을 들고 집으로 돌아가는 길이었다. 얼음이 녹기 시작한 못 위를 미끄럼을 타면서 가다가 못 한가운데서 그만 풍덩 빠졌다. 뒤를 따르던 아이들이 급히 학교에 알려서 선생님이 달려와 허리에 밧줄을 매고 헤엄쳐 들어가 한 아이를 구해 나오는데, 한쪽 팔에 안긴 그 아이가 "선생님, 저 애도 같이 살려줘요" 하더라는 것이다. 물론 그 선생님은 다시 들어가 남은 아이도 살렸다.

죽음에서 헤어나려고 몸부림치면서도 저 혼자만 살아나려고 하지 않는 마음, 이것이 어린이 마음이다. 만약 어른이었다면 그 누가 "저 친구도 함께 살려주시오" 하겠는가? 다만 제 한 몸 살아나기에 정신이 팔렸을 것이고, 남을 생각하더라도 안전한 자리에 돌아온 다음에야 할 수 있을 것이다.

우리가 예사로 겪는 일이지만, 어린애를 업고 골목을 가다가 길에서 사람이 소리쳐 울고 있는 광경을 목격하게 되면 등에 업힌 아기가 울어 버린다. 어른은 저 사람이 왜 우는가, 정신이 돈 사람은 아닌가 하고 바라보거나, 기껏해야 동정을 하는 정도이지만, 아기는 무조건 울어 버린다. 저와 남의 구별이 없는 마음, 자기 중심으로 이해를 따지지 않는 마음, 이것이 어린이 마음이다.

이해를 타산할 줄 모르는 마음, 저와 남을 하나로 보는 마음, 이것은 인간으로서 미숙하고 덜 발달된 상태인가? 그래서 될 수 있는 대로 빨리 그런 유치한 마음에서 벗어나 약삭빠르게 살아가는 재주를 익히도록 해주어야 할까? 만약 그렇다면 어린이들이 서로 다투어 점수를 많이 따게 하는 교육은 정상적인 교육이다. 그것은 어린이의 마음을 가장 효율적으로 짓밟아 버리고 이기주의로 굳어진 어른을 만드는 교육이기 때문이다.

내가 믿기로는 어린이의 그 어린이다운 마음, 곧 순박하고 사심이 없으며 남과 자기를 하나로 여기는 마음을 지녀가도록 지켜주고 키워가는 것이 참교육이다. 어린이의 마음으로 살아가도록 하는 것이야말로 인간 교육의 최고 최상의 목표다.

동심을 해치고 병 들게 하는 교육은 어떤 형태, 어떤 구실로서도 허용될 수 없다. 어린이가 어떤 목적에 이용되고 수단이 되는 교육은 사이비 교육이다.

순수한 마음과 정직한 삶을 표현하는 글짓기 교육도 바로 이 동심을 키워가기 위한 것이다. 얼마 전 어느 분이 어린이의 시를 읽은 느낌을 다음과 같이 써 보내온 일이 있다.

지난번 《대성》 9호이던가에 실린 2학년 아이의 〈고기〉라는 시는 저에게 참으로 커다란 기쁨을 주었습니다.

지금도 외울 수 있어요.

고기는 이상하다.
물속에서 숨을 쉰다.
바로 그 점이 이상하다.
내가 1학년 때 1학년 선생님
한테서 들었다.

자기가 늘 보고 잡기도 하면서 가까이에 있던 그 물고기가 숨쉰다는 사실, 더구나 물속에서 숨을 쉰다는 사실은 이 아이에게 얼마나 신기하며 또 얼마나 충격적이었을까요? 그것을 이렇게 잘 표현할 수 있다니 정말 훌륭하다는 생각이 듭니다. 누구의 것을 모방하지도 생각을 흉내내지도 않고, 자기의 느낌과 생각을 자기의 말로 표현할 수 있다는 것이 아주 중요한 것 같아요. 이러한 훈련을 한번도 받아 보지 못한 저는 한편으로 부끄럽고 한편으로 참 속이 상합니다.

인간성에 대한 회의가 들 때, 왜 모든 일들이 이렇게 되어가고 있을까? 사람들은 왜 이렇게 삶을 영위하는 것일까? 도대체 인간이란 무엇인데? 아이들의 글을 보고 위안을 얻을 때가 많습니다. 위안이 아니고 자책의 경우가 많습니다만.

　……자꾸 비관적이고, 모든 것이 절망적일 때는 아주 조그만 일
이 커다란 희망을 주는 것 같아요.

어린이의 시를 이렇게 이해할 줄 아는 이분은 어린이의 마음을 간직
한 분이란 생각이 든다. 그런데 아직도 우리 교육계에는 글짓기 지도
를 한다는 분들이 어린이들에게 빈 말재주로 글을 꾸며 만들게 하여
부지런히 신문 잡지에 내고 상도 타게 하여 교육을 잘 하는 것처럼 선
전하는 경향이 있다. 또한 그런 엉터리 글을 뽑아 상을 주는 행사로 장
삿속을 채우는 이들이 끊이지 않고 있다. 아동문학도 정신이 빠져 버
린 글재주 놀음이 되어가고 있다. 참으로 한심한 노릇이다. 교육과 문
학을 장사와 다름없이 생각하고 어린이들을 입신의 수단으로 이용하
는 어른들에 의해 이 땅의 어린이들은 그들의 본마음을 잃고 비뚤어진
어른으로 급조되어 가고 있다.

　뱀과 호랑이들까지 이해하는 어린이의 마음을, 교육을 한다는 사람,
동심의 문학을 한다는 사람들이 모르고 있고 그것을 짓밟고 있으니 이
래 가지고 어찌 되겠는가?

• 1982. 4

이런 사람 이런 교육

지난 겨울 어느 날이었다. 첫 눈이 제법 발목이 잠길 정도로 내린 길을 몇 사람이 걸어가고 있는데, 내 옆을 함께 가고 있던 한 아가씨가 "길도 미끄럽고 한쪽 발도 무겁다"고 말해서 왜 발이 무거운가 물었더니 이런 대답을 했다.

"제 친구 한 사람이 신발 도매를 하고 있어서 헐한 운동화 한 켤레 보내 달라고 했더니 짝짝이에다 왼쪽 것은 밑바닥이 두꺼워 이렇게 무겁네요."

나는 놀랐다. 서울에서도 일류 대학을 나왔다는 아가씨가 짝짝이 운동화를 태연히 신고 5백 리 길을 여행 왔구나 싶어서다. 이 아가씨가 외딴 섬과 가난한 마을을 찾아다니면서 아이들 교육을 하려고 한 정신이 예사로운 것이 아니구나, 하는 생각도 들었다.

이 선생이 어느 도시의 가난한 마을에서 아이들 교육(그는 교육이란 말을 거의 안 썼다. 그저 아이들과 같이 사는 것이라 했다)을 했던 얘기를 몇 가지 들었기에 그 요점을 여기 소개해 본다.

싸움─싸움을 하는 애들이 있으면 결코 야단치지 않는다. 무리하게 말리거나 강제로 떼어 놓지도 않는다. 두 아이가 싸우는 것을 옆에서 지켜보면서 자연스럽게 그칠 수 있게 한다. 가령 어느 쪽이 잘못 말하거나 행동하면 그것을 옆에서 비판한다든지 하면 잘못한 것을 부끄러워하여 곧 그치게 된다.

남의 물건을 훔치는 버릇─이런 아이가 있으면 아무도 모르게 한 곳에 데리고 가서 "돈이 필요하면 언제든지 나한테 말해라. 필요한 만큼 줄 것이니 남의 것에는 손대지 말아라"고 하여 손쉽게 버릇을 고친다.

담배를 피우는 아이─이런 아이도 한 곳으로 데리고 가서 "내 앞에서 피워도 괜찮으니 마음 놓고 피워라. 그리고 꽁초를 주워서 피우지말고, 담배 살 돈 내가 줄 테니 사서 피워라"고 하여 담배 살 돈을 주었더니 안 피우게 되더라.

욕설─빈민촌 아이들은 말이 거칠고 욕설을 잘한다. 욕설은 이렇게 지도했다. 아이들을 모아 놓고 "자, 지금부터 우리 실컷 욕설을 해보자"고 하여 10분이면 10분 동안 무슨 욕설이든지 마음대로 하게 한다. 그러면 아이들 입에서 봇물을 터뜨린 것처럼 온갖 욕설이 쏟아져 나온다. 저희들끼리, 혹은 선생님께 평소에 하던 욕설을 생각나는 대로 토해 낸다. 얼굴을 험상궂게 찌푸리고 고함치는 것이 아니라, 웃으면서 장난으로 지껄이는 것이다. 이렇게 해 놓으면 적어도 그날만은 결코 욕설을 하지 않게 된다.

ㅇ선생의 이런 교육 방법은 어떤 견해에서 할 수 있었던 것일까? 그것은 우리가 보통 부도덕한 행위라 규정하고서 심히 꺼림칙하게 여기

는 아이들의 모든 행위가 그 실상은 어른들의 사랑이 결핍된 데서 생겨나는 것이고, 아니면 어른들의 부당한 억압의 결과로 발생한다는 것이다. 이러한 생각은 어린이에 대한 무한한 믿음에서 온 것이 틀림없다.

재미있는 것은 ㅇ선생의 이런 교육관이 학교 교실에서 배운 것도 아니고 독서에서 깨달은 것도 아니란 사실이다. 음악 대학을 나온 그는 교육학에 관한 책을 한 권도 읽은 바가 없고, 영국의 서머힐도 몰랐고, 일본의 도모에 학원을 소개한 책도 최근에 알았다.

"저는 교육학 공부를 안한 것을 다행으로 여깁니다. 만약에 교육학을 전공했더라면 아이들과 같이 살지는 못했을 것 같아요."

이렇게 말하는 ㅇ선생에게 나는 권해 보았다.

"지금까지 아이들과 같이 살아온 얘기들을 글로 써주면 좋겠네요. 참 재미있는 책이 되겠고 교직자들에게 큰 도움을 줄 것이 확실해요."

사실 나는 ㅇ선생한테서 재미있는 얘기, 놀라운 일화들을 많이 들었다. 그런 체험담을 글로 써 놓으면 서머힐이나 도모에 학원 얘기보다 더 감동적으로 읽힐 것이라 생각했기 때문이다.

그런데 ㅇ선생의 대답이 또 뜻밖이다.

"저는 지금까지 글이라곤 써본 일이 없어요. 학생 시절에도 학교를 나와서도 일기를 써본 일이 없고, 시고 수필이고 쓴 적이 없어요."

아이들과 함께 살고 살아가는 일을 계획하는 것도 일절 글자로 적어 두지 않고 머릿속에 자세히 짜 놓는다고 했다. 그래도 한 가지도 잊어 버리지 않고 실행해 왔다니 놀랄 일이다.

이 글의 첫머리에서 짝짝이 운동화 얘기를 했지만, 나는 ㅇ선생이 어릴 때부터 가진 동심을 손상 받지 않고 거의 그대로 지녀온 지극히 드문 사람이라고 생각되었다. 아마 아이들의 마음을 깊이 이해해 주는 부모님의 애정에 넘친 교육을 받고 자라났을 것이다.

　이런 사람— 동심을 지닌 사람은 사실은 글쓰기고 학문이고 별로 필요가 없을 것 같기도 하다. 글을 쓰고 학문을 하는 것은 필경 동심을 가지기 위해서가 아닌가. 이미 동심을 빼앗긴 사람은 그것을 회복해 가지려고 글도 쓰고 학문도 연구해야 하는 것이다. 그러니 아이들에게 억지로 글을 쓰게 하고 책을 읽히는 일은 그 아이들을 해치는 것밖에 또 무엇을 줄 수 있을지 의문스럽다.

　끝으로 ㅇ선생이 들려준 외딴 섬 아이들 얘기 한 가지를 적어둔다.

　한번은 서해의 어느 외딴 섬에서 아이들과 같이 살던 중, 교육하는 일을 도와주던 종교 단체에서 그 아이들에게 서울 구경을 시켜주기로 했다. ㅇ선생이 "서울 구경 시켜 어쩌자는 것인가, 그런 돈 있으면 아이들 다니는 학교의 시설이나 좀 갖추도록 해 달라"고 요청했지만 받아들여지지 않았다.

　할 수 없이 아이들 데리고 서울에 갔는데, 사람들이 시골 아이들 대접한다고 쇠고기에 바나나 같은 음식을 잔뜩 차려 놓고, 예쁜 옷 입은 서울 애들이 노래 부르고 춤추고 하였지만 섬 아이들은 음식물을 먹지 못했다. 바나나를 먹고는 토해 버렸다. "너희들 먹고 싶은 게 뭐니?" 했더니 된장찌개니 콩나물이니 하였고, 물고기라고 하더란다.

　ㄷ신문사를 찾아갔을 때, 어느 기자가 "선생님, 이애들 가출하게 되면 누가 책임을 집니까?" 해서 가슴이 뜨끔했다는 것이다. 그래서 서울의 화려한 거리와 높은 건물만 보이지 않고 판자촌 같은 데도 가보기는 했지만, 결국 여행을 마치고 돌아갈 때는 ㄱ항 부두에서 섬으로 가는 배를 기다리며 바다를 바라보던 아이들이 모두 울어 버리더라는 것이다.

"섬으로 가고 싶지 않아서 그렇게 울고 있었지요" 했다.

혼히 자매결연이란 것을 하여 시골 아이들에게 화려한 도시 생활을 보여주고 싶어하는 사람들이 있는데, 깊이 반성해야 한다. 시골 아이에게 과자나 학용품 같은 것을 선물로 주는 것을 대단한 일이나 하는 것처럼 여기는 것도, 굶주리고 있는 동물들에게 먹이를 던져주며 기분 좋아하는 태도로 시골 아이들을 대하는 것이 되지는 않는지 생각해 봐야 할 것이다. 세상일을 깊이 살피고 알지 않으면 저도 몰래 교육이란 이름으로, 자선이란 이름으로 죄를 짓게 되어 있는 것이 우리가 사는 사회다.

• 1982. 6

독서교육 긴급동의

    🍃   하루는 책방 앞을 지나다가 아이들이 읽을 잡지 한 권을 사려고 들어갔다. 국민학교에 다니는 막내가 하도 그 요란스럽게 꾸민 만화잡지 《○○세계》니 《○○월간》이니 하는 것을 벌써부터 사 달라고 하기에 웬만하면 사가리라고 생각한 것이다.

그런데 진열해 놓은 월간지들을 한권 한권 들춰보던 나는 결국 사기를 포기하고 나와 버렸다. 그런 잡지들이 그런 꼴인 줄 잘 알고 있는 터이지만, 그래도 여러 해가 지났으니 요즘은 좀 달라졌겠지, 책을 팔아먹는 이들도 양심이 있을 테니 이젠 좀 나아졌을 것 아닌가 싶었던 것이다. 만약 여전히 그 모양이라면 설마 한 편의 읽을거리라도 있겠지. 그러면 그걸 사가지고 가서 "이 책에는 이것밖에 읽을 게 없으니 잘 읽어봐라"고 할 참이었는데, 그 모든 기대가 싹 허물어진 것이다.

그 책방에서 나와 이번에는 종교 서적 간판이 붙은 한 책방에 들어갔다. 《새벗》이란 잡지가 나온다고 들었기 때문에 보고 싶었다. 물어보니 "그 잡지는 책방에 안 나옵니다. 정기구독을 해야 합니다"라고 했다. 《새벗》이 어떻게 꾸며져 나오는지 모른다. "그것도 비슷해요" 하는 말을 듣기도 했다. 다만 책방에 진열해 놓은 사치한 광고 화보들이 눈을 어지럽히는 만화 잡지보다는 낫지 않겠나 싶었던 것인데, 그런 게 책방에 나오지도 못하는 모양이다.

아이가 실망하는 얼굴이 떠올라 단행본이라도 한 권 살까 싶어 동화책을 찾아보았다. 많다고 할 수는 없지만 거기에는 내가 알고 있는 여러 유명 무명 작가들의 작품집들이 꽂혀 있다. 그런 책들을 들춰볼 생각이 안 난다. ㄱ씨의 동화는 뭘 써 놓았는지 대부분 그 내용이 잡히지 않는다. ㄴ씨의 동화도 재미가 없다. 호화판으로 꾸민 ㄷ씨의 작품집은 잠꼬대 같은 헛소리로 돼 있다. ㄹ씨는 얘기가 잘 짜여 있지만 문장이 거북스럽다. 공연히 까다롭게 꾸미고 늘이고 비비꼬아서 읽을 수 없다. ㅁ씨, ㅂ씨들은 재미도 없고 문장 수련도 안 되어 있다. 낯선 작가의 책을 한 권 펴본다. 새로 문단에 나온 사람이라 기대가 간다. 그런데 맙소사! 책머리에 대문짝만하게 내놓은 사진이며 국회의원 출마하는 사람같이 떠벌려 놓은 경력이 그만 정나미가 뚝 떨어진다. 보나마나다.

다시 한 권 새 이름의 동화책을 편다. 거기 서문으로 나온 한 문단 명사(?)의 글은 안 읽기로 하고 책 뒤쪽에 저자의 발문이 있기에 유심히 읽어보니, 아동문학과 꿈에 대한 상투적 얘기를 아주 자신만만하게 늘어놓았다. 나는 꿈이란 걸 떠벌리기 좋아하는 작가를 믿지 않는다. 그건 어린이와 아동문학에 대한 진지한 탐구와 고뇌를 겪은 일이 없는 사람들이 안이한 상식적인 세계에서 지껄이는 게으른 모방의 언어이기 때문이다.

　이런 작가의 작품은 결정적으로 그 내용이 시시하고 문장에는 기교가 심하다. 시시한 내용은 문학을 할 만한 정신의 기반이 없기 때문이고 문장의 기교는 공허한 내용을 은폐하고 위장하기 위한 것이다. "그 아이는 소리 나는 쪽을 보았다"고 할 것을 "그 아이는 소리 나는 쪽으로 눈을 꽂았다" 하는 식이다. 이런 것을 꿈을 표현하는 문학이라 알고 있다. 결국 두 번째 책방에서도 사지 못하고 나와 버렸다.

　아이들이 읽을 책이 없는 나라, 아이들이 즐길 문학이 없는 나라. 그런데 학교에서는 독서 교육을 떠들고, 독서 감상문 쓰기가 성행한다. 독서 감상문 현상 모집 행사가 아동 도서를 낸다는 출판사 같은 데서 주최를 해서 전국 규모로 벌어지기도 한다.

　도대체 무슨 책을 읽히자는 것인가? 어떻게 읽히자는 것일까?

　전체 아이들에게 감상문 쓰기 경쟁을 시켜 책을 많이 읽은 것처럼 선전하는 것도 기가 막히고 일부 아이들에게 감상문 쓰기를 신물 나게 시켜서 상을 받도록 하는 것도 어처구니없다. 모두가 아이들 팔아먹는 장사꾼들이나 하는 짓이다.

　속독법이라 해서 책을 빨리 읽는 방법을 가르친다고 별난 훈련을 시키는 것도 어이가 없다. 일찍이 톨스토이는 그의 《인생 독본》의 맨 첫머리에서 책을 함부로 많이 읽는 것을 크게 경계했다. 책이란 천천히 그 내용을 음미하면서 읽어야 한다. 또 개성에 따라 좀 빨리 읽는 이도 있고 천천히 읽는 이도 있을 것이다. 아이들을 속독법으로 모조리 훈련시켜 책을 겉스쳐 읽어 나가도록 한다는 것은 결코 있어서는 안 될 일이다. 더구나 책의 공해가 심한 요즘 세상에서 덮어놓고 많이 읽혀서 어찌하겠는가.

그러나 내가 최근 가장 한심스럽게 여기는 것은 그 소위 '필독 도서'란 것이다. 도대체 무슨 책이 필독 도서란 말인가? 서구 여러 나라들은 학교의 교과서조차 '필독'으로는 안 되어 있다고 들었다. 더구나 아이들에게 읽힐 만한 책 한 권 찾기 어려운 처지에서 '필독 도서 선정 위원회'니 하는 것을 조직하여 '학년별 필독 도서'를 선정한다는 것은, 각 학교 단위로는 말할 것도 없고 전국 단위로 한다고 하더라도 그것이 제대로 될 수는 절대로 없다고 본다. '필독'이 아니라 '권장'이라면 모르지만.

다음 또 하나 중요한 얘기가 있다. 우리 나라에서 학교 아이들이 보는 책을 KDC 십진분류법을 따라 열 가지로 나누고 있다. 이 분류에서 아동문학은 물론 여덟 번째의 '문학'에 들어간다. 어느 학교를 막론하고 아동 도서의 수량은 이 '문학'이 절대 다수로 되어 있다. 일반 책방의 책도 그러한데 당연한 일이다. 그 이유는, 아이들이란 문학을 통해서 사물을 인식하고 인생을 배우게 되어 있기 때문이다.

그런데 더러 행정을 하는 사람들이 아동 도서의 수량을 이 분류로 나눠보고는 왜 하필 문학책만 이렇게 많이 사들이나? 고루 갖춰야지, 하고는 어떤 지시를 내리기도 하는데, 이것은 아동 도서를 모르기 때문이다.

아동 교육에서는 철학이고 과학이고 역사고 모두 문학으로 이뤄져야 하는 것이 가장 바람직하고 효과적이다. 아동문학은 철학과 종교와 역사 들을 모두 포괄한다. 파브르의 《곤충기》는 과학의 얘기지만 어떤 문학에도 못지않게 문학적으로 쓰인 책이다. 시튼의 《동물기》도 문학에 들어간다. 웰스의 《세계문화사대계》는 역사 얘기지만 역시 문학책이라 할 수 있고, 일리인의 《인간의 역사》도 마찬가지다. 아이들에게 성경이 읽힌다면 종교의 교리가 적혀 있기 때문이 아니라 문학이기 때문이다.

전혀 소용없는 분류를 해 놓고는, 정작 학교 도서실에 가장 아쉽고 긴요한 학년별 단계에 따른 도서 분류는 전혀 되어 있지 않다. 도서의 분류는 책을 잘 분별해서 찾기에 편리하도록 하자는 데 그 뜻이 있다. 무의미하고 불편한 KDC 분류법을 버리고 아동 도서를 분류하는 새로운 분류법을 고안해야 한다.

• 1982. 7

이 땅의 풀 한 포기라도

　　행사가 너무 많다. 교육은 학급 단위로 이뤄져야 하는 것인데 학교 전체에서 통제를 하게 되는 행사가 빈번하니 문제가 안 될 수 없다. 입학식, 졸업식을 비롯하여 국경일의 경축식과 같은 의식이야 하지 않을 수 없는 것이지만, 운동회, 소풍, 학예 발표회, 수업 공개의 날 같은, 학부모들이 참여하게 되는 행사도 과연 교육자들의 주체적이고 창조적인 생각으로 운영하고 있는 것일까? 그 옛날 일제 시대에 하던 것을 그대로 답습하고 있는 것은 아닌지, 혹은 그때보다 더 못하게 된 것은 아닌지 반성해 보아야 하겠다. 그런데 옛날에는 별로 없었는데 요즘에 와서 부쩍 많아져서 선생님들을 괴롭히는 행사들이 있다. 아이들에게 여러 가지 재주를 겨루게 하는 이 행사들은 학교 안의 행사만으로 그치지 않고 대외적으로 선수를 뽑아내어 학교끼리 경쟁을 해야 한다. 예를 들자면 동화대회, 웅변대회, 미술대회, 글짓기대회, 건전노래 부르기대회, 체육평가대회 등등이다. 이밖에 자연보호, 꽃심기, 원농작업 등과 같은 봉사를 표방한 행사들도 있다.

이러한 거의 모든 행사는 행정적인 지시로 마지못해 하거나, 아니면 학교 교육의 피상적인 성과를 외부에 내보이기 위해 하는 것이다. 따라서 모든 행사들이 어른 중심으로 발상되고 계획 운영되고 있어서 아이들의 욕구와 흥미는 무시된 채 겉보기만 질서 있게 진행되는 상태다.

교사와 아이들을 괴롭히는 모든 행사를 근원적으로 다시 검토해야 한다. 애당초 아이들을 위한 것일 수 없는 행사는 깨끗이 없앨 것이고, 하지 않으면 안 될 것이라면 아이들의 처지에서 목표를 생각하고 계획을 세워야 하겠고 아이들 중심으로 운영해야 할 것이다. 보이기 위한 행사가 아니고 전체 어린이들이 진정으로 기뻐하고 즐기는 행사가 될 수 있도록.

아이들 자신이 진정으로 주인이 되었다는 깨달음을 줄 수 있는 행사, 자주성을 배양하는 행사를 기획할 수 없을까? 지시가 없어도, 학교의 자랑거리가 못 되어도 어린이들을 내면적으로 키워갈 수 있는 행사를 고안할 수는 없을까?

여기 농촌 아이들의 주체성을 북돋워주는 행사 한 가지를 소개해 본다. 이름은 '풀이름알기대회'쯤으로 해두자.

이 행사가 의도하는 바는 다음과 같다. 즉 산과 들에 있는 풀이름을 많이 알게 하는 과정을 통해서 풀의 모양을 관찰하고 자연에 관심을 갖도록 하자는 것이다. 이렇게 함으로써 향토의 자연을 사랑하는 마음이 싹트도록 하고 싶다. 나라 사랑도 향토 사랑의 마음이 앞서지 않고서는 불가능하다.

한국 사람들은 자신의 소중함은 모르고 남의 것에만 정신이 팔려 있

다고 한다. 우리 나라 사람들이 우리의 산과 들에 있는 풀이름, 꽃이름
은 몰라도 태연하면서 서양 화초의 이름을 모르면 부끄러워하는 경향
이 있으니 넋이 빠졌다는 말을 들어도 할 말이 없다. 우리 어른들은 그
렇더라도 아이들만은 그러지 말아야 할 터인데, 과연 그렇지 않도록
교육을 하고 있는지? 정신 교육과 애국 교육을 백번 천번 외치는 것보
다 담 밑에 돋아난 풀 한 포기에 사랑을 느끼도록 하는 것이 참교육이
아닐까.

이 행사의 방법을 대강 말해 본다.

먼저 풀 얘기를 해주고, 풀에 대한 생각을 하게 한다. 생명을 가진
풀, 사람과 풀은 한 형제란 깨달음에까지 이를 수 있다면 더 바랄 것이
없다.

옛날사람들은 자연 속에서 자연과 같이 살았다. 모든 풀의 이름을
지어 놓고 그 풀들과 같이 살아간 것이다. 그런데 지금은 풀들의 이름
조차 잊어버리고 땅바닥을 시멘트로 싸바르고는 좋아하고 있으니, 이
것이 어찌 사람답게 사는 모습이겠는가?

우리 고장의 논둑, 밭둑, 산기슭, 냇가, 길가에 있는 온갖 풀들을 살
펴보자. 그 풀들과 얘기해 보고, 그 이름을 알아보자.

풀이름을 어떻게 알아내나?

어른들한테 물어보면 되지.

이래서 적어도 한 달쯤은 앞서 예고를 해둔다. 누가 많이 알고 있나,
내기를 한다고.

한 달이 지나면 행사 바로 전날에 다음과 같은 종이를 (4학년 이상
전교생에게) 나눠주어서, 이튿날 채집한 풀과 함께 가져오게 한다.

( )학년 ( )반 ( )

차례	풀 이름	있던 곳 (길가, 밭둑, 산기슭 등)	판정	비고
1				
2				
3				

　물론 많이 알아온 사람을 뽑아서 상을 주는 것이다. 어느 학교에서
이런 계획을 말했더니 선생님들이 모두 "그걸 누가 심사합니까? 우리
도 풀이름을 모르는데요. 아이들은 부모들한테 묻는다지만 부모들도
사투리밖에는 몰라요" 했다. 선생님들의 당혹은 어쩌면 당연한 것인지
도 모른다. 그러나 마을 사람들이 풀이름을 사투리로 알고 있는 것은
당연하다. 식물학 전공의 선생님들도 표준말로 풀이름을 어느 정도 알
고 있는지, 또 표준말 풀이름이 다 정리되어 있는지도 의문스럽다. 그
리고 선생님이라고 해서 언제나 가르치는 것뿐이라고 생각하면 잘못
이다. 아이들한테서 배울 수도 있어야 진짜 옳은 선생님이지.
　그럼 심사는 누가 합니까?
　아이들이 하지!
　아이들이 선생님이 되는 것이다. 학급마다 심사위원회를 구성한다.
아이들이 가져온, 풀이름 써 놓은 종이와 풀을 심사위원들이 하나하나
맞추어보게 하여 맞고 틀림을 판정해 가면 되는 것이다. 많이 알아내
어 상을 받은 사람이 다음해 심사위원이 되면 좋을 것이다.
　이것은 학교 전체로 하지 않고 학급 행사로 할 수도 있다. 행사라기

보다 하나의 학습 방법이라 할 수 있다. '대회'라고 한 것은 요즘 모든 행사가 그런 명칭으로 되어 있기 때문에 편의상 붙인 것뿐이다.

이 행사(학습)에서 주의할 것은 논밭의 곡식이나 산의 나무, 꽃밭의 화초들은 '풀'에 포함시키지 말고 따로 하는 것이 좋다. 그러니 이 종류의 행사는 ① 풀, ② 나무, ③ 학교 안의 꽃과 관상수—— 이 세 가지로 나누는 것이 좋을 것 같다. 또 학교 안의 화초나 나무는 그것을 아이들마다 채집하게 하지 말고 강당이나 빈 교실 책상 위에 화초 한 포기, 나무 한 가지씩을 번호가 적힌 종이 위에 차례로 놓아두고는, 아이들에게도 번호가 적힌 종이를 나눠주어서, 한 사람씩 지나가면서 그 이름을 제각기 가진 종이에 적도록 하면 될 것이다.

생각해 보라. 언제나 공부를 못한다고 꾸중만 듣고 기를 못 펴던 아이들, 도시 아이들보다 학력이 낮다고 늘 못난 놈으로 대우받던 농·산촌 아이들이 자랑스럽게도 선생님 노릇을 하면서 벙긋벙긋 웃고 있는 모습들을! 농·산촌 아이들에게 긍지를 심어주고, 도시 아이들에게는 자연을 배우게 하는 지극히 뜻있는 행사라고 믿는다.

• 1982. 9

그림을 싫어하던 아이

🍃　며칠 전 어느 은행에 갔더니
한 사무원 아가씨가 "이 선생님 아닙니까?" 하고 인사를 한다. 알고 보
니 10여 년 전 ㄷ시에서 잠시 내가 가르쳤던 최양이었다. 그때 인사 발
령의 착오로 ㅂ국민학교에 부임해서 3학년을 담임한 지 꼭 한 달 만에
다시 시골로 전출해 나갔던 것인데, 최양은 나를 알아본 것이다. 잠시
그동안에 지나온 일들을 대강 얘기하고 나자 최양은 "미숙이를 압니
까?" 하고 물었다.

"알고 말고! 그렇잖아도 미숙이 소식을 물어볼라던 참이었지. 그래
미숙인 지금 어디서 뭘 하고 있나?"

겨우 한 달 동안 맡았던 미숙이를 지금도 내가 잊지 못하고 있는 까
닭은 이러하다. 미숙이는 그림을 잘 그리는 아이로 소문이 나 있었다.
무슨 미술대회 무슨 사생대회에 그림이 여러 번 우수상, 특상으로 뽑
힌 경력을 가진 아이로서, 학년 초 반 편성을 할 때 내 반에 오게 되어

다른 선생님들이 부러워했던 것이다.

　그런데 미술 시간이 되어 그리는 것을 보니 참 말이 아니었다. 나무고 사람이고 서슴지 않고 쓰윽쓱 그리는데, 그것은 어떤 개념으로 찍어내는 꼴이었고, 딱딱해서 생동감이 없었다. 다만 예쁘장하게 다듬어서 색칠만을 빈틈없이 진하게 칠하고 있었다. 분명히 그 그림에는 어떤 창조적 재질이 번득였지만 그 재질은 강요된 형식에 의해 피어나지 못한 채 시들어진 상태로 되어 있었다. 지금 내 기억으로 대강 그런 그림이었는데 어쨌든 그렇게 열심히 그리는 듯 보였던 미숙이 그림은 내 눈에 참 보기 싫은 그림이었던 것이다.

　미숙이는 언제나 그러했다. 어째서 이 아이의 그림이 미술대회에 최우수상을 받게 되는지 나로서는 알 수 없었다.

　한번은 미숙이의 일기를 보았더니 그림 그리기가 지긋지긋하게 싫다고 씌어 있었다. 날마다 집에만 오면 엄마가 그림을 그리라고 해서 집에 오기도 싫어진다고 했다. 하도 크레파스를 쥐고 문질러 대서 손가락이 아파서도 못 그리겠다고 했다.

　그리기 싫은 그림! 그것이 어찌 좋은 그림이 되기를 바라겠는가? 미숙이가 가엾게 여겨졌다. 어떻게 해서라도 미숙이를 도와서 미숙이의 재질이 정상적으로 살아나도록 해줘야겠다고 생각했다. 그래서 무엇보다도 먼저 그 아이의 어머니를 설득시키는 일이 큰 과제가 되었다.

　그런데 나는 그만 한 달 만에 미숙이네들과 헤어지고 말았던 것이다. 그 후로 나는 미숙이가 어찌되었는지 모른다. 지금까지의 교단생활에서 뉘우쳐지고 죄스럽게 생각되는 일이 많지만, 그때 미숙이의 그림을 바로잡아 주지 못하고 미숙이의 개성을 지켜주지 못한 것이 두고두고 잊지 못할 마음 아픈 일이 되어 있다.

"그렇게 애써 그림을 그리더니, 지금은 어디 있나?"

"중학도 같이 다녔어요. ○○여고를 나온 것만은 아는데, 지금은 전혀 소식을 몰라요."

최양은 미숙이의 그림에 대해서는 한마디도 언급하지 않았다. 아마 어렸을 때 소문났던 그 그림 재주가 올바른 길로 들어가 발전하지 못한 것이 틀림없다. 그래서 혹시 성격에까지 영향을 미치지는 않았는지 모르겠다.

그 무렵 도시에서 소위 화실이란 게 별로 많지는 않았던 것 같은데, 미숙이가 화실에 다녔던 것인지 안 다녔는지 기억에 없다. 나는 화실이란 데를 좋지 않게 생각한다. 대개는 아이들의 재능과 개성을 망쳐 놓기 때문이다. 미숙이가 화실에 안 다녔다고 하더라도 아이들의 그림을 이해하지 못하는 온갖 어른들—미술대회 심사원, 미술 지도교사, 부모들을 포함한 모든 어른들의 강압과 부추김에 의해 그 아까운 재능이 여지없이 시들어지고 비뚤어졌을 것이 확실하다.

지난해 어느 연구 공개 학교에 가서 미술 지도 현장을 봤더니, 지도교사가 책상 사이를 다니면서 한다는 말이 "대담하게 쓱쓱 그려야 해!" 하고 되풀이했다. 재빨리 쓱쓱…… 이것은 남의 것을 흉내내는 태도이지 결코 아이들이 그림을 창조하는 태도는 아닌 것이다.

그런데 미술 교육에 가장 나쁜 영향을 주는 것이 '색칠하기' 그림책이다. 선으로 어떤 형태를 윤곽만 그려 놓고 거기에 색칠만 하도록 하는 것이다. 이것은 그림을 창조하는 여지를 주지 않으면서 아이들에게 자기가 그린 것처럼 착각하게 한다. 아이들이 한 번 이 그림책으로 색칠하는 버릇을 들여 놓으면 그 편리함과 안이함에 빠져서 다음부터는 제 생각대로 그릴 줄 모르게 된다. 기껏해야 책의 그림을 묘사하거나 남의 그림을 흉내내는 것이 고작이다.

　아이들의 창조적 재능을 마비시키는 이 '색칠하기'는 책방마다 팔고 있다. 놀랍게도 유치원에서 교재로 쓰는 데가 많고, 국민학생들이 보는 잡지 같은 데서도 더러 부록으로 나온다. 이래서 취학 전의 유아들은 대체로 자기들의 그림을 그리는데 유치원생만 되어도 남의 그림을 흉내내려고 하는 것이다.

　우리 집에는 중 3의 사내아이가 있다. 국민학교에도 들기 전 산골에 있을 때 놀랄 만큼 그림을 잘 그려 크게 기대가 됐던 것이, 학교에 들고부터는 그만 형편없이 되어 버렸다. 교과서 보고 그리고, 큰아이들 따라 그리려고만 한 것이다. 요즘은 아예 그림을 안 그린다. 미술 시간에는 도안만 배우는 모양이다.

　국민학교 4학년인 계집애는 처음부터 도시에서 만화책과 인형으로 자라서 그런지 애당초 못 그린다. 그림이라면 만화에 나오는 예쁘장한 계집애 얼굴밖에는 그리는 것을 보지 못했다.

　얼마 전 어느 도시의 고등학생들 미술전을 보았다. 그 많은 그림들 가운데서 희한하게도 사람이 그려진 것이 한 점도 없었다. 내가 지도 교사에게, "선생님, 사람이 그려진 것이 한 점도 없는 걸 어떻게 보십니까?" 물었더니 "사람 그리기가 어려운 게지요" 했다.

　유아 때는 누구나 서슴지 않고 자유롭게 그렸는데, 학교에 들고부터는 못 그린다. 산이나 집 같은 것은 흉내로 개념으로 그리지만, 움직이는 사람은 그런 태도로 그릴 수 없는 것이다.

　우리 학교에도 그림책을 보고 그 형태와 색깔을 꼭 그대로 잘 본떠 내는 솜씨를 가진 선생님이 있다. 그런데 새것을 창조해서 그리라면 무척 어려워한다. 우리가 미술 교육을 바르게 받았다면 사실은 이 반대가 되어야 할 것이다.

아이들의 창조성을 키워가는 데 그림보다 더 좋은 수단이 없다. 그런데 우리 민족은 미술 교육에서 볼 때 병신이 다 된 것 같다. 창조를 모르는 민족이 어떻게 민주주의 사회를 만들겠는가?

창조의 싹을 지켜주고 키워주는 선생님들의 일은 어떤 정치가나 혁명가가 하는 일에 못지않게 중요하다고 생각해 본다.

• 1982. 12

교사의 책임과 영광

일전에 유치원 교사들이 보게 되어 있는 어느 회보를 편집하는 분의 요청으로 다음과 같은 짧은 글을 써준 일이 있다.

며칠 전 이웃집에 갔다가 한 아주머니가 구멍이 숭숭 뚫어진 헌 포대기를 쳐들어 보이면서 이런 말을 하는 것을 들었다.

"글쎄, 모두 보래요. 우리 아인 이게 없으면 잠을 안 자요. 아무리 재워도 안 되고, 새 포대기를 줘도 밀어내고 꼭 이것만 찾으니, 세상에 이런 일도 있는가요?"

나는 이 얘기를 듣고 콘라트 로렌츠가 쓴 《솔로몬의 반지》란 책에 나오는 얘기가 생각났다. 그것은 날짐승이 알에서 깨어 나오는 순간 최초로 그 눈앞에서 움직이는 존재를 자기의 보호자—곧 어미로 인지하게 된다는 것이다. 로렌츠는 이래서 기러기가 부화기에서 나오는 것을 지켜보고 있다가 그만 한사코 어미로 알고 따라다니는 기러기 새끼들의 어미 노릇을 하느라고 단단히, 그러나 감격스러운 고생을 했다고 한다.

다 해어진 포대기가 있어야 잠을 자는 아이에게 그 포대기는 아마 최초로 그 아이를 안아주었을 것이고, 그리고 오랫동안 그 아이를 덮어주고 지켜준 일종의 보호자 노릇을 한 것이 틀림없다.

여기서 나는 어린이를 가르치는 최초의 선생님 역할이 얼마나 중요한가를 생각하게 된다. 어린이의 모든 것을 결정하는 데 가장 중요한 사람은 물론 어머니다. 그리고 그 어머니 다음으로 중요한 존재가 바로 유치원 선생님이다.

대학교수보다 중고등학교의 교사가, 중고등학교의 교사보다 국민학교 교사가, 국민학교 교사보다 유치원 교사가 결정적으로 중요한 까닭이 이러하다. 우리의 어린이들을 우리의 어린이로, 참된 인간의 어린이로 키워가는 데 가장 큰 힘을 가진 이가 바로 유치원 선생님일 수밖에 없다.

이 글을 여기 인용하는 까닭은 '유치원 선생님'을 '국민학교 선생님'으로 바꿔서 말하기 위해서다. 아직도 우리 나라에서는 유치원에 다니는 아이들보다 국민학교에 바로 들어가는 아이들이 더 많기 때문이다.

국민학교 교육의 중요성은, 그 대부분이 어머니의 품에서 처음으로 떨어져 나온 아이들을 받아들이는 최초의 학교라는 점과, 또 하나 6년이란 가장 긴 수학 기간이 되어 있다는 점을 생각하면 쉽게 깨달을 수 있다. 누구든지 지난날의 학창 시절을 회상했을 때, 가장 먼 과거가 되어 있는 국민학교 시절의 선생님이나 친구들을 잊지 못하고 그리워하게 되는 까닭도 이 때문이다.

알에서 깨어난 날짐승이 어떻게 자라나게 되는가는 그 어미에 달려 있듯이, 아이들이 어떤 인간으로 굳어지는가는 국민학교 선생님들이 아이들을 어떻게 다루는가에 달려 있다. 아이들을 지시와 명령에만 의존하는 기계로 만드는가, 아니면 창조적인 삶을 즐기는 인간이 되게 하는가 하는 것이 모두 선생님에 달려 있다. 아이들을 점수따기의 비참한 동물로 만드는가 아니면 인간스러운 느낌과 생각을 갖는 사람의 자식으로 키우는가, 아이들을 우리 민족의 아이로 기르는가 서양아이로 기르는가 하는 이 모든 열쇠는 실로 국민학교 선생님들이 다 잡고 있는 것이다.

그런데 이상하게도, 참으로 이상하게도 우리 나라에서는 어린이를 가르치고 어린이를 위해 일하는 것을 천시하고 멸시하는 풍토가 되어 있다. 다 같은 교직자라도 유치원이나 국민학교 교사보다 중고등학교 교사를 높이 보고, 중고등 교사보다 대학교수를 높이 보고 있다. 물질적인 보수도 국민학교 교사보다 중고등 교사가, 중고등 교사보다 대학교수가 더 낫다. 이것은 입신출세식 사회관이 우리의 의식을 지배하고 교육과 사회 질서를 지배하고 있음을 말해 준다.

나는 대학교수의 보수가 유치원이나 국민학교 교사의 보수보다 낮게 책정되어야 한다고 주장하는 것이 아니다. 적어도 '교육자'로서의 대우라면 유치원이나 국민학교의 교사가 우대되지는 못하더라도 평등한 대우를 받아야 할 것이라고 생각한다. 동서고금의 이름난 교육자는 모두 어린 아이들을 가르친 사람이었지 대학의 교수는 아니었다. 대학교수는 교육보다 학문을 연구하는 학자라는 점에서 우대되어야 할 것이다.

　문학도 성인문학보다 아동문학이 푸대접받고 있다. 일반적으로 동
화나 동시의 고료는 소설이나 시의 고료에 비해 반액도 못 되는 형편
이고, 동시집이나 동화집은 대부분 저자의 자비로 출판되고 있다. 아
동문학을 전문으로 한다는 잡지들은 이런 사정을 기화로 하여 고료 없
는 원고를 모아 책을 만들어 팔고 있다. 이러니 재능 있는 작가나 시인
들이 아동문학을 외면하고 있으며, 많은 아동문학 작가들이 성인문학
의 흉내라도 내려는 판세가 되었다. 우리의 어린이들은 문학에서도 버
림받은 신세가 된 것이다.

　같은 아동문학에서도 소년소녀들을 위한다는 순정소설이니 명랑소
설이니 따위는 더러 만화잡지 한쪽에 연재도 되고 책으로 팔린다. 그
런데 보다 나이 어린 아이들이 읽을 동화를 전문으로 쓰는 이가 없다.
어쩌다가 작품이 발표되는 수가 있지만 유년동화를 아주 안이하게 생
각하여 아무렇게나 쓴 것이다. 유년동화·유아동화·그림 얘기의 구별
도 안 되고 있다.

　유치원이나 국민학교의 교육이 중요한 것같이 취학 전후의 아이들
에게 들려주거나 보여주어야 할 문학작품의 중요성은 아무리 강조해
도 지나치지 않다고 생각되는데, 우리에게는 그런 작품이 너무 귀하
고, 진지한 자세로 쓰려는 이조차 없는 실정이다.

　지난 가을 어느 백일장에서 작품 심사를 여러 사람들과 한 일이 있
다. 초등, 중학, 고등, 일반 대학부—이렇게 나온 작품들을 나눠서 심
사를 했는데, 나는 국민학교 저학년 작품을 보겠다고 자청했는데도 불
구하고 실무자가 일반 대학부로 정해 놓았다. 왜 그랬는가 물었더니
"선생님을 우대해서 일부러 그랬습니다"라고 말했다. 그 실무를 본 사

람이 아동문학을 하는 분이었던 것이다.

아이들이 버림받고, 아이들에게 희망을 걸 수 없이 된다면 그 사회가 앞으로 어찌 되겠는가 생각해 볼 일이다.

이제 곧 1학년 아이들이 들어오게 된다. 그들이 교문에 첫발을 들여놓는 순간은 새로운 세상에 대한 기대와 두려움으로 그 가슴이 한껏 부풀고 긴장해 있을 것이다. 그리하여 마치 날짐승이 알에서 깨어나 자기를 지켜주는 보호자를 확인하려고 하듯이, 자기를 맞아주는 담임 선생님의 모습을 앞으로 평생을 두고 마음속 깊이 새겨두려고 주시할 것이다. 이 아이들의 순수하고 인간스러운 마음을 지켜주고 가꿔주어야 할 교사의 책임이 얼마나 중대하고 그 보람 그 영광이 얼마나 큰 것인가를 생각해 볼 만하지 않은가.

• 1983. 2

죄인의 말

그럭저럭 40년 가까운 세월을 아이들과 살아왔으니, 이제는 한 차례 지난날을 돌아보고 앞으로 남은 세월을 어떻게 보내야 할 것인지 생각해 봐야겠다.

더러 나를 대하는 사람들이 백발이 되도록 교육에 몸을 바쳤다면서 고마워하는데, 나 같은 나이가 된 교직자들에게 으레 하는 인사말 같은 것이야 예사로 듣는 것이지만, 이따금 진정 거룩한 교육자로 잘못 보는 경우가 있어 정말 부끄럽고 난처하다.

나는 이 나이가 되도록 교단에서 무엇을 하였던가? 아무리 생각해도 교육을 한 것 같지는 않다. 그럼 무엇을 하였는가? 아무것도 없다. 다만 죄를 지었을 뿐이다. 내가 여기서 할 말이 있다면 죄 지은 애기를 털어놓는 것뿐이다.

처음부터 대강 말해 보자. 나는 일본 제국 말기에 교원 생활을 시작했다. 아이들 가르치는 일이 내 천직이라고 깨달은 때문이다.

그런데 막상 교단에 서보니 참 힘들고 괴로웠다. 일제의 살벌한 군대식 교육은 체질적으로 나에게 거부감을 일으키게 하였지만, 그것을 부정하고 다른 참교육을 조금이라도 실천할 만한 나대로의 교육관이나 교육이론이 있을 수 없었다. 나는 이러지도 저러지도 못하는 상태에서 자신을 잃고 위축된 나날을 괴로워하면서 지냈던 것이다.

그러면서 아이들에게는 우리 말로 한마디 다정하게 얘기해 줄 줄 몰랐고, 수업료와 비행기 헌납금 같은 것이나 독촉하면서, 날마다 관솔을 따라 산으로 끌고 다니고, 냇가에서 잔디를 파고 돌을 주워 나르는 개간이나 시켰다. 1년 남짓한 그동안에 나는 우리 민족의 아이들을 일본 제국의 아이들로 훈련하는 일에 충실히 협력하였던 것이다.

해방이 되어 잠시 꿈같은 날을 보냈지만, 일제의 망령은 모든 학교 교육에서 조금씩 되살아났다. 아동 중심이니, 민주 교육이니 하는 것은 입으로만 지껄이는 말이 되었다. 그리고 이런 상황을 한층 악화시킨 것이 아이들을 상대로 하는 온갖 금품 징수 사무였다. 해방 직후 내가 근무하던 ㅂ시 어느 학교에서 달마다 아이들로부터 걷어낸 돈의 종류가 열 가지도 훨씬 더 넘었다고 기억된다. 그리고 돈 아닌 물건을 걷어 모으는 일이 또 그만큼 많았다. 이런 짓을 용납하며 감행해 온 사람이 교육자는 무슨 교육자란 말인가?

그 당시 교육계에서 모범 교사가 되는 조건이 세 가지 있다고 했다. 첫째는 '돈' 잘 걷어내는 일이고, 둘째는 '청소' 깨끗이 하는 것, 셋째는 '환경 정리' 잘하는 것이다. 이런 역사에서 무사히 월급쟁이 노릇을 하여왔다는 것은 아이들에게 죄를 짓지 않고는 불가능한 일이다.

미국의 군정이 물러가고 자유당 정권이 들어서도 아이들한테서 돈 걷어내는 일은 조금도 변함이 없었다. 아니, 더 한층 심해지기도 했다.

5·16을 맞아도 마찬가지였다. 선생이란 사람들이 수업하러 교실에 들어가면 출석을 부르기도 전에 "돈 가져오너라"는 소리를 누구나 인사말처럼 했다.

여러 가지 돈을 효과적으로 걷어내는 방법이 연구되었다. 그 결과 대개 어느 학교든지 담임교사가 80퍼센트 정도를 의무적으로 걷어내게 되었다. 그러면 담임교사의 월급으로 대납하지 않기 위해, 또는 80퍼센트를 초과한 징수액을 자기의 수입으로 잡기 위해 아이들을 가혹하게 독촉했다. 때로는 학교까지 온 아이들을 집으로 돌려보내는 일도 결코 드물지 않았다. 이런 혹독한 독촉에 견디지 못해 학교를 그만두는 가난한 아이들도 가끔 있었다. 이런 짓을 한 교육자의 한 사람으로 나는 살아온 것이다.

1950년대에 내가 어느 농촌의 사립학교에 있었을 때, 가난한 학생들에게 수업료 독촉을 하면서, "너희들도 어렵겠지만 우리도 살아야 한다"고 뻔뻔스럽게 말하여 아이들을 울렸던 것이 바로 어제 일처럼 되살아난다. 점심도 제대로 못 먹는 그 가난한 아이들에게 학비 한 푼 보태어주지 않고 말이다.

이 나라의 교육사를 쓰는 학자들이 지난날의 교육을 어떤 찬란한 말씀으로 적어둘 것인지 나는 모른다. 남들이야 어떻게 교육을 보고 자기를 평가할 것인지 내 알 바 아니다. 다만 내가 아는 것은 나 자신이 죄를 너무 많이 지었다는 것이다.

자유당은 교육자들을 사람 가르치는 스승이 되게 하지 않고, 세금 징수 사무원으로 전락시켜 놓았다. 그리고는 온갖 지시와 명령을 내리고, 장부를 만들게 하고, 보고를 하게 하고, 행정 방침들을 외게까지 했다. 나도 남들과 같이 욀 수도 없는 온갖 장학 방침과 유실 수종 열

세 가지의 이름을 수첩에 적어 넣고 다녔던 것이다.

1970년대에 들어서자 돈 걷는 일만은 천만다행히도 거의 없어졌지만, 이제 교육은 하나의 상품으로 되고 말았다. 빈 내용을 겉치레로 선전하기에 학교마다 경쟁이 되었고, 아이들은 서로 점수를 많이 따려고 하는 비참한 경쟁에서 인간답지 못한 삶을 강요당하게 되었다.

교육 행정은 그 어느 때보다도 심하게 교육을 그 세부 실천에 이르기까지 간섭함으로써 학교 교육은 온전히 자주성을 상실하고 말았다. 어느 학교 없이 교육 목표는 세우지만 장학 방침을 구현하여 그 실적을 숫자로 보고해야 하므로 교육 목표는 형식에 그치거나 그 목표조차 장학 방침을 열거하는 꼴이 되어, 천편일률의 교육이 강행되었다. 교사들은 다만 명령을 수동적으로 받아들여 그대로 이행하는 기계로서 존재할 수밖에 없이 되었다. 이런 상황에서 아이들이 또한 교사의 지시 명령에만 움직이는 기계가 되는 것은 너무나 당연한 귀결이다.

이제 아이들을 가르치는 자리에서 그 가르치는 사람을 지시하고 관리하는 자리에 서게 된 나는 과거 그 어느 때 보다도 더 어려운 처지에 몰리게 되었다. 교육행정학 같은 데는 어떻게 씌어 있는지 모르지만, 현재 우리 나라의 학교 현장에서는 교장과 교사들의 사이가 부리고 부려지는 관계로 성립되어 있다. 될 수 있는 대로 선생님들을 잘 부려먹는 교장이 수완이 있고 능력이 우수한 행정가로 인정받는다.

이런 현실에서 올바른 교육을 어떻게 할 수 있겠는가? 선생님들의 인격을 존중하고 그들의 양심에서 우러나는 교육의 창조적 실천을 기대해야 하겠는데, 그것이 안 된다. 또한 내 힘으로는 감당할 수 없는 온갖 행정적인 공해의 물줄기를 나는 그저 고통스러운 방관자로 보고 있기만 하는 것이 아니다. 그 속에 뛰어들어가 더욱 심하고 철저하게 그 공해를 늘어나게 해야 할 몸이니, 이 일을 어떻게 해야 하는가? 공해의 물결이 아이들에게까지 가지 않도록, 내가 못 막은 그것을 선생님들이 막아주기를 바라는 것은 더욱 될 수 없어 아이들은 오늘도 탁류의 소용돌이 속에 떠내려가고 있다.

며칠 전 어느 아이의 일기에서 다음과 같은 구절을 읽었다.

"나는 일기 쓰기가 지긋지긋하게 싫다. 그래도 두들겨 맞는 것보다는 낫다."

내가 지금까지 이것만은 좋은 교육 방법이라고 거의 확신을 가지고 권장한 일기 쓰기가 아이들에게는 이런 결과로 나타난 것이다. 또, 어느 아이의 글에는 "교장선생님은 글짓기를 많이 시킨다. 글짓기가 제일 싫다"고 했다. 내가 여기 와서 석 달이 지나는 동안 꼭 두 차례 글을 쓰도록 했다. 공문 지시를 그대로 이행한다면 정말 아이들이 쓰기 거북스러운 글을 다섯 차례도 더 썼어야 했을 것이다. 나는 아이들의 인간스러운 느낌과 생각을 깨우치기 위해서 글을 쓰도록 했다. 그것이 이런 결과로 되었다.

교사의 참된 깨달음에서 출발하지 않는 교육은 어떤 것이라도 이뤄질 수 없다는 것을 새삼 생각한다. 교사들을 그런 자각으로 이르게 하지 못하는 나는, 그러기에 그들 앞에 설 자격이 없는 사람임을 통감한다.

내가 진작부터 관심을 가져온 것이 이 글짓기 교육이다. 글짓기 교육은 비인간적인 교육 상황에서 입은 독소를 풀어줄 수 있는 가장 효과적인 해독(解毒)의 교육이 된다고 믿기 때문이다. 그런데 교장이란 직책은 이런 교육을 실천할 수 없도록 하고 있다. 내가 못하는 것을 선생님들에게 권할 수밖에 없는데 선생님들은 글짓기를 문학으로 알고 있고, 교장선생이 문학가라서 '개인적인 취미'를 강요하는 줄 안다. 공문으로도 수없이 쓰도록 지시하고 있는 글짓기를 어쩌다 교장이 독창적으로 (아이들 편에서 쓰고 싶은 것을 쓰도록) 권하면 선생님들도 아이들도 반발을 하는 이 상황은, 오늘날의 학교 교육이 얼마나 비참한 획일성에 길들여져 있는가를 잘 말해 준다.

글짓기로 실천하려고 하는 인간 교육의 길을 가로막는 큰 장애물이 또 있다. 그것은 아이들의 글을 성급히 조작해 내어서 상을 타고 이름을 냄으로써 교육의 성과를 과시하려는 이들이 있어 아이들에게 잘못된 말재주를 가르치는 짓이 보편화되고 있는 일이다.

아이들의 인간적 느낌과 생각의 싹을 짓밟아 버리고 한갓 우스개 말장난 같은 것을 쓰게 하는 이 사이비 교육을 비판하고 참인간의 마음을 키워가는 교육이 자리잡도록 해야 할 것인데, 그것을 하지 못하고 있다.

만일 나에게 그럴 자유가 있다면, 지금이라도 내가 하는 일에 부당한 간섭을 안 받아도 되는 산골 분교장 같은 곳에 찾아가 아이들과 같이 기쁨과 슬픔을 나누면서 내가 지은 죄를 얼마쯤이라도 갚고 싶다.

그러나 그것은 꿈일 뿐이다. 그래서 나는 지금 그 힘든 변소 청소를 아이들에게만 시킬 것이 아니라, 다만 일주일에 한 번쯤이라도 내 손으로 해 보이는 성실성쯤은 있어야겠다고 깨닫기는 했으면서도 아직 한 번도 그것을 실천하지 않고 있다.

점심시간에는 교실에 가서 아이들과 같이 밥을 먹으면서 얘기라도 해야지, 내가 먹고 있는 보리밥을 보여주기라도 해야지, 하면서 그것조차 거의 못하고 있다.

나는 죄인이다. 나는 아이들을 꼭두각시로 훈련시킨 교관이었고, 돈을 징수하는 세금쟁이였다. 나는 아이들의 그 무한한 가능성이 있는 재질과 개성을 뻗쳐줄 줄 모르고 획일화의 몽둥이를 휘둘러 그들을 똑같은 형태로 두들겨 맞추어온 폭군이었다. 서로 남을 해치는 비참한 경쟁을 강요한 깡패였다. 선거운동을 하였던 위선자였다.

이것은 남들이 하지 않는 소리를 해서 눈을 끌고, 그래서 나를 한층 정직한 사람으로 돋보이게 하자는 심산으로 하는 말이 결단코 아니다. 다들 나를 죄인으로 봐 달라는 말이다. 앞으로 나는 이 죄를 얼마쯤이라도 씻기 위해 있는 힘을 다 할 것이다.

• 1982. 11